U0728325

壮丽余光中

——生活与作品

李元洛　黄维樑——

著

九州出版社　全国百佳图书出版单位
JIUZHOUPRESS

图书在版编目（CIP）数据

壮丽余光中 / 李元洛，黄维樑著. -- 北京 ：九州
出版社，2018.6
ISBN 978-7-5108-7151-1

Ⅰ．①壮… Ⅱ．①李… ②黄… Ⅲ．①余光中
（1928-2017）－文学评论－文集 Ⅳ．①I206.7-53

中国版本图书馆CIP数据核字(2018)第122374号

壮丽余光中

作　　者	李元洛　黄维樑	
丛书策划	李黎明	
责任编辑	李黎明	
封面设计	吕彦秋	
出版发行	九州出版社	
地　　址	北京市西城区阜外大街甲 35 号 （100037）	
发行电话	（010）68992190/3/5/6	
网　　址	www.jiuzhoupress.com	
电子信箱	jiuzhou@jiuzhoupress.com	
印　　刷	三河市国新印装有限公司	
开　　本	880 毫米×1230 毫米　32 开	
印　　张	11	
字　　数	250 千字	
版　　次	2018 年 7 月第 1 版	
印　　次	2018 年 7 月第 1 次印刷	
书　　号	ISBN 978-7-5108-7151-1	
定　　价	59.80 元	

★版权所有　侵权必究★

博采雅集，文苑英华
——《大观丛书》缘起

作为知识的一种载体，延续千年之久的印刷图书正面临挑战，甚至有夕阳之忧，越来越多的人正在疏远纸书。然而，我们相信，纸书是不会消亡的，精品总会留下来。当前出版界看似繁荣，却多为低质量重复，好书仍然缺乏，原创的有分量的作品更少。因此，我们逆流而上，披沙拣金，竭诚出版优质图书，为读书人提供一种选择，遂有此《大观丛书》。

这是一套开放式丛书，于作者和作品不拘一格。

作者可以是作家、学者、撰稿人、读书人，可以是名家，也可以是名不见经传者，尤其欢迎跨界写作者。但求文字流畅，无学术腔，拒绝无病呻吟，表达必须精彩。

体裁以随笔为主，不拘泥于题材和内容，包罗文学、历史、思想、艺术……可以观自我，观有情，观世界；只要有内涵，有见地，言之有物，举凡优秀之作，皆文苑英华，即博采雅集。清人周中孚《郑堂札记》云："博采群书，洋洋乎大观哉！"

冀望这套丛书，能给读者提供新知识、新思想，以及看问题的新角度，唯愿您在愉快的阅读中，得到新的收获。王羲之《兰亭集序》称颂的境界，也是我们的追求："仰观宇宙之大，俯察品类之盛，所以游目骋怀，足以极视听之娱，信可乐也。"

亲爱的读者，期待您与这套丛书相遇！

本书作者

李元洛，湖南长沙人，1960 年毕业于北京师范大学中文系。教授、研究员、诗评家、散文家、国务院特殊津贴专家。湖南省文联、湖南省作家协会原副主席，现为湖南省作家协会名誉主席。已在海峡两岸出版《诗美学》《诗国神游》等诗学著作十余种，《唐诗之旅》《宋词之旅》《元曲之旅》《清诗之旅》等诗文化散文集十余种。

黄维樑，1969 年毕业于香港中文大学中文系，获一级荣誉学士学位；美国俄亥俄州立大学文学博士。在香港中文大学中文系教学二十多年，任讲师、高级讲师、教授。历任美国、我国海峡两岸多所大学的教授、客座教授或客席讲座教授。著有《中国古典文论新探》《香港文学初探》《壮丽：余光中论》《文心雕龙：体系与应用》等二十余种。

著作等身的余光中

（左起）黄维樑、李元洛、余光中夫妇 1980 年代在香港

目　录

1

序一：惟凭明月吊光中

李元洛

流年似水，逝水留年。

丁酉岁高秋之日，由湖南省文联主办、《中华诗词》杂志社、人民文学出版社协办之拙著《诗美学》（修订本）研讨会在京举行。时维九月，序属三秋，胜友如云，高朋满座。在满座的高朋之中，有我缔交三十余年的良友、原香港中文大学教授黄维樑博士，也有我二十多年来彼此都未相忘于江湖的小友、任职于九州出版社的李黎明君。黎明热衷出版有价值的好书，十分认真敬业，乐于为人作嫁，他熟知维樑与我和台湾名诗人、散文家余光中多年亦师亦友，写过不少有关文章，尤其是近水楼台与余光中在香港中文大学同事多年的维樑，于是他提议由维樑和我合编一本有关之书，既可供学府文林的阅读者研究者参考，也可供众多的"余迷""余粉"悦读与快读。此议一出，当事人的我们即欣然认同，于散会后便分头准备。余光中的生日正好是九月九日重阳节，维樑十月间飞去台湾高雄市中山大学贺寿。寿星虽因不久前不幸摔伤而身体大不如前，亦不能再登高作赋，但听维樑告知此一书讯，也表示乐观其成。我因此书戊戌年有望作为他庆寿之礼，在祈祷他南山之寿的同时，私心也不免其喜洋洋者矣！

然而，12月14日中午维樑忽传噩耗，余光中因病重竟于当日凌晨不辞而别，驾鹤仙游！我如蒙电击，呆坐书房，忆及三十多年来的前尘旧梦，不禁悲从中来不可断绝而泪下沾襟！对纷至沓来的媒体电约采访，我无心应答，而一一以"我心伤痛"婉辞。伤逝之中，我拟了一副挽联，发给维樑请他带去台湾转交余光中夫人范我存女士。我在给有关朋友的微信中，也只发了略表哀思的如下数语："人生无常，光中不再；诗文永远，光焰长存！"而现在的这篇序言，倒像是痛定之后写的纪念文章了。

此情可待成追忆，往事历历，有如昨日而并不惘然。犹记我于1980年10月参加福建的一个诗歌研讨会，会后去鼓浪屿而路经泉州，同行者有当时的报告文学名家罗达成君。在泉州的总工会招待所下榻，发现总工会所属小报的副刊《百花园》上，印有余光中的《乡愁》与《乡愁四韵》。这是我与余光中的不期而遇，也是首次纸上相识，因为此前从未听说过他的名字。在多年的封闭与隔绝之后，这两首诗给我极大的刺激与震撼：世间竟还有如此见所未见闻所未闻的好诗！回到长沙不久，我即草成《海外游子的恋歌——读台湾诗人余光中〈乡愁〉与〈乡愁四韵〉》，发表在国内颇有影响的名刊《名作欣赏》（1982年第6期）。此文随即为香港的《当代文艺》杂志所转载，编者按语说它是"大陆介绍评论余光中诗作的第一篇文章"。拙文虽是大陆推介余光中这两首诗的第一篇，但最早倾心推许余光中诗的，还有四川诗人流沙河先生。此后，我和余光中就有了频繁的书信往来，并陆续撰文评价他的作品和诗观。与此同时，在香港中文大学执教的他，也介绍他的同事黄维樑君与我通信。由维樑策划邀请，1985年夏日，在余光中回台湾执教位于高雄的中山大学前夕，我终于到港与他第一次握手，说不尽的行路难，说不尽的相见欢。初见匆匆，我请他在临行前的百忙中拨冗接受采访，题为《海阔天空夜论诗——台湾诗人余光中访问记》，分别发表于大型文学刊物《芙蓉》与香港的《星岛晚报》，这大约是祖国大陆发表的采访余光中的首篇文章。其后的三十余年中，我们常有书信往还，间常有文学活动之聚会，我仍继续或撰文评介他的诗作，或就散文创作问题采访他，或抒写他在大陆与台湾的游踪。我的上述种种文章，大致都选录在与维樑兄合编的这本书里。为保持历史原貌，除了个别字句的修饰增删，文字一仍其旧。苏州大学曹惠民教授是台湾文学研究专家，他在与司方维合著的《台湾文学研究35年（1979—2013）》一书（江苏大学出版社），曾提到我在《文学评论》（1987年第6期）刊出的《隔海的缪斯——论台湾诗人余光中的诗艺》一文，"是国家权威文学刊物最早发表的台湾文学研究论文之一"，并且客观公正地指出我"是祖国大陆最早发表评论研究余光中、洛夫等台湾诗人的广有影响的诗评家，与流沙河一起带动了祖国大陆研究台湾新诗的第一波浪潮"。

早在1972年，余光中就曾撰《朋友四型》一文，收录在他后来赠我的《青青边愁》（纯文学出版社，1974年版）一书之中。他以幽默机智之笔，论说朋友大略可分为如下四型：高级而有趣、高级而无趣、低级而有趣、低级而无趣。他说："世界上高级的人很多，有趣的人也很多，又高级又有趣的人却少之又少。高级的人使人尊敬，有趣的人使人欢喜。又高级又有趣的人，使人敬而不畏，亲而不狎，交接愈久，芬芳愈淳。"余光中长我九岁，亦师亦友，亦友亦师，他当然属于"高级而有趣"一型。在我的心目中，他的多方面的文学成就与为人之风趣睿智，大抵与宋代之苏轼相当。这种朋友当然可遇而不可求，幸亏我和他生在同时而非异代，而且我不求而遇并遇而成友，应该说是人生幸事，不亦快哉。我不仅多次听他谈笑风生，咳唾珠玉，短则如文化珍品，长则似精神盛宴，我不仅蒙他题名相赠他的几乎全部著作，让我再

楚人贈硯記　余光中

——寄長沙李元洛

潤如手掌的一塊硯台
溫潤亦如吾友的掌心
端溪的清流所濯,人稱端硯
斧柯山間的輝綠岩所孕
肌理細膩,縱貫着石体
黃褐綢繆,暗走着龍紋
六隻石眼,一半在正面
一半在硯底,象牙色的胎記
有神秘的黃斑,像在窺人

這名硯,是楚人所贈
用一隻紅漆木盒所裝
盒蓋刻成石榴的形狀
掀開石榴,捧出了礼品
驚喜的心情有一点心虛
那儒雅的楚人筆矯蛟龍
而我下筆只能塗蚯蚓
我有詩千首,十九不能背
他隨口記誦,吐金石之宏音

004

筆会禿，紙会破，墨不経磨
文房四宝之至久，至堅
是此硯，見証書聖的灵感
曾経如此的頑石，不，灵石
來接生，如此的灵石，水浸
墨碾，敏感的毫端舔舔
見証了多少墨宝，或行或草
在研磨的異香裏運思
在落筆之前等待神來

六眼与我暌暌地对視
像是那楚人对我的期許
且将清水注入了硯池
用一塊徽墨細細磨開
只為怀念古遠的芬芳
太久了，不曾薰我的書房
只為这卓滴的清純或許
能遙通汨羅，連接瀟湘

余光中赠李元洛诗手迹

三细读耽读，绝非虚言饰语地获益匪浅，我不仅蒙他鸿雁传书，至今珍藏有他的数十封书信，而且还有令我感念而不忘的是，时间真正贵如黄金的他，百忙之中还曾赠我两序一诗，两序一为我的散文试笔之作《吹箫说剑》的代序《落笔楚云湘雨》，一为我编著的《唐诗三百首新编今读》的代序《选美与割爱》（该书修订后易名《繁星丽天——千年唐诗现代读本》，即将由中华书局印出），序犹不足，复赠以诗。诗仿英国文艺复兴时期名诗人斯塞宾所创制的"斯塞宾体"，全诗四段，前三段每段九行，最后一段八行，洋洋共三十五行，题为《楚人赠砚记——寄长沙李元洛》。余光中在一篇文章中，提及大陆最早评介其作品者，一为四川的流沙河，一为湖南的李元洛。然则，《楚人赠砚记》与他以前致流沙河的《蜀人赠扇记》，应该可以说是兄弟行或姊妹篇了。

令我中心藏之何日忘之的，还有我访台时他对我的倾诚接待。1994年夏，我应台湾中国文艺家协会之邀访台一月，并接受由其颁发的第三十四届文艺评奖之文艺评论奖。其间曾从台北而南下高雄。教、撰两忙的余光中亲自驾车来车站迎候，让我和陪同南来的诗人向明，在城内他家下榻，而他与夫人则临时移居学校之宿舍。王勃《滕王阁序》说："人杰地灵，徐孺下陈蕃之榻。"我非高士，却下当代年长于我的文坛大家之榻，愧何如之！高雄三日他全程相陪，游览澄清湖，远去宝岛最南端之"鹅銮鼻"于夜色中观星听海，天色未明复步行灌木丛生的海滩赴东海岸之终点"龙坑"，共同瞻仰太平洋日出的壮丽盛典。随后我虽作《澄清湖一瞥》《观山朝海》二文以记，可叹今日斯人已去，一切皆为徒供追怀之陈迹矣！

黄维樑兄是驰名海峡两岸及华文文学世界的资深学者兼作家，他与余光中渊源之深之久以及所撰有关文章之广之多之好，远胜于我。这本合著的《壮丽余光中》，他本应列名于前，而以年齿为序，我就只好愧在"黄"前了。光中兄辞世后，维樑将我所撰挽联带去高雄。事后他将拙联推介给香港《文学评论》公开发表，嘱我写几句说明，我的说明辞中有如下数语："光中兄手握'璀璨的五彩笔'，他是当代杰出诗人，散文重镇，翻译名家，优秀的文评家，资深的编辑家。早在1987年，我在大陆名刊《文学评论》上发表的《隔海的缪斯》一文中就曾经说过：'我相信，时间，这位公正严明的裁判者，最终会以不锈的锋刃，将余光中的名字显目地镂刻在中国新诗的历史上。'我现在要补充的是：不管风从哪个方向吹，不管时间怎样无情流逝，不管读者如何爱好各殊见仁见智，这位当代文坛罕见的全能型文学天才，其成就与影响大体有如宋代的苏轼。作为诗与散文兼胜的真正的大家，他的名字已经煌然镌刻在中国新诗史上和中国当代文学史上，并且必将传之久远！"

流年似水，似水留年。但逝去的是时光，留下的是光中兄文学的丰碑和我永远的纪念。除香港《文学评论》外，北京的《中华诗词》今年三月号亦曾主动刊发我的挽联，并评为该期的优秀作品，可见光中兄之众望所归。我敬祭的挽联如下：

光中兄千古

九十华英，绣口锦心，五彩笔挥之，霞蔚云蒸，赢得文名传宇宙；

卅年文谊，高山流水，伯牙琴已矣，海宽浪阔，惟凭明月吊光中！

戊戌年暮春三月于长沙

序二：回到壮丽的光中

黄维樑

"为了追光，光，壮丽的光"

最后两次我与余光中先生相聚，都在高雄，一次在今年6月，一次在10月。10月26日下午，中山大学（高雄）为先生举办九十岁（虚岁）庆生会，兼有《余光中书写香港纪录片》发布仪式。两项活动既毕，余先生请会场众人到楼外看著名的西子湾落日。诗翁呼声虽小，回应却大，逾百个来宾中，多人纷纷外出观景。我在诗翁身边，看着落日，看着他看着落日，脑海中出现诗翁的诗，《西子湾的黄昏》和《苍茫时刻》等篇的意象都来了，我感触最深的句子是："看落日在海葬之前 / 用满天壮丽的霞光 / 像男高音为歌剧收场。"看落日的诗翁已不再是"男高音"，但他眼前所见，是"满天壮丽的霞光"；他心中所存，也是这样的景象吧。这一刻，落日快将海葬。

早一天（25日）晚上在餐厅下楼梯时，诗翁左右有人搀扶，却轻声说道："为什么这里这么黑？"语气带着惊恐。诗翁身体瘦弱，行动迟缓，和6月时所见差不多。2014年八十六岁的诗翁在西安，仰视着大雁塔，跃跃欲登，导游说："很抱歉，六十五岁以上的老人不准攀爬。"老者如童稚般不听话，放步登高，塔外的风景不断匍匐下去，终于抵达塔顶。去年7月这位健者跌跤受伤住院，想不到后遗症竟如此严重。日月逝于上，往昔清瘦而健朗的诗人，体貌衰于下，有如是者。可幸他头脑还是清醒的，今年秋天还写诗。

与西子湾观落日相隔，时间只有一个半月。太阳西沉，沉得太快了，12月14日噩耗传来，我措手不及，锥心不安。不知道诗翁弥留之际，脑中是否有海葬前那满天壮丽的霞光。无论如何，"壮丽"是理解余先生一生作品的一个关键词。

余光中原籍福建永春，1928年重阳节生于南京。是学者、诗人、散文家、评论家、翻译家、编辑。他先后就读于南京大学、厦门大学；1950年赴台，毕业于台湾大学外文系；赴美进修，获爱荷华大学艺术硕士学位。先后任台湾师范大学、政治大学英语系教授；1974年起任香港中文大学中文系教授；1985年回台，任高雄中山大学文学院院长，退休后任该校荣休讲座教授。在海峡两岸及亚欧美各地讲学或任客座教授；为香港中文大学、台湾政治大学、台湾中山大学、澳门大学等校荣誉文学博士；担任过北京大学驻校诗人。著译有《白玉苦瓜》、《逍遥游》、《梵谷传》[1]等数十种。为文坛重镇，好评者极众，其深远影响遍及海内外，《乡愁》一诗更使他戴上"乡愁诗人"的冠冕。

余光中一生"壮丽"。1990年他有散文写梵谷，题为《壮丽的祭典》；同年有诗咏这位荷兰大画家，题为《向日葵》，有这样的句子："为了追光，光，壮丽的光。"1991年有诗《五行无阻》："你岂能阻我 / 回到光中，回到壮丽的光中。"此前此后，余氏诗文中用了"壮丽"一词的还有很多很多，简直可编一个语句索引。

---

1 梵谷，大陆通译为梵高——编者注

2017 年 6 月 17 日，黄维樑在高雄余府雅舍

我读大学时（1965—1969 年）开始阅读、评论余光中作品，开始和他交往。由我编著，1979 年出版的《火浴的凤凰：余光中作品评论集》说他的"笔锋刚健壮丽"；由我编选，2001 年出版的《大美为美：余光中散文精选》，所撰前言题为《壮丽的光中》，我这样写道："余光中的大块文章，如大鹏、如骐骥、如名山大川，充满了阳刚之美，气度恢宏，是朗吉努斯说的 sublime 风格，安诺德所说的 grand style。"这也就是《文心雕龙·体性》所述八体之一的"壮丽"。2009 年所撰拙作《余光中诗园导赏》说："诗教诗艺俱备，德智体群美五育俱全，从《乡愁》至《五行无阻》，余光中诗园（在高雄）沐在一片温柔而壮丽的光中。"2014 年拙著专书，书名即为《壮丽：余光中论》。

"长安矗第八世纪的纽约"

壮丽就是雄壮美丽。雄壮必与时空的长远广大相关。我大学时期读他的《逍遥游》、《登楼赋》诸文，眼界大开，惊讶其博丽雄奇。当时的喜悦，自信比英国诗人济慈（John Keats）初窥蔡译荷马史诗要大得多。下面是《逍遥游》的几个片段及我的评说。"怒而飞，其翼若垂天之云，抟扶摇而上者九万里，喷射机在云上滑雪，多逍遥的游行！"句子里喷射机这现代发明，与古代《庄子》逍遥之游联结在一起，气势宏壮。同一篇中："曾经，我们也是泱泱的上国，万邦来朝，皓首的苏武典多少属国。长安矗第八世纪的纽约，西来的驼队，风沙的软蹄踏大汉的红尘。"寥寥几句就绘画出汉唐盛世。除了风格壮丽之外，还因为苏武、长安、大汉这些古代名字的出现而添了《文心雕龙·体性》说的"典雅"之气。长安是当时的国际大都会，就如今之纽约、伦敦、北京、上海、香港。"矗"字用得简劲，形象鲜明。刘勰如果起于九泉之下，一定称妙。余光中写留学生生活，中国壮阔的历史时空隐隐含着中华儿女"离散"（diaspora）异乡的悲哀："曾何几时，五陵少年竟亦洗碟子，端菜盘，背负摩天大楼沉重的阴影。而那些长安的丽人，不去长堤，便深陷书城之中，将自己的青春编进洋装书的目录。"

1966 年在美国写的长诗《敲打乐》，一贯其壮丽的本色，不过壮丽中有莫名的悲痛。1972 年的《民歌》极言中华民族即使在非常艰困的环境里，仍然会唱出雄壮的歌声寓意这个民族生生不息，兴旺发达。诗里面，黄河和长江滔滔响亮。1974 年的《乡愁四韵》中，乡愁的滋味，是通过长江水来让读者体会的；还有海棠红、雪花白和腊梅香。长江雄壮，海棠红、雪花白和腊梅香则美丽；"壮"和"丽"合在一起：

给我一瓢长江水啊长江水 / 酒一样的长江水 / 醉酒的滋味 / 是乡愁的滋味 / 给我一瓢长江水啊长江水 // 给我一张海棠红啊海棠红 / 血一样的海棠红 / 沸血的烧痛 / 是乡愁的烧痛 / 给我一张海棠红啊海棠红 // 给我一片雪花白啊雪花白 / 信一样的雪花白 / 家信的等待 / 是乡愁的等待 / 给我一片雪花白啊雪花白 // 给我一朵腊梅香啊腊梅香 / 母亲一样的腊梅香 / 母亲的芬芳 / 是乡土的芬芳 / 给我一朵腊梅香啊腊梅香

在 1987 年的《欢呼哈雷》中，余光中的民族感情再一次壮丽昂扬起来：这一年哈雷彗星经过地球，下一次则要在七十六年后——

下次你路过，人间已无我

但我的国家，依然是五岳向上

一切江河依然是滚滚向东方

民族的意志永远向前

向着热腾腾的太阳，跟你一样

国家民族经历长期的苦难，但他对这个他深爱的国家及其文化，有不渝的信心。

"晶莹、温润而饱满"

余光中的诗文，可以壮丽，也可以柔丽、婉丽、巧丽。早期四方传诵的情诗如《等你，在雨中》不用说，1986 年他五十八岁了，写给妻子的诗如《珍珠项链》就有无比的温婉：

滚散在回忆的每一个角落 / 半辈子多珍贵的日子 / 以为再也拾不拢来的了 / 却被那珠宝店的女孩子 / 用一只蓝磁的盘子 / 带笑地托来我面前，问道 / 十八寸的这一条，合不合意？ / 就这么，三十年的岁月成串了 / 一年还不到一寸 / 好贵的时光呵 / 每一粒都含着银灰的晶莹 / 温润而饱满，就像有幸 / 跟你同享的每一个日子 / 每一粒，晴天的露珠 / 每一粒，阴天的雨珠 / 分手的日子，每一粒 / 牵挂在心头的念珠 / 串成有始有终的这一条项链 / 依依地靠在你心口 / 全凭这贯穿日月 / 十八寸长的一线因缘

写婚姻这首诗，"晶莹、温润而饱满"。当年此诗发表后，余光中在多伦多的文友和校友聚会间朗诵，诵毕，大家鼓掌之余，

在座的太太们，纷纷埋怨其夫君：就只会送结婚纪念礼物，却不会写出这样的诗，多美丽多珍贵的诗啊！我爱读其诗，除了感其情之外，还赏其艺，本篇是个例子。婉约晶莹的小诗，乃以大手笔写成。纪念三十年的婚姻，夫妻的感情生活就用"每一粒，晴天的露珠／每一粒，阴天的雨珠／分手的日子，每一粒／牵挂在心头的念珠"来概括；全首诗只有两个句子，句子绵长而句法严谨，不冗不乱，这是何等功力。

"创出令世界刮目的气象来"

余光中作品繁富，是博大型作家。生老病死、战争爱情、国家社会、艺术文化、宇宙间的事事物物，都在他的兴趣和书写范围之内；反映和批判现实的环保诗有多篇，讽刺诗自青年到老年层出不穷。大品小品，品品皆能。如果是在唐代，他一定从五绝到七律，从古风到排律，体体皆精，而且还有他新创之体。在西方，则是从轻松五行体（limerick）到商籁体（sonnet）到无韵体（blank verse），式式上乘，而且还有他的新体式。其作品之繁富，其创作力之健旺，其于文坛学界之活跃，持续直至晚年，世间罕有其匹。以下做个抽样陈述。

2013 年，余光中八十五岁了，该年发表的诗作如下。《唐诗神游》组诗短章二十首，包括（以下不用篇名号）：读八阵图；北斗七星高；枫桥夜泊；泠泠七弦上；登鹳雀楼；江雪；问刘十九；寻隐者不遇；登乐游原；下江陵；山不见人；夜雨寄北；寄扬州韩绰判官；桂魄初生；应悔偷灵药；大漠孤烟直；听筝；陇西行；新嫁娘；遣怀。另有长短不一的诗十三首：卢沟桥；我的小邻居；问答；题赵无极少作；黄金风铃；阿里朝山；谁来晚餐；哭碑；戴维雕像；蒙娜莉萨；记忆深长；天兔；拔海。还有译诗两首：丝帐篷；指路（两者皆为 Robert Frost 原作）。

此外，他发表了散文、论文、杂文共十一篇：眼到，手到，心到，神到——序柯锡杰《奇幻之旅》摄影展；诗史再掀一页；显极忽隐，令人惆怅——吊颜元叔；反怪为妙——论达利的艺术；龙尾台东行；参透水石——林惺岳回顾展观后；文学老院，千里老师——记英千里教授；小论韩剧——以《马医》为例；选美与割爱——李元洛《唐诗三百首新编今读》序；反常合道之为道——《王尔德喜剧全集》总序；吐露港上中文人——中大中文系 50 周年。无论诗歌散文，余氏所写，都属佳篇。

这一年，余光中先后在香港、阿里山、高雄、佛光山、广州、台北、上海、台南、澳门有各种文学活动，海峡两岸是他多情的文学舞台。他为了鼓励人把中文写得好写得妙，经常担任种种写作比赛的评判。台湾近年有机构举办手机短信写作比赛，不用手机（也不用计算机）的余光中担任其评判多年，2013 这一年依然。他评选参赛作品，颁奖时致辞，讲词往往是篇隽永的诗话。有一年他还做了示范，其创作的短章为："不要再买了。LV 只是 Love 的一半。"在此之前，有一次他告诫青年说："多读名著，少买名牌。"其短信范文的意义，与此一脉相承。1992 年以来，余光中数十次到内地，大型小型文学活动一个接一个，其诗文集子出版了几十种；出场费和稿费赚了不少，他笑言自己是个"台商"。好一些活动，他的文章和诗中有记述有感想。对整个中国大陆呢，2002 年的《新大陆，旧大陆》一文末段这样写道："一个新兴的民族要在秦砖汉瓦、金缕玉衣、长城运河的背景上，建设一个崭新的世纪。这民族能屈能伸，只要能伸，就能够发挥其天才，抖擞其志气，创出令世界刮目的气象来。"

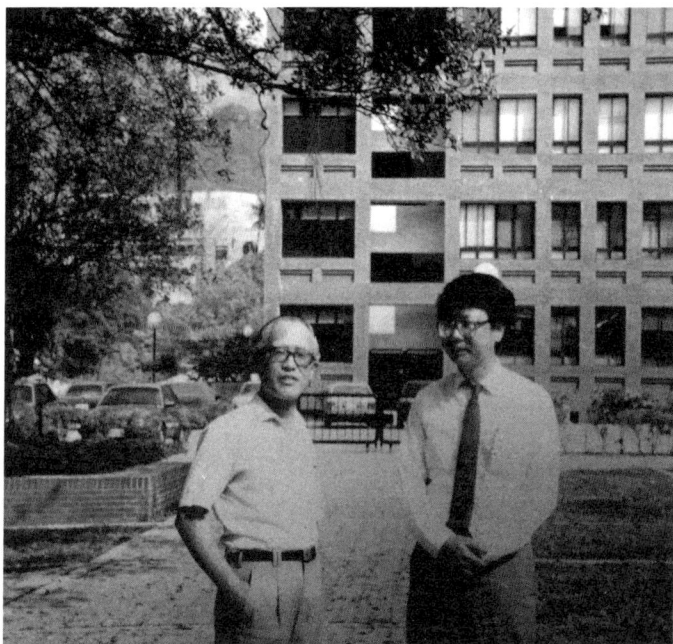

余光中、黄维樑 1991 年在高雄中山大学校园

"中国最浪漫的一条古驿道"

我在1965年考入香港中文大学中文系读书，在课外开始读其作品，爱其作品；大四时首次听他在香港演讲，听讲后与十多个文艺青年拜访他。相交至今半个世纪，1976年至1985年，以及1991年秋天，更先后与他是两个"中大"——香港中文大学和高雄中山大学——的同事。他生活简朴，从来不为美衣美食操心，不烟不酒，生活非常清教徒（这里仿效他"星空，非常希腊"的句法）。操心的是美文：美丽的中文和优美的文学。他读书教书写书之外，最感兴趣的"课外活动"是开汽车。1964年他在美国当客座教授，考到驾驶执照，自此学了西部牛仔"咦呵"一声，让座骑奔驰起来，"过州历郡亲身去纵览惠特曼和桑德堡诗中体魄雄伟的美国"。那时我在香港读到他驰骋美利坚合众国的雄奇散文，1969年到美国留学，翌年秋天考到驾照，就单骑一千公里，远赴科罗拉多州拜访余先生；路上让新买的娇美老爷车Covair Monza累得坏了一次又一次，最后魂断归途。我欣赏钦佩余先生那种大气魄的逍遥游。

1974年他到香港出任中文大学中文系教授，开的车是Laurel型号，号码是CP7208。我看到车牌，对诗人说："车款和车牌合起来，这不正是中国桂冠诗人（Chinese Poet Laureate）的座驾吗？"这位没有戴上冠冕的桂冠诗人，也是一位"柴可夫斯基"。来自台湾的故旧、来自大陆的新朋到访，他往往亲自开车到大学火车站迎接来宾。路不长而多斜多弯，不容他肆意驱驰，他怀念在美国高速公路的日子。他想啊想的，1977年写的《高速的联想》中，想到在台湾，工程已展开，正在"铺一条巨毡从基隆到高雄，迎接一个新时代的驶来"。他更大的愿望是在"中国最浪漫的一条古驿道"驰骋：

> 最好是细雨霏霏的黎明，从渭城出发，收音机天线上系着依依的柳枝。挡风玻璃上犹浥着轻尘……甘州曲，凉州词，阳关三叠的节拍里车向西北，琴音诗韵的河西孔道，右边是古长城的雉堞隐隐，左边是青海的雪峰簇簇，白耀天际，我以七十英里高速驰入张骞的梦高适岑参的世界，轮印下重重叠叠多少古英雄长征的蹄印。

近年"一带一路"倡议引起贸易和文化交流的热潮。余先生2016年7月跌跤受伤，可说自此一蹶不振。在此之前，如果有人邀请他担任陆上丝绸之路的文学大使或文化大使，我想他一定乐意；也担任海上丝绸之路的？他是泉州人，又写过关于海的多篇诗文，又喜欢旅行，我想也会欣然接受这个荣誉。

余光中的诗文，题材的广阔，使初识这位大师的读者吃惊。老读者如我，则只有无条件的俯首钦佩。他旅游过的优胜美地，往往有文章为记。《山东甘旅》、《古堡与黑塔》等等，是其中一些篇名或书名。全球五大洲的游历，催生了他数十篇的游记美文，情采灿然可观，享誉文苑，陈幸蕙说他可能是"游记之王"——说"可能"，是个保守的估算。

"与永恒拔河"

七十年的笔耕，留下一千多首诗和数百篇长短的散文与文学评论，还有大量的翻译和可观的编辑作业，还有教学、演讲、评判等等活动。他是怎样达成如此庞大的名山事业，或者说"赫九力士"（Herculean）大业呢？作品如此丰富纷繁，问他哪得多如许？为有源头活水来！源头是他的健康身体、非常勤奋和绝顶才华，是他的热爱文学、热爱中华，是他的"酬谢"知音与粉丝，是他的"与永恒拔河"。他的才华使人钦羡，他的勤奋使人不忍心。他寸阴必竞。在香港时，"桂冠诗人"定时开车承载太太去街市买菜；到了街市，他在车里等待时，就读书、构思或者写作。有一段日子，等待时，方向盘上搁着1957年他翻译的《梵谷传》原版，加上此书原文，他就修改起来（准备推出修订版），书页上多有密密麻麻的"红字"——这不是美国小说中羞耻的Scarlet Letter，而是象征了求美求善的努力。

1974—1985年他任中文大学中文系教授，所授现代文学一科，选修的学生往往过百人，每年用于批改学生"学期报告"的时间，多达一个星期。某年余先生、我和其他一两位教授，担任香港某学院的校外考试委员，诸委员阅卷后撰写报告，某教授写了八行书一页，余先生一写是整整八页（他的字体比较大）。他为人写序，总是先认真看了文稿，然后又析又评，极少作泛泛之言，其文集《井然有序》是一大证据。1991年我在中山大学当客座教授，文学院余院长的门上，贴的标语是"入此门者，莫存幸念"。他一生勤奋积极，力保乐观的心态。人总有忧愁的时候，何以解忧？在以此四字为题的文章中，他说解忧之道，是诵诗、学外文、翻译、观星象神游天外、旅行。对他来说，"杜康"只有非常消极的作用。

余先生1964年撰有《象牙塔到白玉楼》长文，畅论李贺。李贺骑驴觅句，昼夜苦吟，母亲心疼，叹息说："是儿要当呕出心乃已尔！"三十岁时，余母辞世，不知道余母对日夜辛劳的独子，有没有发出过这样的怜惜话语（余先生倒是有好些诗追念慈母，颇为动人的）。名诗《乡愁》用了十多二十分钟挥就，很多其他诗篇却是反复修改、辛苦经营才完成，往往苦吟至深夜。有一次晚上写诗，见壁虎施展轻功，来去自如，不胜羡慕；自己属龙，龙吟细细，费尽心血，这个情景，余先生曾经写入诗中。诗集有题为《与永恒拔河》的，比喻他用尽力气拔河，希望"永恒"被拉到自己这一边，赢了，作品永为人传诵。不喜欢余光中的人，大可批评：这不是太"为文而造情"了吗？太有目的了吗？太"企图心"先行了吗？这些批评也许有点道理，不过，我们要知道的是，余光中对万事万物都有情，都善感，都能写，都可凭此表现其存在。我与余先生在两个"中大"共事的岁月，有好多次，他有诗作完成了，复印了副本，送给我先睹，有时还加一句说："这只是初稿。"我存有他好些诗稿，修改的地方处处。高雄中山大学图书馆的"余光中特藏室"里面，这类蓝色笔初稿、红色笔修改的稿本有好多页。

余光中只能被标签为"半个苦吟诗人"，他乐吟快笔的经验也非常丰富。他的作品，有类似杜甫诗"沉郁"的一面，有他所译《梵谷传》传主悲苦的一面；也有李白诗"飘逸"的一面，有他所译王尔德喜剧（他译了《不可儿戏》等四部）悦乐的一面。这里不举沉郁悲苦的，只随意举出其诗《梦与膀胱》、其文《戏孔三题》，读者可悦读甘尝之。他的生活有很多快乐美满。余太太范我存女士清丽、聪慧、贤淑，主持家务，又是丈夫的"机要"秘书，而且夫妻常常谈笑论文。周游各国，与朋友交，登山临胜，高宴畅聚，也都是余光中人生的乐事。余光中说香港时期（1974—1985 年）是一生中"最安定最自在的时期，这十年的作品在自己的文学生命里占的比重也极大"；作为中国的香港人，我对此深感自豪。

中国当代大诗人

余光中的作品，因为兼含阳刚与阴柔、壮美与秀丽、沉郁与飘逸、悲苦与悦乐而成其博大；这样的博大加上其技艺卓越、数量繁多、影响深远而成为文学大师。在 80 年代，梁实秋曾称其"右手写诗，左手写文，成就之高，一时无两"；台大外文系教授颜元叔尊崇他是"现代诗坛祭酒"；四川诗人流沙河说他到香港后继续发表卓越诗文，在此地"完成龙门一跃，成为中国当代大诗人"。其他的极高评价还有很多，最近一例是：香港的陶杰在 2017 年的一篇文章中，称他为"诗圣"。

也在 80 年代，准确地说，在 1982 年，纽约的一个中国现代文学研讨会上，颜元叔和王蒙都在场的，我放言高论："中国一直没有作家得过诺贝尔文学奖，余光中可得此奖。"其实此奖之得，有类于中彩票；余先生则说过，这基本上是个欧洲文学奖。我更早的大言阔论是，1968 年我这个不知天高地厚的文艺青年，读了他的《逍遥游》《掌上雨》等文集后，就发表文章称他为"最出色最具风格的散文家"。

文人相轻的多，诗人可能更甚。诗翁 12 月 14 日仙逝后，翌日台湾一报纸报道："同为诗坛大家的郑愁予昨受访时指出，论全方位的文学表现以及高洁之人格表现，余光中是'诗坛第一人'，在华文现代诗坛'没人可超越他'。"郑愁予从前似乎没有这样高度称赞过余光中，他这番话我充分认同之余，感到特别惊喜。（余光中在台湾诗坛的某个"对手"，大概就没有郑愁予这样的雅量。）说余光中有"高洁之人格"，对的，我认识数十年的这位诗宗文豪，我没有察觉任何败德的行为。某些言论可能基于意气用事、情绪

看哈雷彗星。目前天暖，那一帶到夜裏兩山遍野皆
是觀星客，許多人就宿帳蓬。明天，我們開車回台
北老家：路長三百六十公里，約六小時可到。

四月份「明報月刊」有刊我的十四「浪漫的二分法」
否？又「春來半島」我迄未寄給紹銘，不知你寄
過否？匆此祝

儷安

光中
一九八六·四·三

维樑：「木棉花之夜」是高雄市「木棉花艺季」十

九项活动之第一项，由我主持，已於四月一日举行。高

雄市之中正文化中心大厅，三千座位至满，十分成功。

各报均有报导。附上剪报影印及会场上卖的节

目书（每本售五十元）。

除此之外，中山之文学院又与民众日报合办「虎年

文艺讲座」，第一讲由林海音主讲。

我们已买了一辆 *Honda Civic*（一千五百 cc），比桂冠小，

但性能颇佳。三月廿八日取车，当日即载了黎明、林太乙

伉俪，与中山外文系同事（共四辆车）去南端的垦丁

余光中 1986 年 4 月致黄维樑函，时余在高雄中山大学，黄在香港中文大学

失控，如"狼来了"事件，但他多年后已撰文为此"向历史自首"。某些行事可能引起争议，但我看不到败德。有败笔吗？自然不可能没有。不过，在放大镜之下，我发现的瑕疵，远远少于愈看愈多的精彩警隽。80年代初期，上海的资深作家柯灵初读余光中散文后，惊喜莫名，自此耽读其文，以为晚年一乐。类似的"悦读"例子极多。

璀璨五彩笔·唱新生颂歌

余先生辞世后五日，次女儿幼珊教授告诉媒体，其父亲11月底"住院的前几天仍在创作。月前高雄发生一起儿虐案，心痛的父亲为此写了一首诗，也许未来有机会再发表"。近日我接受多个媒体采访，其中香港《文汇报》12月18日的标题是"黄维樑念余光中：'他鞠躬尽瘁为文学'"。是的，他为自己的、中华的文学而奉献一生。这奉献用一生作为代价，是值得的：他握的是璀璨的五彩笔，用的是美丽的中文。

余光中用紫色笔来写诗，用金色笔来写散文，用黑色笔来写评论，用红色笔来编辑文学作品，用蓝色笔来翻译。光中先生的散文集，从《左手的缪斯》开始共十多本，享誉文苑，长销不衰。他的散文，别具风格，尤其是青壮年时期的作品，如《逍遥游》等卷篇章，气魄雄奇，色彩灿丽，白话、文言、西化体交融，词组与句法别具创意，号称"余体"。他因此建立了美名，也赚到了可观的润笔。所以说，他用金色笔来写散文。

诗是余先生的最爱，从《舟子的悲歌》开始出版了约二十本诗集，其诗有短有长，有浅易的，有典雅以至典奥的，如《湘逝》，如《唐马》。综合而言，其诗篇融汇传统与现代、中国与西方，题材广阔，情思深邃，风格屡变，技巧多姿，明朗而耐读，他可戴中国现代诗的高贵桂冠而无愧。紫色有高贵尊崇的象征意涵，所以说他用紫色笔来写诗。我们最要注意的是举世晦涩难懂的现代、后现代诗风横行，而他坚持明朗（明朗而耐读），为新诗保住尊严和荣誉。这一项贡献必须大书特书。我又曾以"情采繁富，诗心永春"概括其诗作；《余光中评传》的作者徐学则用"巨大的艺术宝库"形容其诗文创作。

美丽的中文又是怎样美丽呢？余光中说，这是"仓颉所造许慎所解李白所舒放杜甫所旋紧义山所织锦雪芹所刺绣的中文"。这里精简生动的描写，兼含有半部中国文学史的意义。大手笔之为大手笔，而且笔色绚丽，这又是一个例子。日前余太太在电话中告诉我，另外19日幼珊对媒体透露，光中先生的告别式在29日举行后，诗人将长眠在台湾龙岩三芝的"光之殿堂"。余先生的诗中名句有"当我死时，葬我，在长江与黄河／之间，枕我的头颅，白发盖着黑土／在中国，最美最母亲的国度……"那是1966年写的。光之殿堂，光中之殿堂。余先生与永恒拔河，必定胜利。22日香港中文大学前校长金耀基教授在电话中说，他寄出慰问卡给余太太，说余先生"永远留在人间，百千年后都有人朗诵他的诗，展读他的美文"。余先生一生自信且自豪，对死亡既惧怕又无畏，1991年写的《五行无阻》末节如此歌咏：

风里有一首歌颂我的新生
颂金德之坚贞
颂木德之纷繁
颂水德之温婉
颂火德之刚烈

颂土德之浑然

唱新生的颂歌，风声正洪

你不能阻我，死亡啊，你岂能阻我

回到光中，回到壮丽的光中

2017 年 12 月 24 日写毕

【附记】

我编著出版过三本论余光中的书：编著的《火浴的凤凰》和《璀璨的五彩笔》于 1979 年和 1994 年先后在台北出版，撰著的《壮丽：余光中论》2014 年在香港出版。另一本我著作的《文化英雄拜会记：钱锺书夏志清余光中的作品与生活》，其中有一半篇幅论余光中，于 2004 年由台北的九歌出版社出版，其同书名的大幅度修订版 2018 年由香港中文大学出版社推出。

目前这本将由北京九州出版社推出的《壮丽余光中：生活与作品》，是我第一"半本"在内地出版的论余光中的书，有此"第一"，意义自是非凡。说是半本，因为全书是与著名评论家、散文家李元洛合作而成的。元洛大兄和我都是余光中的知音，也因为这知音的关系，我们相识相交了三十多年。1985 年夏天余光中先生离港返台前几天，元洛兄千里来到香港，两岸的"音"者与"知"者首次相聚；想不到时隔三十三年，"音"者与"知"者重逢，是以书的形式。我常常把李元洛幻想为李白的后裔，太白写诗，元洛评诗；我不姓杜，如姓杜，我幻想高攀杜甫，子美写诗，维樑评诗。李白年长杜甫十一岁，元洛年长维樑十岁。虽然远远不能比肩李杜（至少我如此），元洛兄和我都希望把诗评论写得跟诗创作一样俊雅。评论对象是余光中这样的文学大师，我们不能把文章写坏、写丑了。

去年9月在北京参加元洛兄"《诗美学》研讨会"，初识李黎明君。黎明建议李、黄合作编著一书论余光中，我们欣然同意。合作编著之书才刚播种，不到三个月，耄耋老弱的诗翁，就溘然长逝。余光中创作新诗，同时非常敬爱古典；大师逝世，我们悲伤之余，都写了传统形式的挽联。元洛兄在自序中引录了他的联语，我写的如下：

五彩笔风五行无阻慕孺诗杰五十年不变
永春骄子永恒拔河普颂文豪永世代常青

（我阅读、研究余光中迄今五十年，说他手握璀璨的五彩笔；余先生是福建永春人，有诗集名为《五行无阻》和《与永恒拔河》。）诗翁的知音很多，另一位"资深"知音流沙河先生，有下面的挽联：

我未越海前来想泉下重逢二友还能续旧话
君已乘风远去知天上久等群仙也要读新诗

"群仙也要读新诗"，可见其对余氏之推崇。

本书喜得黎明鼎力筹划，我们合力耕耘灌溉，花树从萌芽而苗壮而含苞，蓓蕾行将绽放，可望在诗翁逝世一周年纪念前呈现姿彩。本书中元洛大兄诸篇，自是情理辞采俱胜。我这"半本"，所收包括1968年写的《最出色最具风格的散文家》，当时我是二十一岁的大四学生，以及今年春天才写的《回到壮丽的光中》。

整整半个世纪，这半本书对余光中的论述，我没有"长进"，只有不变的美评——一条龙式对余光中高度的评价。这不变的一条龙，包括从首篇到末篇都经常引用《文心雕龙》的理论。赞扬余光中的同时，我希望顺带发扬我国这部文论经典，让"雕龙"成为飞龙。

2018 年 5 月杪

生活篇

1992年秋黄国彬、黄维樑、梁锡华、余光中在香港大屿山凤凰山顶

楚云湘雨说诗踪
——余光中湘行散记

　　台湾名作家余光中教授原籍福建永春，生于六朝古都南京，但他却与湖南有缘，云梦泽的楚云自小就氤氲在他的心头，屈灵均的湘雨也早就滂沱在他的心上。还是在意气飞扬的青年时代，他就说过"蓝墨水的上游是汨罗江"，要"做屈原和李白的传人"，他写过多首歌颂屈原的诗篇，新近出版的评论集，即题名为《蓝墨水的下游》。70 年代之末他在香港中文大学任教之时，常常缅怀故国，北望中原，他向晚年流落湖湘的杜甫遥祭的一首长诗，即以《湘逝——杜甫殁前舟中独白》为题。

　　1999 年 8 月，余光中终于应邀越过"一湾浅浅的海峡"访湘，一了他中心藏之何日忘之的夙愿。1982 年，我在北岳文艺出版社《名作欣赏》撰文，介绍他现在于神州已众口交诵的《乡愁》与《乡愁四韵》，近年来，多次港台聚会，不断书信往还。香港中文大学黄维樑教授是他的忘年好友，也是余光中作品研究专家，余光中 1985 年离港返台之后给我的信中曾经说过："海山阻隔，而两心相通。神州之有吾兄，犹沙田之有维樑也。"他此次乘大鹏而来，不是作徙于南溟的逍遥游，而是作讲学游览于三湘的文化旅，无论是出于公务或是私谊，我都只能全程陪同了。

　　约翰生是 18 世纪的英国文豪，其诗、散文、小说及评论均卓然成家，地位大约相当于中唐文起八代之衰的韩愈。他锦心而绣口，不仅笔花飞舞，而且出口成章，另一位苏格兰作家鲍斯威尔叨陪左右，随手记录，他的许多警言妙语才得以保留在其所著的《约翰生传》之中，不致随风而散。余光中湖湘之行的咳唾珠玉，我因为耳背而影响了收听率，实深遗憾，现谨就记忆所及，作此文暂时为他收藏。

绣口锦心

机智，是聪颖的果实，敏捷的骄子；幽默，更是思想的火花，智慧的女儿。

1972 年，余光中就写过笔调轻松妙趣横生的《朋友四型》一文。他认为朋友可分为"高级而有趣"、"高级而无趣"、"低级而有趣"、"低级而无趣"四种类型。这种四分法，虽然未必能将天下的朋友四网打尽，但四网恢恢，漏网的恐怕也为数不多。余光中推崇的当然是第一型，他说这种人少而又少，可遇而不可求，他们"使人敬而不畏，亲而不狎，交接愈久，芬芳愈醇。譬如新鲜的水果，不但甘美可口，而且富于营养，可谓一举两得"。余光中没有现身说"型"，自我归类，但这位心仪苏东坡的学者作家，学富五车，才高八斗，心有七窍，冰雪聪明，自然应该高居于"高级而有趣"之列。他白雪满头，外表严肃，似乎是一座城峭堑深的城堡，外人不易入内探其虚实，其实他更像一条童心不老的江流，逸兴遄飞时便会浪花飞溅。相交近二十年，我以亦师亦友待之，或萍水相逢于会场，或杯酒言欢于雅集，或联袂同游于江海，曾多次听他咳唾随风，语惊四座。此次陪他游长沙，吊汨罗，访巴陵，印证陶渊明的童话兼神话于桃花源，俯仰大湘西的奇山异水于张家界，除了在多所高等学府听他传经布道，舌灿莲花，也随手将他沿途机智幽默的警言妙语，一一收进我的行囊。

余光中访湘，虽系湖南省作协与湖南省电视台两家邀请，但主要却由湖南省作协副主席水运宪大力经办促成。余光中公私两忙，分身乏术，加之水远山遥，确实来之不易，而此间的安排接待，也颇费踌躇。来而不往非礼也，余光中除了在作协举行的座谈会上对作协表示感谢，在会后夜宴上觥筹交错之时，复赠水运宪以"水师都督"的官衔，并连连致意："此次能来湖南，真是'水到渠成'。"我也戏言说："是'如鱼（余）得水'。"乘快艇掠洞庭而游君山，我与余光中、范我存夫妇坐在舱内，水运宪与一道陪同的作协办公室负责人彭克炯坐于船头，湖风袭肘，乱发当风。余光中秀才人情纸半张，又不忘送去几句慰问："水天一色，你们在外面说的是风凉话呵！"

作协在举行座谈会之后，设夜宴为余光中夫妇洗尘，宾主尽欢，气氛融洽。主方频频敬酒，余光中说他的酒量非常"迷你"（英语 mini，小的意思），并以英文解释"迷你"之意及其由来。"迷你"之酒酒过三巡，曲将终而人将散，许多人都要和余光中合影，他含笑端坐如一帧名贵的风景，其侧一个座位上合影者则此去彼来，余光中颔首而笑道："这是换汤不换药哦。"次日上午去省博物馆，参观马王堆汉墓出土文物展览。他在薄如蝉翼的纱衣和重似磐石的棺椁前沉思，向我们说："真是死有重于泰山，轻如鸿毛。一个人生时像开欢迎会，死时像开欢送会，欢送会总是隆重得多。不过，这位老太太倒像是作大规模的地下移民，临走时不仅要收拾细软，而且一应俱全，什么都带上了。"这个场所我不知陪同多少朋友来过了，感受已经迟钝而且生锈，乍听余光中一番议论，真惊为诗者新颖之言，智者深思之语，一派慧悟灵光。

余光中在岳麓书院演讲，讲题是《艺术经验的转化》，由湖南省经济电视台现场直播。时当夏日，风声却由簌簌而呼呼号号，雨势也由潇潇而滂滂沱沱。前不久余秋雨在此演讲，前来搅局的也是风声雨声。余光中在开场白中说道："余秋雨先生名秋雨，下雨合情合理；我的名字是光中，今天只见镁光，不见阳光，未免有点冤枉，上天多少有点不配合。"接着，他化用其名作《民歌》中"传说北方有一首民歌／只有黄河的肺活量能歌唱／从青海到黄海／鱼也听见／龙也听见"的句式，说："辛苦各位在下面听我演讲，真是风也听见，雨也听见。"台下数百位听众风雨不动安如山，余光中多次富于爱心又机智地向他们致以慰问。谈到朱熹"问渠那得清如许？为有源头活水来"的《观书有感》，他即兴发挥："今天从天而降的活水太多了，已经供过于求。我希望老天爷少点诗兴，多点同情心。"当有听众问他对中西文化交流最大的感想是什么，他简要回答之后便王顾左右而言"雨"："我现在最大的感想，就是希望雨下小一点。"余光中有诗集题名为《与永恒拔河》，演讲结束时有听众询其含义，他仍不忘回报风雨中济济一庭的热心听众："今天与天气拔河，诸位是最大的胜者！"如此善祷善颂，台上与台下交流，引爆的当然是压过风声雨声的热烈掌声。

生活在现代的滚滚红尘之中，余光中更其酷爱大自然，一生好入名山游，并写了许多优美的山水诗与山水游记，如对台湾的阿里山和玉山的山神，他就分别有散文《山盟》与组诗《玉山七颂》祭献。张家界的大名，早已写在祖国大陆之外的水上和风中，余光中蹈海而来，慕名而至，奇绝的风光该会如何俘虏他的慧眼灵心？

我们首先去天子山，不是沿山道攀登而上，而是乘缆车平地飞升。仰望高峙在云天之上的山头，余光中对我窃窃私语："我们今天上天子山，朝天子去，应该说是'朝天阙'呵！"上出重霄，下临无地，铁面无情的狰狞石峰成群结队，向我们的缆车挤来压来扑来，我不禁有点气短心虚，唯恐不测，余光中曾坐缆车登临瑞士的阿尔卑斯山，曾经沧海，他笑着嘲谑我说："这些山峰真是'出尽风（峰）头'，现在你只好听天由命，懊悔也来不及了。"

好在山灵并没有恶作剧，而是让我们平安到达山巅，观赏它摊开在我们眼前的神奇狰厉的风景。脚下石峰林立，峰壁几乎寸草不生，峰头却有青绿的草木在砂岩上寄居，有如神迹。余光中指点那些峰头上未得寸土却仍然郁郁葱葱的奇松怪木，连连感叹："真是无中生有，无中生有！"峰群在下，加之四周有巨大的如屏风的石壁围护，我就说它们像巨型的盆景，又像已经出土的秦俑，余光中便答道："这些秦俑长了胡须。"余光中当年驾车横穿美利坚大陆时，曾作散文《咦呵西部》，其中写到科罗拉多州的连峰巨石，我问他与天子山比较又当如何，他说："科罗拉多有成亿成兆吨的巨石，但却像印第安人酋长的额头，又红又皱，一点幽默感也没有。"

朝拜过天子山的山神，我们又上黄狮寨游目四顾。石峰如剑如戟，如全身甲胄的壮士，但却听不见剑戟的交鸣，壮士的喑呜叱咤；石峰如涛如浪，浪头一直拍向远方，但却听不见惊涛拍岸的声音。余光中注目凝神，叹为观止："这样的杰作，不知大自然如何雕刻出来？"我们登上"摘星台"照相，台下乃一失足成千古恨的万丈深渊，台上白昼是蓝天丽日，晚上是夜空星斗，我触景生情，向余光中也向眼前的群山万壑背诵李白的《夜宿山寺》："危楼高百尺，手可摘星辰。不敢高声语，恐惊天上人！"余光中仍然报之他一以贯之的幽默，不过他这一回是调侃李白："飞扬跋扈为谁雄的他，这一次倒是很谦虚，以凡人自居，没有说自己是天人。"说罢，我们不禁相视而笑，也顾不上李白听到后高兴不高兴。

游宝丰湖时，遥见两峰之间的绝壁上，有庙宇隐隐，有人问余光中那楼阁是怎么建起来的，真是不可思议，余光中却赞不绝口："妙，妙。妙不可言，'庙'不可言！"一语双关，闻者绝倒。船游湖上，我建议余光中以手探水，以一亲此湖的芳泽，余光中欣然色喜，赞叹说："这水好嫩呵。"如果是诗，这"嫩"字就是"诗眼"，表现了他对景物与语言的艺术敏感，我不由想起他《碧潭》中写湖水的诗句："十六柄桂桨敲碎青琉璃 / 几则罗曼史躲在阳伞下。"在水绕四门时，从长沙远道赶来的湖南卫视台记者，以奇山异壑为背景，在一个其角翼然的小亭采访余光中夫妇，问及他游览张家界的感受，他说："我在《乡愁》一诗中有'我在这头，大陆在那头'之句，而现在已不是这头那头了，而是在美丽的天堂的上头。"如此隽言妙语，不仅是听众的我们为之动心，连四周旁听的群山大约也铭记心头了。

笔花飞舞

对华山夏水，对中国古典文学包括古典诗歌传统，对中华民族及其悠久博大的历史与文化，余光中数十年来无日或忘，怀有强烈而深沉的尊仰之情。他在近作《从母亲到外遇》中反复其言："'大陆是母亲，台湾是妻子，香港是情人，欧洲是外遇。'我对朋友这么说过。大陆是母亲，不用多说。烧我成灰，我的汉魂唐魄仍然萦绕着那一片后土。那无穷无尽的故国，四海漂泊的龙族叫她做大陆，壮士登高叫她做九州，英雄落难叫她做江湖。还有那上面正走着的、那下面早歇下的，所有龙族。还有几千年下来还没有演完的历史，和用了几千年似乎要不够用了的文化……这许多年来，我所以在诗中狂呼着、低吟着中国，无非是一念耿耿为自己喊魂。不然我真会魂飞魄散，被西潮淘空。"湖南，是一方具有深厚民族文化传统的土地，前后历时十二天，余光中徜徉于楚山湘水之间，呼吸于当代现世，顶礼往哲先贤，他预约预告的诗歌散文虽然一时还来不及挥毫，但所到之处，应主人之请题词留言，他也已经笔花飞舞。

岳麓书院是千年学府，乃世人瞩目遐迩闻名的全国"四大书院"之一。在现场演讲之前，他就先去朝拜，在古朴典雅的庭院里与历时千年的书香中盘桓半日，他毕恭毕敬地题下四个大字："不胜低回。"余光中年轻时留学美国，多年来几度讲学于异域，历经美雨欧风，但他对民族文化仍然如此低首归心，与那些未谙洋文即数典忘祖的学子，或一经镀金便挟洋以自重的学人，真有霄壤之别。河南洛阳人氏的贾谊，年轻时即有远见卓识，对政治制度的改革多所建议，汉文帝刘恒既不能任用，他复遭权臣攻讦，故被降职为长沙王太傅，后来死时年仅三十三岁。他的散文名作是《过秦论》上中下三篇，贬职长沙期间，写有骚体抒情作品《吊屈原赋》与《鵩鸟赋》，表现自己的怀才不遇与坚持理想的精神。他在长沙的故居，成了古长沙一处历史与人文的风景，自汉代而后，不少迁客骚人都曾前来凭吊赋诗。余光中踏着前人的足迹而来，在濒临湘江的一条小街上寻寻觅觅，重温两千多年前的往事，也许是李商隐的《贾生》诗"宣室求贤访逐臣，贾生才调更无论。可怜夜半虚前席，不问苍生问鬼神"重到心头吧，在故居对纸挥毫，他"敬题"的是如下即兴自撰的一联："过秦哀苍生，赋鵩惊鬼神。"

长沙与岳阳之间的汨罗江，在中国江河的家族里，远算不上波高浪阔，源远流长，但它却是一条名重古今的圣水，它温柔而温暖的臂弯，曾先后收留过中国诗歌史上两位走投无路的诗人，杜甫在上游，如今的平江县城之外，堆土为墓，屈原在下游，今日的汨罗县境之内，以水为坟，年年端午，竞渡的万千龙舟还在打捞他的魂魄。余光中远来湖湘，怎能不去他的蓝墨水的上游凭吊，去汨罗江边的屈子祠朝圣呢？早在1951年，余光中在台湾就写有《淡水河边吊屈原》一诗，其中就有："悲苦时高歌一节离骚，千古的志士泪涌如潮／那浅浅的一湾汨罗江水，灌溉着天下诗人的骄傲！"1963年端午，他有《水仙操——吊屈原》诗，以水仙比屈原："美从烈士的胎里带来／水劫之后，从回荡的波底升起／犹佩青青的叶长似剑／灿灿的花开如冕／钵小如舟，山长永远是湘江。"1978年在香港，复写《漂给屈原》一诗，余光中迎风而吟："你流浪的诗族诗裔／涉沅济湘，渡更远的海峡／有水的地方就有人想家／有岸的地方楚歌就四起／你就在歌里，风里，水里。"1980年端午又写有《竞渡》，开篇就是一片鼓声："二十四桨正翻飞，鳞甲在鼓浪／彩绘的龙头看令旗飘扬／急鼓的节奏从龙尾／隔了两千个端阳／从远古的悲剧里隐隐传来／龙子龙孙列队在堤上／鼓声和喝彩声中／矫矫竞泳着四十条彩龙／追逐一个壮烈的昨天。"余光中有挥之不去结之不解的"屈原情结"，"为何在末日的前夕啊，偏偏，你坚决／要独力阻挡崩溃的岁月？直到你飞扬的衣袖变成／起伏的狂涛，你的乱发／变成逆流惊啸的水草"。在1993年所作的《凭我一哭》里，他又一次以诗来为屈原招魂。如今，数十年的梦寐神游变成了亲历壮游，余光中的心潮怎能不像江潮一样澎湃？

在"天问坛"屈原双手高举问天的塑像前，余光中也作双手高举抬头而问之状，请人摄影留念，并说："他问天，我问他。"

038

在"骚亭"登高眺望夕阳西下中的汨罗江，本来四周草木静谧，忽然一阵急风吹来，风萧萧兮汨水寒，余光中感慨道："忽来一阵悲风，这是屈原的作品《悲回风》吧？"在屈子祠中的屈原像前，余光中献上鲜花一束，低首下心鞠躬良久，神情至为庄严肃穆，这该是他"朝圣"的仪式了。在休息室小坐，主人款之以本地的"姜盐茶"，常德人氏的水运宪由于爱乡情切，大谈常德德山山有德，水与茶也如何不同凡俗，余光中这时也顾不得此来的"水到渠成"和此行的"鱼（余）水之欢"了，他反唇相问说："你再吹也没有用，屈原是在这里投水的啊！"主人请余光中题词，余光中说："我来汨罗江和屈子祠，就是来到了中国诗歌的源头，找到了诗人与民族的归属感。回台之后，我应该有好的诗文向屈原交卷。"沉思有顷，他以多年来一笔不苟的铁划银钩，在宣纸上挥写了如下的断句：

烈士的终站就是诗人的起点？
昔日你问天，今日我问河
而河不答，只水面吹来悲风
悠悠西去依然是汨罗

汨罗江是中国诗歌史最早的源头，汨罗之北的岳阳，则是中国文学史上的重镇，且不说其他，仅凭范仲淹的《岳阳楼记》、杜甫的《登岳阳楼》与李白咏岳阳的诗篇，岳阳就堪称千古名城，诗文胜地。余光中从香港直飞长沙，航班原定下午六时到达，却延误至子夜时分，但在他因初游而期盼至殷的心中，李白写于岳阳的诗句"日落长沙秋色远，不知何处吊湘君"，早已不请自来，由此可见他对巴陵故郡是何等心向往之。

在岳阳，我们陪他朗吟飞过洞庭湖，在君山上娥皇、女英的传说里穿行。白天在岳阳楼头登临纵目，将千里烟波万家忧乐收入眼底与心头，晚上荡舟于清美的南湖秋水之上，满载李白的诗句与月光。有记者问他的"人生理想"，他即兴回答说："'人生理想'是一个大题目，至少'昔闻洞庭水，今上岳阳楼'是我的一大愿望，今天已经实现，足慰平生。"这位记者复问他对湖湘文化的印象和感受，他的答复则是："湖湘文化是最值得羡慕的，有那么多古代神话，还有那么多美丽的诗文。岳阳就是这样的胜地。览君山，临洞庭，当然是赏心乐事，但也是一大挑战，今人如何来题咏，就是一个考验。"余光中也面临这样的挑战与考验，我们期待他吟咏岳阳的佳诗妙文，但如同先期而至的最早的潮头，报道的是高潮即将来临的消息，他在岳阳楼为人题句，就有"秋晴尽一日之乐，烟水怀千古之忧"之语，而题赠岳阳楼的则是：

昔闻洞庭水，今上岳阳楼

依然三层，却高过唐宋的日月

在透明的秋晴里，排开楚云湘雨

容我尽一日之乐，后古人而乐

怀千古之忧，老杜与范公之忧

与岳阳挥手告别，我们便前去沅水之滨的常德，参观长达六华里的诗墙，这诗墙因在防洪堤上镌刻古今诗歌名篇而闻名，其上就有我主持"台港与海外"诗歌遴选时确定的余光中名作《乡愁》。我和余光中各立于《乡愁》诗碑之一侧，举手紧握，余光中说："原来我人在那头，诗刻在这头，现在不是这头那头，而都是一头了！"他称誉常德诗墙是"一道诗歌墙，半部文学史"，他题

1999 年 8 月余光中首度访湘，与李元洛摄于常德沅江的诗墙下

赠的"诗国长城"四个大字，在灿烂的秋阳中熠熠闪光。

在张家界，余光中为远道而来的湖南卫视台记者题词。在群山的围观俯视之下，余光中略一沉吟，便落笔写道："精神求其年轻，智慧求其成熟。"他的出口成章，挥笔霞散，不正是精神年轻而智慧成熟的表现吗？

全程"伴奏"

前面已经说过，余光中游于三湘的文化之旅，无论是出于公务或是私谊，我都必须全程陪同，不过，与其说全程"陪同"，还不如说是全程"伴奏"。

余光中当然是十分难得而光彩四射的主奏。他是蜚声海内外的作家，驰骋文坛已逾半个世纪，为当代诗坛大家，散文重镇，著名批评家，优秀翻译家，同时也是出色的编辑家。黄维樑教授称他手握五支彩笔，以紫色笔写诗，以金色笔写散文，以黑色笔写评论，以蓝色笔从事翻译，以红色笔编辑文学杂志和各种作品选集。至今为止，他已出版四十余种著作，大陆数十家出版社曾印行他的作品，中央电视台春节联欢晚会曾演唱他的《乡愁》，中央人民广播电台也曾多次播出对他的专题采访。除此之外，余光中也是资深的桃李满天下的教授，不仅扬名于文坛，而且扬名于杏坛。此次秋日湘行，于岳麓书院现场直播的演讲，在湖南师大的说法，以及沿途去岳阳师院、常德师院、武陵大学布诗文之道，都是嘈嘈切切错杂弹，大珠小珠落玉盘，咳唾成珠，珠圆玉润。一直坐于其侧近水楼台的我，当然将月光也将珠玉尽量收藏心中，而远在香港沙田的维樑，就只能凭空想象，如白居易的诗句所说"遥想吾师行道处，满天花雨落纷纷"。不过，有主奏就有伴奏，维樑没有同来，这伴奏自然就"舍我其谁"了。

我对中国古典诗歌与现代新诗中的优秀之作，情有独钟，故而许多篇章能朗朗成诵，不，成"背"。1987年忝列于新加坡召开的第二届大同世界华文文学国际研讨会，在晚会上我曾背诵台湾另一位名诗人洛夫的《湖南大雪——赠长沙李元洛》，此诗长达一百三十行，面对电视台摄像机眈眈的目光和台下许多双炯炯的眼光，我心跳而色不改，一气"背"成。1992年高秋九月，余光中、台湾名诗人痖弦和我，应邀去香港中文大学新亚书院，节目之一就是联袂参加"抒情诗之夜"诗歌朗诵晚会，我背诵多首古今名作，包括余光中共四十八行的《寻李白》。犹记余光中投桃报李："李元洛先生的大脑就像电脑，但电脑没有这样丰富的感情，生动的表情。"有哪一位优秀作家，不希望他人欣赏自己的作品？何况是善赏善诵的欣赏者。余光中新地初游，他每次演讲甫毕，主奏暂停，我这个"旧雨"的伴奏即随之而起，我即席背诵他的一些诗作和某些散文片段，并手挥五弦，目送飞鸿，穿插以背景的介绍、作品的阐释以及兴到意随的诙谐。永远气定神闲的余光中大约有如伯牙之遇钟子期，他接着朗诵的中英文诗更加有声有色，常常指挥全场听众与他一起合诵《民歌》，在会场上掀起的是海洋上的九级浪。

余光中在湖南师大以"诗与音乐"为题演讲，我就曾背诵他的《碧潭》、《咦呵西部》、《从母亲到外遇》等诗文。后者的片段我前文已经引述，不知余光中执笔为文时是否子规啼血？我背诵时只觉豪情陡生胸臆，热血顿时沸腾，而一诵既罢，台下掌声的潮水即汹涌而来，差一点要淹没其上的讲台。不过，背诵之前我曾"解题"，说"外遇"这个词很危险，有不安全感，但余先生生活极为严肃，其夫人是青梅竹马而今偕老白头的表妹，何况她今

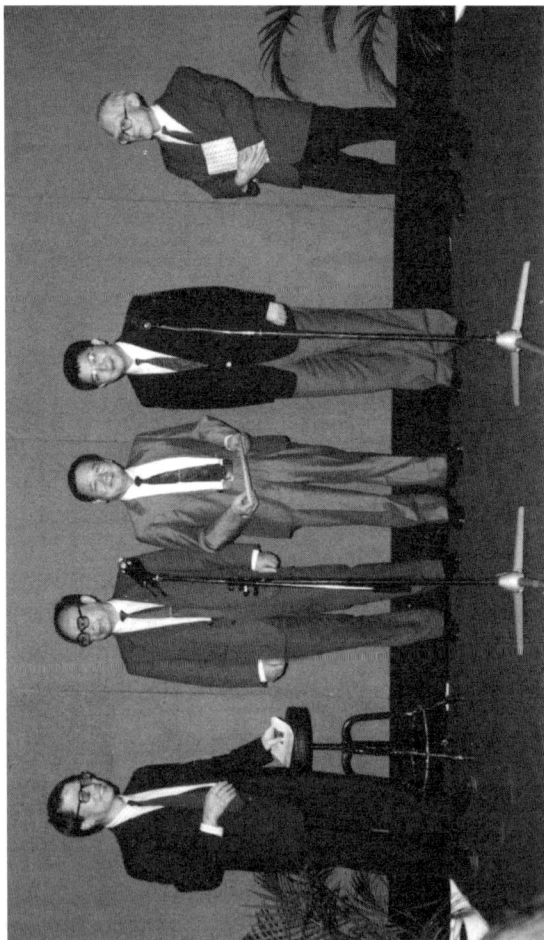

1992年10月，香港中文大学"抒情诗之夜"朗诵会，黄维樑（左一）、李元洛（左二）、痖弦（中）、余光中（右一）同台。

天因故没有亲临会场，余先生就更可以放心了——如此先谐后庄，先是因我的解题而笑声似浪，后复因余文的精彩而掌声如潮。

在我曾经任教的岳阳师院，大礼堂中一千五百位听众济济一堂，未开始演讲即已掌声雷动。我问余光中"合奏"如何进行，他笑说："重施故伎。"我在背诵两首诗后，即坐下打火抽烟，余光中当即神情严肃地当众揭发，说是他经常看见我抽烟，我之所以还要陪他去张家界而不返回长沙，就是为了在外面多抽几天烟云云。台下一时为之愕然，不知台上为何风云突变，余光中随即自诵他的诗作《请莫在上风的地方吸烟》，其中有一段是"请莫在上风的地方吸烟／因为有人在你的下面／一连举了三次手／呃喝呃喝呃喝／你却假装不发现／就算你要吸烟／也要让别人呼吸／呼吸新鲜的空气／呵嚏呵嚏呵嚏／有人在下风嘘你"，其诗本来就庄谐并作，加之诵者边诵边对我侧目而视，台下听众恍然大悟，于是"群情鼎沸"。余光中朗诵既罢，我随即背诵他表现环保主题的诗作《控诉一支烟囱》，如此一唱一和，是唯一的一次"预谋"，其他的伴奏就均是即兴发挥，即所谓重施故伎了。

余光中在常德师院演讲，大礼堂内也是座无虚席，签名的队伍如同春节时摆动的蜿蜒长龙。最后一站是张家界，其地的武陵大学闻风而动，连夜在操场赶搭讲台，请余光中次日光临。第二天晴阳高照，阳光炙人，余光中就景取材，继《艺术经验的转化》、《诗与音乐》、《中英文之比较——兼析中文之西化》等讲题之后，以《旅游与文化》为题演讲，全场气氛之热烈亦如热烈之气候。余光中在演讲中说，到了张家界，此行"渐入佳境"，并说在美国驾车旅行时，坐于其侧的夫人是他的"读地图员"。"伴奏"伊始，我指着高空的秋阳说："现在正是九月，余光中写九月的阳光，有诗曰：'鹰隼眼明霜露警醒的九月／一出炉就从不生锈的阳光'，阳光从不生锈，是余先生的首创。他今日在武陵大学的演讲，也是一场永不生锈的演讲。"台下全校师生闻之掌声浩荡，然后我话锋一转："不过，余先生演讲中也有两个错误，一是'渐入佳境'，他到长沙后就即入佳境了，怎么到张家界才渐入佳境呢？另一个错误我必须严正指出，没有范存我这位贤内助，就没有余光中这位大丈夫，怎么可以将她降格为'读地图员'呢？"于是，我便面对群山背诵余光中散文《山盟》的开篇，并再一次将他纪念结婚三十周年所写的《珍珠项链》一诗，背诵并背送给台下对之比较陌生的听众。正话反说，余光中也不禁为之莞尔，他说："李元洛先生是我多年的朋友，也是我作品的批评者，同时又是我最好的伴奏，相得益彰。谢谢他的演出。"然而，私下他却"不无埋怨"地对我说："我此行说了那么多好话，你怎么就单单抓住了那个'渐入佳境'呢？"彼此心照，我就笑而不答心自闲了。

高秋九月，湖南以它的嘉山胜水、传统文化和血浓于水的亲情友情，热情款待了来自彼岸的余光中，余光中也以他的讲演作为精神的盛宴，回报了他的听众。但是，天底下没有不散的筵席，全程陪同的水运宪和我在张家界机场为余光中送行。余光中引唐代诗人郑谷的诗对我依依惜别："再见了，元洛兄。'君向潇湘我向秦'，我这次的湖南之行，不是什么'文化苦旅'，而是'文化甘旅'啊！"

花开时节又逢君
——余光中印象记

当代文学史上的名城

杜甫说"千秋万岁名，寂寞身后事"，他写的是李白，但也似乎预感到自己虽然会名扬后世却不彰于当代，事实上同代和稍后的诗选本居然真遗落了这颗巨星，直到韩愈说"李杜文章在"，才"光焰万丈长"起来。余光中则幸运得多，他现在虽然仍迟迟不肯交还他梦中得到的彩笔，但却早已誉满台湾文坛，影响广及海外，大陆所出的几种台湾文学史和诗歌史，他都不是匆匆过客而是占据要津的重镇。他长期任教于高等学府，是驰誉杏坛的名教授，又"左手写散文，右手写诗"，另有两只可疑的手从事评论与翻译，以四十本以上的著译享誉文林，俨然已是中国当代文学史上的一座名城。

筑成这一座颇富殿堂宫室之美的名城，殊非易事，建筑者的才华、学识以及数十年锲而不舍的努力，当然都是必备的主观条件，此外，极端的严肃认真，恐怕也是不可或缺的因素。1992年10月香港之旅，我和余光中是第三次握手，与名诗人痖弦则是初逢。痖弦兄对我不止一次地慨然而言："余先生做事从来就是认真，你看他连一个发言提纲都写得那么详细工整，除了才气，这是他取得成就的重要原因啊！"

余光中为人严肃。他有四颗掌上明珠，其中一颗就曾说过"爸爸很疼人，可是有时我怕他，他很严肃"。严肃的人写字时大约不会春蚓秋蛇或龙飞凤舞吧，这要请教字相学专家了，但余光中的字却的的确确是方正端庄，一笔不苟，不论书信与著译，均是如此。这对一位高产与高质的作家而言，确乎是罕见的奇迹与奇观。十年前收到他的第一封信，即惊讶于他不仅没有一个草字，而且没有一笔草书，后来所见渐多，总不免心存疑惑：这位著述几已等身且惜时如金的教授作家，曾经慨叹"假如我有九条命，就好了"，怎么能连一般的书信都如此规规矩矩？1985年9月我第一次应邀去香港中文大学，适逢余光中卸去中大联合书院中文系主任职务即将东去海岛，书籍外加手稿、讲义足足装了六十箱之多，实在带不动的就只好忍痛割爱。他将办公室的钥匙给我，任凭选取剩下的书物，我就发现厚可半尺的一部译稿向隅而泣，展观之下，原来是他翻译的英国作家王尔德的名剧《不可儿戏》的手稿。王尔德固然妙语如珠，余光中也译笔生花，何况整部译稿字迹无一笔不工整庄重，堪称别具一格的书法作品，弃置不顾，将来明珠暗投，恐怕连一白多年前的王尔德也不会同意，于是我紧急抢救，当时还不敢秘而私之，便交给余光中的好友兼同事黄维樑博士妥为保管。

余光中喜欢用款式老旧而笔尖较粗的钢笔，银钩铁画，真不知他是怎么写出那些潇洒漂亮的诗文？别人既称他是"心多一窍的诗人"，又赞他是一位"富于责任感的教授"。评改学生的作业，为人师者各有习惯与风格，有的教授如武林高手，一剑，不，一笔就判定死生，有的教授如怀素草书，迅如飘风骤雨。余光中则手执朱笔，仍然一笔一画，于芸芸学子的论文稿纸顶端加眉批，于文末作总论，至于病句、错别字与用法不当的标点符号，都在他的朱笔批正之列，无一漏网。有时他教的班多达百余人，他也同样如此。他的学生曾经为之感叹："这样不吝时间不吝心力，肯为学生的作业精批细改的，竟是最忙最需要时间创作的一代文宗！"

如果以为余光中一味严肃认真，那也不尽然，他也不乏幽默风趣。他怕男人夺去他的四个女儿，故写散文题为《我的四个假想敌》，自称其家是"女生宿舍"，自己是"女生宿舍的舍监"，此类生风妙语，常令你读他的散文时为之莞尔。11 月初我和痖弦离开香港前夕，中文大学新亚书院设盛宴饯行，满座高朋，济济多士。院长梁秉中教授在开宴之前先请余光中致辞，他说："余教授口才很好，大家一定会听得耳里出油。"余光中随即应声笑而作答："梁院长盛筵难再，我早已等得口中流水了！"如此即兴妙对，听者无不为之捧腹。

一座名城，不仅有森严的壁垒，也有令人怡情快性的风光，在简短的篇幅里，我无法从容不迫，只能以草书的笔法写下这篇印象记。

"蓝墨水的上游是汨罗江"

1992 年枫叶如醉的深秋，香港中文大学新亚书院邀请台湾的余光中、痖弦和大陆的我赴港讲学。痖弦是名诗人与编辑家，渡海西来一苇可航；余光中其时正出游英国，现代的喷气飞机缩地有方绝云而至；我则乘车南下，千轮飞转。中文大学的"会友楼"依山临海，位于风景清嘉的校园山顶。以文会友的我们同时住进楼中，三人谈文说艺，成了坐而论道的山人。

一个月明星稀之夜，由我们共同的朋友黄维樑博士驱车，将我们接到位于学校的另一座山顶之上的雍雅山庄，飞觞醉月，把盏临风，高谈而阔论。夜色中不便记录，朋友们的许多警言妙语也就随风而散。但余光中对文学民族传统的议论，却留给我历久不磨的深刻印象。

余光中是蜚声台湾文坛与学府的作家和教授，近几年来在大陆也声名远播。他除了学术著述与作品翻译之外，"左手写散文，右手写诗"，刚过花甲之年即已出版了四十本以上的著译。他年轻时毕业于台湾大学外文系，留学美国，由于种种原因，他也曾在西化的道路上奔驰，但不久就拨乱反正，对否定民族文学传统的极端现代主义诗风痛下针砭。

这次来港之前，他正应邀游学英伦三岛。他说有一次和流寓海外的大陆诗人××同时出席诗歌朗诵会，主持会议的英国朋友向××提问："××先生，你们中国素来称为诗的国度，你作为一位诗人，请谈谈对贵国的民族诗歌传统的看法？"这位黑头发黄皮肤的诗人的回答十分干脆而新潮，也出乎大家意料："我不知道什么传统，无可奉告！"余光中做了如上转述之后，不仅是我，连先后留学美国沐浴过欧风美雨的痖弦和维樑也连连摇头叹息。

余光中接着说："怎么看待民族的文学传统包括诗歌传统，多年前台湾文坛就有过激烈的争论，我也写过不少文章，问题应该很清楚。不废江河万古流，你想彻底反传统，你反得了吗？"接着他出之以诗意的比喻："搞诗歌创作而要彻底否定传统，等于枪上没有准星，纵然能打到一两头珍禽异兽，也是瞎碰瞎撞。"我连声称妙，面对这位通晓几门外文同时著译累累然而却尊重本民族传统的诗人，我不禁想起他十年前来信中的一段话："二十年前，台湾文坛西化，要反传统，作品乃怪异艰涩。目前流行所谓乡土文学，矫枉过正，不但排斥一切外来文化，甚至连台湾地区以外的中国大传统（如古文诗词）也受批判，对我的上承李杜的诗，则诋为逃避现实，卖弄古典。文坛风气，总是扶得东来又倒西，真有主见有卓识的作家才会'得失寸心知'，不因时俗流风而乱其心意。"

近几年常常风闻××可能得诺贝尔文学奖，虽然痖弦来自台湾，维樑居于香港，但他们都和我一样深不以为然，认为××虽有佳作，然而中国自有杰出的作家，怎么也轮不到他的名下。余光中也说因为翻译得太少，西方对中国文学缺乏了解，诺贝尔文学奖评委会的委员中只有一人懂汉语，他话锋一转："得诺贝尔文学奖，对民族、对自己的身价也许有作用，但对文学并没有什么很大的作用。外国的莎士比亚和中国的杜甫都没有得过，对杜甫而言，李白对他的评价也许重要，但瑞典人的评价则不重要。作为一位对历史对文学负责的作家，重要的是他心里明白自己写出了什么就行了。"一向温言婉婉气定神闲的余光中，此时语调坚定果决。

那天晚上，人虽在香港中文大学的秋山，心里却老想着故乡的那条圣水，同是炎黄子孙，同是中国的文人，我忆起了余光中1976年所写《诗魂在南方》一文的结束语："蓝墨水的上游是汨罗江！"

花开时节又逢君

距上一次和台湾作家余光中相见，时间如永不回头的流水，汨汨而滔滔又是六年。1993年8月我访问台湾时，虽不是王勃说的什么"徐孺下陈蕃之榻"，但却在余光中的高雄之家借居三日，并蒙他百忙中开车而兼向导，在台湾南部作观山朝海的胜游。不

元洛先生：

　　大函及「名作欣賞」第六期先後收到，很是高興。我的兩首小品，承蒙大文評析，且得公於內地廣大的讀者，也令我非常感慰。我的詩集三冊（白玉苦瓜，与永恆拔河，隔水观音均為近期出版，依次為1974，1979，1983。）已於一週前空郵掛号寄去長沙。黃維樑先生見大函後，也寄上他所編的「火浴的鳳凰——余光中作品評論集」一大冊。想必都已先後收到。其他書籍，以後当再寄奉。我出版的單行本共有三十种，

THE CHINESE UNIVERSITY OF HONG KONG　香港中文大學

HATIN·NT·HONG KONG·TEL. 12-633111·CABLE ADDRESS·SINOVERSITY　·　香港新界沙田·電話：一二·六三三一壹一

ur Ref :

our Ref :

其中若干种我自己也存得不全，不多了。

　　大文所析之「鄉愁」及「鄉愁四韻」，在台灣曾經多人譜成歌曲，且灌成唱片，也有錄音帶，以後或可寄一卷給你。

　　拙作在內地，除「名作欣賞」外，在「詩探索」、「福建文学」、「海韻」（廣州）等刊物上亦有轉載或評析，而介紹得最多的，当為四川的「星星」。流沙河先生已和我通信經年，想必你也認識他。再謝，即祝

新春筆健

　　　　　　　　　　余光中　拜上
　　　　　　　　　　　三月四日

1983 年 3 月 4 日余光中致李元洛函

久前，香港艺术发展局与香港中文大学联合举办"香港文学国际研讨会"，八方风雨会香江。一鸟冲天，余光中于彼岸展翅西来，千轮飞转，我从长沙乘车南下，在中文大学曙光楼下的校园里一握手，花开时节又逢君，原是人在天涯，刹那间已近咫尺。

在大庭广众之中，无论是有备而来的演讲，或是即兴而作的发言，如果要打动甚至俘虏听众，有赖于学养与智慧携手同行的口才。余光中音调沉稳，吐词清晰，一派气定神闲的气象，但他又不乏脱俗的诗情与出众的幽默，于是，他的长篇演讲如同精彩的论文，他的即兴发言则好像隽永的小品，大珠小珠落玉盘，使听众大饱耳福。开幕式上，余光中甫一张口，听众中总可见到的交头接耳的会中之会，立即宣告休会，因旅途劳顿睡眠不足而疲惫无神的眼光，也随即被他的妙语点亮。例如，他谈到他的作家身份颇为暧昧，大陆说他是"台湾作家"，台湾说他是"外省作家"，他曾在香港教书写作十一年，有人说他是"香港作家"，但有人又不予承认。坐在他之一侧的文坛前辈刘以鬯先生插话说："你当然也是香港作家！"余光中马上投桃报李："大家知道刘以鬯先生是《香港文学》的主编，他批准我是香港作家，我就领到营业执照啦！"如此趣言隽语，在严肃的会场上引爆的当然是活泼的笑声。

为了欢迎与会者和恰在其时到访的内地某省作家代表团，香港作家联会晚上在敦煌酒家筵开十席。宾主尽欢之中，少不了麦克风前的各种致辞与讲话，这种临时的抽考，最可见平日练就的功夫。如此场合，盛产的当然是缺少个性的套话放之宴会而皆准的应酬话，甚至虽是文场却沾染了官场习气的官话，然而余光中却出语惊人，不同凡响："研讨会已经开了两天，但我认为大家的发言还没有抓住香港文学的本质。"听众无不愕然一惊而欲知究竟，余光中接着正色而言道："原因是早餐太单薄了，大家都没吃饱，所以精神不够。"余光中行文，不，行"言"至此，与会诸君都放下心来，不禁莞尔而笑，因为会未开好责不在我也，而会议主持人黄维樑教授是余光中的好友，他当然知道此乃戏言而不可当真。接着，余光中话锋一转，恭维晚宴的主人而面面俱到："今晚香港作家联会和曾敏之先生设此盛宴，相信明天的会议就会进入高潮。为了香港文学的繁荣，为了开好这个研讨会，请大家努力加餐！"在物质的盛宴之外，大家听到如此开心而且开胃的妙言，当然口角生津，大快朵颐，哄堂而大笑。

香港举行的研讨会尤其是这种冠以"国际"之名的研讨会，当然要"与国际接轨"，中规中矩，极为紧凑。大会分为两组，上下午各分两节，每节发言者三人，每人十八分钟，每节又各设主席与讲评一人，三人言毕即由讲评者评议，并由听众提出而由发言者回答问题。由于寸阴寸金，加之正午并不如内地一样照例休息，所以大陆的与会者多感疲乏。余光中已届耄耋之年，文高望重，是贵宾而非一般代表，但他仍一本他认真严谨的作风参加会议，就像精确的钟表一样准时。

他身着深色暗红隐条西服，白衬衣，红色领带如凝止的火焰。头上已全是皑皑白雪，中间部分已经开始冰雪消融，雪水顺流而下，连两道眉毛全漂白了。我十多年前在香港初见他时，还不是这样一片冰雪世界，白发在黑森林中进行的"和平演变"，也才刚刚开始。会议紧张，有的人发言"可听性"也不高，对博学而高龄的余光中尤其如此，在洗耳恭听之余，他偶尔也不免双眉紧锁，两眼微闭，仿佛刹那间已遁出红尘，到了人神交接的边境。我心中却暗自窃笑，因为余光中写过两篇讽刺开会的妙文，一是《另有离愁》，一是《开你的大头会》，其中妙语连珠，引人捧腹，如说乏味的讲话终于停止，"大众已经无力愤怒，只有感激"，如说"于是会议到了最好的部分：散会"。当然，我自得其乐的窃笑变为大家公开的开怀朗笑，那又是余光中幽默的结果。诗坛有人自我膨胀而又热衷自我吹嘘，大言不惭地自称"桂冠诗人"，有人以此向余光中请教，余光中没有正面评论，只是说："难怪近来桂树涨价了，因为桂树被砍了做桂冠去了。"

　　余光中年届七十时，在台湾同时推出诗集《五行无阻》、散文集《日不落家》、评论集《蓝墨水的下游》，在九家报刊分别发表诗作十五首，他在给我的信中曾说，如此庆祝，等于自放烟火，虽然未能免俗，但比生日蛋糕强多了。此次香港重逢，蒙他题赠以上三书，和安徽教育出版社新出的《余光中选集》五卷本。在《日不落家》的扉页上他题道："正是清明过了，谷雨方甘。"我随即向他转达湖南作家诚邀他来湘一游之意，并说："屈子行吟过的洞庭湖畔，杜甫歌唱过的湘水之旁，还有许多好诗等你去捡拾呵！"他稍作沉吟，又在另一本书上，以他一笔不苟的银钩铁画写了两行："春来秋去仍沙田，山长水远是湘江。""沙田"，是香港中文大学的所在地，也是他以前十一年中曾舌耕与笔耕于斯的地方，而他虽然未来过湖南，但多年前他咏晚年的杜甫，就曾以《湘逝》为题。山非长，水非远，什么时候，诗人的神游可以变成亲历，而我们终于可以在三湘的湖畔水湄相见？

前度余郎今又来

　　台湾名诗人余光中自称"和湖南有缘"。1999年9月他有时近半月的三湘之行，我有《楚云湘雨记诗踪——余光中湘行散记》一文以记其游；2005年端午，余光中作为特邀主祭贵宾参加了汨罗江畔举行的祭屈大典，面对岸上的人海水下的鱼龙，朗诵他的新作《汨罗江神》，我曾将旧作新文足成《汨罗江畔吊诗魂》一篇以记其盛。2007年5月中旬，石门县举办中国茶文化节，我代为邀约，函电交驰，余光中终于忙里偷闲，飞越一湾浅浅的海峡而大驾光临，我才得以《前度余郎今又来》一章以记其事。

余光中外表端庄严肃，如同一笔不苟的楷书，其实他也十分幽默机智，好像兴到神来的行草。用他的《朋友四型》的论定，他绝对是属于"高级而有趣"的"第一型"。"高级"，其学问古今熔铸而中外贯通，其诗文堪称双绝而少人比肩，其风度温文儒雅而神闲气定。"有趣"呢，就是他不但有锦心而且有绣口，富于无趣的人所最缺乏的幽默感，行文则发而为谐趣洋溢的妙文，笑语则吐而为令人解颐甚至捧腹的妙语。

5月12日晚9时半，余光中终于飞抵长沙黄花机场，因为次日上午的开幕式上有他的专题演讲，所以未遑喘息，作家水运宪便"私车公用"，以他的宝马越野车载上余光中和我，肃肃宵征，连夜向湘西的门户石门疾驰。甫一上车，余光中便笑言道："今天我又'如鱼得水'了！"因为前些年余光中的三湘之旅，水运宪也曾一路陪同。我便对水运宪说："水哥，光中兄刚履新就和你叙旧了。"余光中恐怕厚此而薄彼，便立即对我说："还有你呢，你的'洛'字不是有三点水吗？"于是皆大欢喜，宾主尽欢。载驰载驱，凌晨2时才望见石门城睡眼惺忪的灯火。鹣鲽情深的余光中肯定是想起了他的另一半，忽然冒出一句："我太太这时早已在做梦了，但她做梦也想不到我现在还没有到石门！""做梦"一词重而不复，妙趣横生，顿解我们漏夜长途奔波颠簸的疲乏。

次日余光中主讲时，其开场白虽也礼貌性地向主办方致谢，但仍不离他的"余氏幽默"："据说长沙和石门近来连续几天几夜不是大雨就是暴雨，但昨晚我来到长沙，一出黄花机场就风停雨歇了，老天为什么不敢再下呢，因为开车的是'水'字当头的水运宪先生啊！"

石门县筹办了一台晚会，朗诵演唱余光中的诗文，我推举水运宪作主持，事后余光中赞美他主持得"太成功了"。浑厚的女中音以一曲《乡愁》拉开了序幕，我随后介绍了余光中的生平、作品及其成就，并背诵了《乡愁》的姊妹篇《乡愁四韵》。不料水运宪后来又命我"加演"一个节目，我临时决定背诵散文《山盟》的第一段，并邀余光中一起登台，请他介绍写作此文的背景。余光中说他登的是阿里山，山高二千七百公尺，我于是戏言"那还没有你的海拔高"，余光中并不接受我的秀才人情，立即说"我要登上山顶才比它高"。背景介绍完毕临下台前，余光中忽然拍拍我的肩膀说："这座山，就交给你了！"如此重托，不是泰山而是阿里山压顶，我只好面不改色心不跳，背诵如流之时力争声情并茂。

余光中大约是兴犹未尽吧，临行前夜于农家乐晚餐后，忽然于席间提出大家表演节目，并声称在座的"无一幸免"，他自己则带头唱起了英文歌。我们相交多年，以前只多次在会议中或晚会上听过他以中英文朗诵诗作，以英文唱歌我却是闻所未闻。他唱的歌名为《夏日最后的玫瑰》，摩尔作词，悼念的是当年夏日死去的朋友拜伦，曲调则是爱尔兰一阕古老的民歌。余光中早年毕业于台湾大学外文系，留学美国，后来又于异邦教授英美文学，其英文水准自不待言。清歌一曲，如怨如慕，如泣如诉，醺然欲醉之中的我们时空错位，恍如已不在池塘边柳树下的石门农家而置身于异域的英伦三岛。

来去匆匆数日，我们都深感疲劳，何况身为大戏主角的年迈八十的如斯长者？但对纷至沓来甚至蜂拥而来的签名题字，他都是有求必应。临行的早晨，他还为接待工作人员龚敏龙准备的两本诗文集题词，先题"龚敏龙先生惠存，并志石门之行"，继题"敏龙先生惠存，记忆中飘满茶香"，落款分别是"余光中"和更为亲切的"光中"，十分周到有礼。

博学而风趣，名高而谦逊，这就是余光中和他的石门之行。

汨罗江畔祭屈原

汨罗属岳阳市，自岳阳举办龙舟节以来，2005 年这一届是最为隆重盛大的了，不仅将龙舟竞渡的主会场从岳阳的南湖之滨迁来汨罗江畔，与屈原更加遗踪相接，呼吸相闻，场面之辽阔壮观也前所未有，而且特意从台湾请来名诗人余光中主祭，由他领诵他特地为此次龙舟节所写的新作《汨罗江神》。

屈子祠我来过多次，但这一回和往日却颇不相同。过去是作为胜地的游人，诗国的朝拜者，今天却是参与祭祀仪式的嘉宾。在大门内一进的中庭，在细雨霏霏的天空之下，在满庭中外龙舟选手之前，面对"故楚三闾大夫屈原牌位"的神龛，我们身披金色的祭屈绶带一字排开，依次是余光中、谭谈、我、韩少功和剧作名家《曹操与杨修》的作者陈亚先。麻衣麻帽的司仪，青袍黑褂的主祭官，不知是按照哪朝哪代流传至今的版本，神情庄重地在翻印敷演古色古香的祭祀仪式。9 点 09 分，湖南卫视向全国开始直播，刹那间，屈子祠外鼎沸的人声、喧天的爆竹声、悲壮的锣鼓声一齐熄灭，只剩下唯我独尊的司仪在发号施令。见证这一前后二十一分钟的祭祀仪式的，除了粗可及臂的红烛的荧荧烛光，众多电视台与记者长枪短炮镜头的闪闪镁光，就是后面照壁上屈原画像的目光了。在"招魂三户地，呵壁九歌心"联语的左右簇拥下，高冠素衣神情忧郁的屈原似乎在俯视满庭的祭者，倾听吟诵祭文的乡耆那似曾相识半明半昧的楚音。

薄阴天，端阳雨。雨由霏霏微微而点点滴滴，但天公始终作美，没有哗哗啦啦滂滂沛沛，像我多年前和友人来游时那样。伫立在中庭的雨丝中，我想起以前曾在此题写的那首诗："千年风范到如今，每唱离骚意不平。又是龙舟争渡日，我召豪雨吊灵均！"现在我可不想召什么"豪雨"，太阳不忍心露面，隆重的祭祀和竞赛即使也无晴，但能也无风雨就很好了。我斜视了余光中一眼，棱角分明的脸上神情虔诚肃穆，早年就说过要做屈原和李白的嫡系传人的他，此刻没有在"听听那冷雨"，他是在倾听有灵的屈子冥冥中传来的叮咛吗？六年前的1999年秋日他应邀来湘，半月中我全程陪同，当然也曾来屈子祠顶礼，他说："我来汨罗江和屈子祠，就是来到了中国诗歌的源头，找到了诗人和民族的归属感。回去之后，我应该有诗文向屈原交卷。"主人当时请他题词，他在宣纸上一笔不苟地题写了如下几句："烈士的终站就是诗人的起点？／昔日你问天，今日我问河／而河不答，只悲风吹来水面／悠悠西去依然是汨罗。"匆匆六年过去，交卷虽然迟迟，但断句毕竟续成了一首完整的诗篇，如同川下合成了全璧，珍珠穿成了项链。

汨罗城中，汨罗江畔，彩旗迎风飘飘，红底白字的横幅照人眉睫。许多横幅上书写的是"蓝墨水的上游是汨罗江"的字样，多年前，我曾以余光中此一文句为题叙写对他的印象，不意却不胫而走，竞相引用，走进了他人的许多文章，今日也不翼而飞，并非不知去向，而是飞进了汨罗市印刷的有关龙舟节的宣传品，飞上了许多凌空而展的横幅。余光中名副其实的著作等身，他自己都不记得此语的出处了，如同父母竟然忘记了自己孩子的出生之地。这也难怪，你如果去问余光中十分喜爱而诗文也颇为繁富的苏轼，哪句出于哪一篇，博闻强记的东坡只怕也可能一时同样茫然如坠烟雾吧？

现在，余光中终于来到了汨罗江这一蓝墨水的上游，在上游的岸芷汀兰的江干，在江干白沙如雪的河滩之上，在建于河滩高处的可容数万人的台前。面对两岸簇拥的约三十万人的人山人海，面对千古不息的汨罗江涛，在六百名身着青衣与红衣的男女学童的伴诵下，余光中吟诵起他专为此次龙舟节所写的《汨罗江神》：

> 烈士的终站就是诗人的起点？
> 昔日你问天，今日我问河
> 而河不答，只悲风吹来水面
> 悠悠西去依然是汨罗
> 所有的河水，滔滔，都向东
> 你的清波却反向而行
> 举世皆合流，唯你患了洁癖
> 众人皆酣睡，唯你独醒
>
> 逆风而飞是高昂的令旗
> 逆流而泳是矫健的龙舟
> 急鼓齐催，千桨竞发
> 而千年后，你仍然待救吗？
> 不，你已成江神，不再是水鬼
> 待救的是岸上沦落的我们
> 百船争渡，追踪你的英烈
> 要找回失传已久的清芬

旗号纷纷，追你的不仅

是三湘的子弟，九州的选手

不仅李白与苏轼的后人

更有惠特曼与雪莱的子孙

投江的烈士，抱恨的诗人

长发飘飘的渺渺背影

回一回头吧，挥一挥手

在浪间等一等我们

此诗的前四句，是余光中1999年首次湘行时在汨罗屈原祠的题辞，他说他已记不清楚，在我的《楚云湘雨说诗踪》一文中看到后，追忆旧事前尘，以之作为《汨罗江神》的开篇而完成全诗。六年之后旧地重来，汨罗江上江浪滔滔，汨罗江上江风阵阵，风里浪里是余光中沉稳铿锵的吟诵之声，还有那众多学童的齐声和鸣。水上的龙舟，水下的鱼龙，还有两岸的龙子龙孙，此刻都通过气壮声宏无远弗届的扩音器在侧耳倾听。

生于1928年的余光中年届七十七岁，须眉皆白，诗心却依旧青春。早在1951年，二十三岁的他尚在台湾大学外文系就读，在写出《吊济慈》和《致惠特曼》两诗之前，他就写了《淡水河边吊屈原》一诗。从此开始至今半个世纪，除了在文章中和其他诗作中多次提到屈原之外，他不是再三而是七次以专咏屈原之作向这位百代诗歌之祖致敬，依次是《水仙操——吊屈原》、《竞渡》、《漂给屈原》、《凭我一哭》、《召魂》和近作《汨罗江神》。这次来汨罗之前，我们曾数次隔一湾浅浅的海峡而一线相通，他在电话中说：这回写屈原不能和以前的作品重复，要有新的角度与新意。我询其究竟，他说诗中的新意就是"拯救"，不是我们去救屈原，而是要屈原来救我们。我说，岸上的我们本来脚踏实地，你却偏偏说从水的"沦落"，可谓含义深长，诗中的"沦落"和"待救"，恐怕是指当前的世风吧？余光中称是，他说世风日下，道德滑坡，有的人不但否定岳飞与文天祥，连范仲淹、贾谊甚至屈原都一概不予承认，如果连这些前贤往烈都企图颠覆，那我们的民族还剩下什么呢？除此之外，还有我们的某些诗作者，他们并不了解却偏偏要彻底否定民族的优秀诗歌传统，热衷于咀嚼琐屑卑微甚至低下恶俗的一己之情，沉迷而不知警醒，沉沦而无法超度。

祭奠已毕，曲终人散。汨罗江之祭，要祭的除了屈原，当然还有千年前逝于汨罗江上的杜甫。心仪杜甫的余光中，早在1979年就写过长诗《湘逝——杜甫殁前舟中独白》，他说杜甫逝世前怀念屈原，同病相怜，惺惺相惜。如今，余光中在祭屈原时怎么会不想到吊杜甫？余光中曾将自己的一本文集题名为《蓝墨水的上游》，蓝墨水的上游不就是汨罗江吗？杜甫的墓地，就在今日平江县大桥乡小田村天井湖，位于汨罗江的上游，当然更是蓝墨水的上游了。于是，我陪余光中从汨罗去平江，在杜甫墓祠瞻仰徘徊，余光中的题词是"墓石已冷心犹热"。我在题毕"秋桂之清芬，诗圣之魂魄"一语之后，生怕把墓中的安睡的诗魂惊醒，我悄悄告诉余光中，请他不要再冥思苦索了，"蓝墨水的上游是汨罗江"，我已查明他几乎不敢认领的孩子的出生之地，是在他1977年由台湾纯文学出版社出版的《青青边愁》一书之中，在这本书的《诗魂在南方》一文里，在这一文曲终奏雅的结尾处。

澄清湖一瞥

　　1993 年 8 月台湾之旅，南部的高雄是我的必游之地，因为那里兼有山海和人文之盛。西侧有寿山高峙，西南的台湾海峡，将在我面前铺开它以天为岸的豪碧，而我和任教于高雄中山大学的名诗人余光中教授，也可以再度把酒言诗。待到原籍长沙的台湾诗人向明和我一出火车站，驾车等候已久的光中兄和夫人范我存女士便说："我们先不回家，澄清湖在郊外在红尘之外等你们。"

　　澄清湖原名大贝湖，因湖中产贝甚多，后又因湖水清澈而改为今名，有"台湾西湖"之美誉，我早已在余光中的诗文里认识了她。那时，余光中鬓角青青，刚过而立之年，台北市区的一座莲池孕育了他写荷的灵感，他作客当时名为大贝湖的澄清湖畔，半湖的荷花也熏香了他的诗篇。"醒着复寐着的，是一池红莲／一池复瓣的美／而十月的霏微竟淋不熄／自水底升起的烛焰"（《莲池边》）；"步雨后的红莲，翩翩，你走来／像一首小令／从一则爱情的典故里你走来"（《等你，在雨中》），这些作品后来都收辑在他以《莲的联想》为名的第九本诗集里。如今，少年子弟已经老于江湖，在还没有领我去朝山观海之前，满头霜雪的光中兄先带我去赴莲湖的夏日之约，叫我如何不怦然心动？

　　不同国家的人对花的感情各异，表现了不同文化背景之下的文化选择。西方人喜爱的群芳之中，首选是象征爱情的玫瑰，它也是西方诗歌的花中皇后，其次才轮到紫罗兰、百合花及雏菊的名下。西方文人很少写到荷花，即使偶尔点到也多是表现一种异域情调而已。而在中国十二个月花神的行列里，荷花则是 7 月的花神。在中国文学中，领袖群芳的是节操坚贞的梅花，但荷花也备受喜爱。"江南可采莲，莲叶何田田"，它从汉乐府的《江南》诗中正式出场，在历代诗文里都有精彩的演出，作为出淤泥而不染的象征，备受正直的诗人文士青睐。而在台湾最南之澄清湖上呢？澄清湖湖水清碧，赶路过境的白云可在碧琉璃上即兴表演轻盈的芭蕾。以它为名的公园里林木翁郁，白千层、黑板树、湿地松、凤凰木，那些亚热带植物的陌生名字，敲叩我的耳朵如同从未听过的音乐。湖上有白色大理石的九曲长桥，如同一匹白绸抛于碧绿的水面。然而，澄清湖之美，最美还是它的半湖荷叶与荷花，难怪它们当年要嫣然摇动诗人的无穷绮思了。在大陆时，北国的北海公园里，南方的洞庭湖畔，我都曾于夏日观赏过荷花的盛会，现在，澄清湖的荷叶荷花乍一入眼，我就觉得分外面熟，像在他乡邂逅曾经交游甚密却久未谋面的朋友。我想，它们如果不是周敦颐《爱莲说》中的莲荷流落于海岛的后裔，也该是周邦彦、姜夔诗词中荷莲的表亲吧？

骤雨刚歇，半湖的荷叶一齐擎起碧玉盏，盏内滴溜溜滚动的是最晶莹的珍珠。我将雨珠比为珍珠，也许白居易不会同意，因为他曾有"荷露虽圆岂是珠"之句。不过，我看到的这些珍珠却是澄清湖最新出产的，亮晶晶，明晃晃，圆润润，通体透明，一尘不染，比城市珠宝店里那些待价而沽的并不逊色，可惜它们都是非卖品，只可目赏而不能手掇，不然就可以满载而归送给自己的情人或爱人。当夏风匆匆路过时，荷叶们又纷纷回过头来，像变魔术似的，"刷"地一声刹那间又举起一柄柄圆圆的碧玉扇。唐代诗人白居易在《南塘暝兴》中曾说"风荷摇破扇"，他也是将荷叶比扇，但这"破扇"却实在大煞风景，毫无美感。同是写秋日残荷，李商隐的"秋阴不散霜飞晚，留得枯荷听雨声"，就幽雅深致得多了。我来时正值盛夏，荷叶们正当青春，新裁的碧玉扇轻摇，摇漾起半湖的绿风，使人久立湖边而清凉无汗。那嫣红与粉白的荷苞还没有盛开，它们或探头张望，或躲在绿叶丛中，是要待到夜幕降临时再来举办烛光晚会呢？还是要等些日子半是浓妆半淡妆时一起登场举行时装展览呢？湖畔同游的向明问我："元洛兄，你还记得光中兄三十年前写此湖的那首《满月下》吗？开篇是'在没有雀斑的满月下／一池的莲花睡着／蛙声嚷得暑意更浓／这是最悦耳的聒噪'。"湖上莲花，湖畔我存。"究竟哪一朵，哪一朵会答应我／如果唤你的小名？"我望着光中夫人一笑。因为光中兄在他年轻的诗篇里，多次将她比为莲花。但我只是朗吟《满月下》的结尾而和向明呼应："那就折一张阔些的荷叶／包一片月光回去／回去夹在唐诗里／扁扁的，像压过的相思。"

此时，笑吟吟的光中在湖边弯腰摘取了一张荷叶。曾经浪漫的诗人如今也颇为现实了，他说："好漂亮呵，古人称之为青钱，今人叫它芋泽，带回去煮稀饭，一定清香可口！"

我们齐声道好。雅人也不免俗事，日进三餐即是每天必修的俗课之一。尤其是在愈来愈商业化功利化的社会里，"文穷而后工"的古训恐怕已经有些过时了。"乐道"是人的本分与天职，但为什么一定要"安贫"呢？前人不也是曾将荷叶唤作"青钱"吗？

"青钱"本来是青铜所铸之钱，也就是铜钱。也许是所谓"君子爱财，取之有道"吧？不知从什么年月起，也不知是什么人，最早将"荷叶"与"钱"联系起来而说成了"荷钱"与"青钱"。杜甫半生潦倒贫困，他的《绝句漫兴》说："糁径杨花铺白毡，点溪荷叶叠青钱。"宋代江湖派诗人范成大，在《白莲堂》中也说："古木参天护碧池，青钱弱叶战涟漪。"而同是宋代诗人的杨万里，对于莲荷更是情有独钟，"接天莲叶无穷碧，映日荷花别样红"，除了赞美西湖的荷花，他还写过许多令今人读来仍然口颊生香的诗篇。时下各种文学评奖名目繁多，而且日趋俗滥，如果要举办以"荷"为专题的作品评奖，那第一名就非杨万里莫属，但他是绝不会去交什么参赛费或到评委中去工夫在诗外的，虽然他也曾在《秋凉晚步》中把荷叶比为荷钱："绿池落尽红蕖却，荷叶犹开最小钱。"

在澄清湖边，我们天南地北地扯了一通"荷"与"钱"的关系，向明兄由此及彼而问及大陆文人"下海"的情形，我说："有才的文人大都缺少有贝之才，他们想改变自己的处境，乃天经地义。有些下海者本非文人，而有些文人可能一泳不归，有的则可能回头仍是文学之岸。但我钦敬的毕竟是那些清高的文学殉道者！"

默然旁听的光中忽然幽默一句："屈原可以下河却下不了海。"

"河"与"海"一字之差，却相去甚远。我想起 60 年代之初余光中为《莲的联想》所写的序言："诗人是一种两栖的灵魂，立在岸上，泳在水中。有的泳在汨罗江，有的向采石矶捕月，有的把泪洒在海水里，有的骑马如乘船，有的坐船如天上坐。"我便说："从屈原以来，诗人与河关系密切。曹操在《观沧海》中虽说过'东临碣石，以观沧海'，但那可是'沧海'而不是'商海'呵！"

然而，我们此时是观湖而非观海，既没有骑马，更没有坐船，驾的是现代的奔驰。驰出园门之后，南方说变就变的天空又下起了迷迷濛濛的细雨，湖边的杨柳更加依依，湖内的荷叶荷花也愈发楚楚。隔着雨帘，我们不禁将车停在杨柳岸边而凝神观赏，这是澄清湖的一景，名曰"柳岸观荷"。说是柳岸，却已经是柳永从未见过的柏油路面了。眺望雨中湖光，光中兄轻轻叹息说："我想，皎白酡红的荷花要艳阳天才能盛开，那种景象要岭南派的画家才能画啊！"是的，澄清湖的荷花大展要过些日子才能正式揭幕，虽然已是人生难得的一份因缘，但我看到的毕竟只是一次彩排，人在台湾的光中和向明近水楼台，他们有的是机会大饱眼福。留连留恋留莲，来去匆匆的我却不免痴痴地想：在一瞥，不，一别澄清湖之后，何年何月才能再来，将它的半湖红玉和满湖清芬捧在手上？

元洛兄：

这次你能来台访问，並与何明兄南下一遊，故人重逢，其樂何如。我能駕車陪你们親近山海，也感到机会难得。而今回顧八月十五，十六两日遊踪，倏忽已成陳蹟，誠有蘭亭之歎。附上八月十六日照片数帧，以誌此遊，或有助於你散文的寫作。(除滿地牽牛花為佳樂水之外，其他各帧均為風吹砂)

台灣文壇种种，想你此行必有認識与感想，对你日後撰寫诗論評，当有印诗正之功。我近日仍忙于繁瑣，後日即去西班牙開会，九月中旬始返，接著便要新学期上課了。匆此即頌

　　近佳

　　　　　　　弟光中 1993. 9. 2

1993 年 9 月 2 日余光中致李元洛函

天涯观海

一

还是在长沙时，在台湾名作家余光中赠我的散文集《隔水呼渡》和诗集《梦与地理》中，我就初识了位于台湾最南端之恒春半岛，以及半岛上幅员广大的"国家垦丁公园"。他的诗文集在我的案头与床头，白天引我远思遐想，而挑灯夜读呢，台湾海峡和太平洋的波涛竟然汹涌而来，把我斗室中的台灯与子夜都打湿了。

1993年8月的台湾之旅，喷气机缩地有方，天涯刹那间飞成咫尺。我和台湾诗人向明联袂从台北抵达镇于台湾南部的高雄，余光中百忙中偷闲三日，驱车载我们去岛之最南端观山朝海。

我提出要先游览高雄市容，并说市内有一条河，久闻它的芳名叫作"爱河"，令人心向往之。余光中莞尔一笑，说："高雄是台湾第二大城市，也是台湾南部的工业中心，环保的问题不小。哈雷彗星七十六年之后回来，肯定找不到高雄了，它现在就已经烟雾沉沉。至于爱河嘛，屈原只能下河而不能下海，但他如果从爱河一跳下去，肯定就会连忙爬起来，因为原来的碧水全被污染了。我们还是径直去天涯观海吧！"

二

还没有曾经沧海，就已经难为水了，等到朝拜了沧海又当如何？光中兄驾驶盘在握，左旋右转，沿西海岸的公路驱车南下，飞驰的四轮便把远山近海一一召来眼前。

台湾南部属亚热带气候，阳光分外热情好客。以前在长沙读唐代贾嵩的《夏日可畏赋》，即使是冬天展卷也会觉得酷暑蒸人，但直到车行台南，才奇怪贾嵩并没有到过这里，怎么写得出"可流金而烁石，可焦头而烂额"的水分全被榨干的诗句？不过，虽说阳光烤人，但天空中也会突然飞来几朵不速之客，从乌衣中拧下一番阵雨。光中兄本是诗人，他对半岛风光十分熟悉，不像我眼睛忙碌于山海之间，而是气定神闲地忽发诗的感慨：

"因为一朵云的缘故，可以写一首小诗。但纯粹写景和琐碎言情毕竟是偏锋。好诗纵要有历史感，横要有现实感，比较有普遍意义的是对现实社会有所感慨，写得个人化也可以通向大众。"

我和向明颔首赞同。光中兄几年前文旌东指，从香港中文大学移帐于高雄中山大学，就曾以《控诉一支烟囱》为题赋诗，忧心于现代工业对自然生态环境的污染和破坏，发表后反响强烈，我也曾以"一纸诗的控诉状"为题撰文评介。不过，此刻我们已远离高雄，左边车窗镶嵌的是从北到南中央山脉的青青翠色，右边的车窗呢，则全部被台湾海峡的碧波所占领，只偶尔有几叶帆影几羽鸟翅在窗玻璃上掠影浮光。

车过龙鸾潭，我们在潭边小驻征骖。说是"潭"，实在有些委屈。它长达四华里，是垦丁公园中最大的湖泊，与海相距不远，恐怕是海的亿万斯年前的私生女吧，退潮时匆忙中来不及带走，她就流落在这里。潭面广漠空明，要等到高秋十月翔集的候鸟把这里当成不知第几个驿站时，它才会热闹起来，而现在却空空荡荡，如同淡季的人去楼空的旅舍，等待从远方纷至沓来的游客。

日落之前，我们终于到了半岛南端西海岸之终点的"猫鼻头"。奇形怪状的珊瑚礁群若干万年以前从海底升起，像一群魔怪猛然浮出水面，它们聚集海边，张牙舞爪，半藏半露，那狰狞的气势吓得长驱直下的高速公路也顿然止步，掉头而去另觅生机，而礁阵中砰然四溅的海浪也在频频警告游人，喊的似乎是清人魏子安《花月痕》中的诗句："一失足成千古恨，再回头已百年身！"此地非关花月，只有探险家敢来涉险。岸边土石杂错的高处，建有一座白色的高台，我们都是文弱书生，便只好登台而凭高远眺。

此处的正前方是巴士海峡，右边是台湾海峡，左边则有逶迤的海岸向更南端的"鹅銮鼻"奔去。白日西斜之下，好一幅天神与海神合作的巨型油画啊，近处墨绿，远处金黄，更远处一片银白，水天交接之处则闪动一派赤红，好像海水都已煮沸，天幕正在燃烧。如同人间广场上的降旗仪式，海天正在联合为落日举行悲壮的闭幕典礼，不过，落日谢幕了明晨仍会升起，正如一首遥远的民歌所唱的"太阳下山明早依旧爬上来"，人落幕了呢？有谁能够再度启幕？政治家能在历史课本中留下好名而不是骂名，文学家能在文学史中留下美名而非虚名，就已经颇为难得了，而在芸芸众生之中，这又有多少人能够做到？东汉的王粲曾作《登楼赋》，开篇即是"登兹楼以四望兮，聊暇日以销忧"，我虽作客他乡，也非王粲，但观大海之无穷，叹人生之有涯，却也不免忧从中来。在落日熔金暮云合璧的时分我登台四望，台湾已故诗人覃子豪写于50年代之初的名诗《追求》，又蓦然重到心头：

大海中的落日
悲壮得像英雄的感叹
一颗星追过去
向遥远的天边

黑夜的海风
刮起了黄沙
在苍茫的夜里
一个健伟的灵魂
跨上了时间的快马

三

日落后在垦丁的教师会馆略事休整，暮色已老夜色正浓，光中兄又驱车载我们去"鹅銮鼻"，那是恒春半岛的最南端。下一个精彩节目是：在茫茫夜色中观星听海。

鹅銮鼻左侧是太平洋，面对巴士海峡。为了来往船只的安全，在这里建造了一座高近百米的灯塔，相当于一百八十万支烛光的强光汇成三柱光束，从旋转透镜中霍霍扫出，它虎视眈眈，也俯视眈眈，指引二十里路以外航船的迷津，守望巴士海峡和太平洋之交居心莫测的风浪。

虽然光柱旋明旋灭，三十秒针一个轮回，但已经足够叫我们这些"夜客"魂悸而魄动了。"夜客"，在古典诗词中常常是"晚上的绿林好汉"之意，如唐诗人李涉的一首诗就题为《井栏砂宿遇夜客》。天地默然而且墨然之时，巨大而雪白的光鞭忽地亮起而且猛然抽打过来，我们这些平日只独守现代的灯光和古代的烛光的文人，真不免刹那间神经失常，误以为自己已经变成了企图偷渡的角色，或亡命于岸边的海盗。不过，片刻之后就已神志清明，我们只是来观星听海的安分守己的游客。

月亮见有灯塔守夜，当夜它竟隐居未出。我们从高崖上俯眺大海，只见一片黑茫茫，不像白天近岸碧绿，远海湛蓝，更远处墨绿，水天一线之处又一片灰苍，阳光赶来凑兴时，波光闪闪的大海更是兴奋地翻动它那硕大无朋的仓库里的金珠银宝。而这时，你只听见晚潮拍打海岸的轰然之声，时高时低，时起时伏，那是海神的鼾息吗？大海啊，白天有如摊开在蓝天下的一部卷帙浩瀚的大书，内涵深邃，有谁能读懂它的奥义？现在夜空无月，这部书只剩下巨大的黑色封面，就更使人觉得神秘莫测，无从读起。只有鹅銮鼻灯塔的强光蓦然扫过时，才匆匆翻亮几页数行，随即书页又匆匆阖起，我们听到的，依旧又只有那万古不息的潮声与涛声。

晚明吴从先有一段小品文写得绝妙，他说："读忠烈传，宜吹笙鼓瑟以扬芳。读奸佞论，宜击剑促酒以销愤。读骚，宜空山悲号，可以惊蛰。读赋，宜纵水狂呼，可以旋风。"（《赏心乐事》）他指的是读书，而读海特别是读夜海呢？如在鹅銮鼻的高崖上，在观海听潮之时抬头仰望，满天的星斗压人眉睫。好一幅神秘肃穆的星图啊，海旷天低，是哪一位天机莫测的高手挂起来的呢？人世间有围棋有象棋，高空中的星棋是什么超一流的棋手在对弈？千万年来是否已经分出胜负？人世间古代有油灯今天有电灯，天宇中星灯千万盏，它们用的是什么燃料？谁是它们的点灯人？我忽然想起苏东坡，他在《夜行观星》中说"天高夜气严，列宿森就位。大星光相射，小星闹若沸"，他见过的星斗是不是就是现在我头顶上那些？清代诗人黄仲则写星星，说什么"隔竹拥珠帘，几个明星切切如私语"，我到哪里去找他一询，他听清星星在私语什么？眼前的夜海墨墨而且默默，星海灿灿而且颤颤，星海的光华灿烂，更反衬出海洋的深邃博大。我想，读得懂夜海的，除了船上的罗盘塔上的灯光略知一二，恐怕也只有同样深沉神秘的星天吧？

在夏夜的长天大海之间，我久久地品味这红尘中难得的观星听海的福分。世间有所谓"庸福"与"清福"，那些晚上出入于卡拉 OK 夜总会而衣香鬓影而酒绿灯红而纸醉金迷的人，如果也算有福，顶多只能称为"庸福"，怎及我现在所享受的"清福"于万一？正当我心醉神迷之时，忽然听到光中在对向明说：

"是谁那么阔气，千蕊吊灯一般亮起那许多星座？只有他们才真正不朽啊，和星空相比，世间的千古杰作算什么呢？"

这话听得我油然而喜，悚然而惊。喜的是诗人意象之新颖奇特，惊的是他的人生感悟中的悲剧意味。我说：

"光中兄，一个作家能够写出一二真正可以传世的作品，也就可以说不负此生了。来日方长，明天早晨我们不是还要赶去参观太平洋的日出典礼吗？"

四

次日凌晨 5 时，光中兄即来叩门，语调颇为兴奋："快走快走，今天天气好，赶去'龙坑'可以看到日出哦！"我们的汽车在沿海公路上疾驰，这时，其他所有的车轮都还没有醒来，近处的台湾海峡和远处的太平洋正在鼾息之中，只有低垂的启明星熠熠闪光，好像是一位先行的信使，说：太阳就要升起来了。

车到海滨的管理处门口便戛然而止，我们办了特别通行证，故尔可以穿门直入，步行于长长的海滩奔向目的地"龙坑"。昨日南下时在海滨的公路上，见到几只白鹅摇摇摆摆气象悠闲地横过公路，向明说："看那神态，好像这条公路是它们的一样。"光中则亦庄亦谐："白鹅作康德饭后散步状。"现在，为了在日出之前赶到龙坑海边，我们在作与白鹅之悠闲完全相反的急行军。光中手执电筒为前导，电筒光推开前面一两丈远的黑暗，只见地上砂石纵横，星星点点的斑鸠菊匍匐在地，两旁的林投树披头散发有如怨妇，我不免疑心是不是在蒲松龄的《聊斋》中穿行？行行复行行，天色微明，附近抛来了几句鸟语，此情此景，如同光中《垦丁的一夜》中的诗句："夜是一张薄薄的油纸／轻灵巧妙的鸟舌／究竟用几口剪刀的音乐／剪开一角惺忪的黎明？"

待我们赶到龙坑时，天已大亮。龙坑是台湾南部的最尾端，也是东海岸的终点。以前我读光中的《龙坑有雨》，对龙坑地形之奇特诡谲已有思想准备，然而一旦身历其境，乍一照面就被镇住了吓住了祟住了。龙坑的地形是临海珊瑚礁断崖，海崖下遍布城府深沉的裙状珊瑚礁，陷阱、长沟、壶穴、溶洞，寒气森然，凶气凛然，长约数百公尺。光中在《龙坑有雨》中如此描绘："雨云下，那一列怪岩杂错的长岬，布阵把关一般阻绝了去路，那色调如锈如焦，那外壳如破烂如腐朽如凿如雕，是美是丑都很难说，奇，却是奇定了。"不甘如同被点穴一样镇在那里，于是我就在龇牙咧嘴的礁岩群中或蹲踞而移，或蹑足而行，或攀援而爬，或舍命而跳，只觉那三尖六角的礁岩要来咬啮我的肌肤，而下面深沟绝壑里也危机四伏，水石相击的砰訇之声，也不断将令人毛骨悚然的恫吓抛了上来。

我们终于在礁岩顶部一块较平坦的地方站定，权且将它当成临时的观礼台。这时，太平洋在我们面前摊开它一望无边的浩阔

与豪碧,而天边已是一派殷红,像产妇的血。我们人人目不转睛,等候大海的分娩。向明意犹未足地说道:

"这里唯一的缺陷就是没有海鸥。太阳东升的仪式如果有白色的海鸥飞来剪彩,那气氛就更好了。"

光中说:"不知海鸥怎么不肯光临。孟浩然说过'高风汉阳渡,初日郢门山',汉阳渡是比较开阔的,这里却寸步难行。"

我问光中:"众生为什么都喜欢看日落,也更喜欢看日出呢?"

光中笑而作答:"日落让人回忆和留恋,而日出则给人以希望和鼓舞啊!"

话音刚落,忽听"当"地一声轰响,天地为之动容,大家不约而同地朝东边凝望,一轮金阳已经临盆,并威仪万方地破浪而出。除了天边的海水如红玛瑙,近岸的海水如蓝宝石,整个太平洋都被阳光点化成了黄金与白银。我们脚下的礁群也没有刚才的狰狞可怖了,在君临万众的旭日之前,它们一齐向东方俯首称臣,而且列队欢呼,以轰然作响的浪吼潮音。

如此这般地登高壮观天地间,列席太平洋日出的盛典,一股豪气陡然充满了我的胸臆。曹孟德当年登临碣石,以观沧海,在《步出夏门行》组诗中还高歌"老骥伏枥,志在千里。烈士暮年,壮心不已",我们又何必叹老嗟卑,悲华年之随风而逝,也何必总是英雄气短而儿女情长呢?大海日出给我们的昭示,不就是"要发热,要发光,要向上"吗?于是,我笑向光中与向明,就地取材也取诗,面向旭日与大洋,放声吟唱光中《夸父》中的诗句:

为什么要苦苦去挽救黄昏呢

那只是落日的背影

……

——何不回身挥杖

迎面奔向新绽的旭阳

去探千瓣之光的蕊心

壮士的前途不在昨夜，在明晨

西奔是徒劳，奔回东方吧

既然是追不上了，就撞上

入此门者，莫存幸念

——余光中细心敬业的精神

三十年前开始读余光中先生的作品，二十八年前初见余光中先生其人。接触余先生这么多年，其中1976年至1985年我们是学校内的同事，更是近距离接触，第一类的（不是与外星人那种第三类近身接触）；要我写我所认识的余光中先生，横看成岭侧成峰，远近高低可以选取各种角度，春夏秋冬四季又不同，我真不知道如何细说。1985年夏天，我写了一篇文章《和诗人在一起——记余光中的一天》，就用了一万多字。

案上有余先生的新书《井然有序——余光中序文集》，不如就从此书说起吧。《井然有序》一书的自序，述余先生"井然有序"地写序的经过：

我为人写序，前后往往历一周之久，先是将书细读一遍，眉批脚注，几乎每页都用红笔勾涂，也几乎每篇作品都品定等级。第二遍就只读重点，并把斑斑红批归纳成类，从中找出若干特色，例如萦心的主题、擅长的技巧、独树的风格，甚至常见的瑕疵等等，两遍既毕，当就可以动笔了。

余先生是20世纪中国的大诗人、大散文家。大作家而这样细读别人的书稿，细心为之写序，当今之世极为罕见。多的是大而化之、不拘小节的前辈，对着晚辈的书稿，左揭揭，右翻翻，望书名而生义，顾左右而言他，赞作者的才学和为人，请读者自己去欣赏。余先生为人写序，三分是序，七分是书评，乃"名家撰序"传统的大突破，其表现可以和余氏诗作的创新相提并论。难怪《井然有序》出版后，深得罗青等的推许。余氏序梁实秋的《雅舍尺牍》，指出"梁先生在文章里绝少用惊叹号的，却在信里用于台湾"。他心如发细，才会有这样的发现。余氏序李元洛的文集《凤凰游》，为求读者明白李氏各文所述的名胜古迹方位，亲自绘制地图一幅，这种"史无前例"（余氏自己的形容）的做法，也正由于他细心。李元洛是晚辈，梁实秋是前辈；对他们的作品，余先生都细心。

细心与敬业有关，1997 年 1 月初，余先生应邀来香港参加"香港文学节"的多项活动。以他的名气和地位，大可演讲完《紫荆与红梅如何接枝？》之后，就逍遥场外，去看紫荆花或游红梅谷了。不然。两天共六场的研讨会，余先生场场与会。有朋友在儿童文学那场研讨会看见他，问他何以也在场，他说："我听得津津有味啊！"童心仍在，乃能听得津津有味；他敬业，而且乐业。

余先生之敬业，着实使马马虎虎的人惊奇，他批改学生的习作，真的批又改：在文卷上眉批、总批、夹行批，改句法、改错别字、改标点符号。百名学生的大班，作业和试卷的批改，往往用上余先生一月半月的时间。一周一序，一月一科；若非余先生精力充沛，真不知道他的时间是哪里来的。读他蓝墨水的创作，我们惊叹；看他红墨水的批改，我们敬佩。余先生担任过香港一所专上院校的中文系校外考试委员。有一次，我出席该系的一个会议，会上参阅余先生撰写的各科试卷评审报告。他的报告用楷书工笔写成，有七八页之长。另一位校外委员的报告只得一页。

根据我这三十年的阅历，余先生的诗稿、文稿、评阅报告、读书笔记、公函、私函，以至银行支票上他个人的签名，都用楷书，都写得工整。这样，读者有福了，排字工友有福了。余先生的诗文风格独具，号称余体。他的书法是另一余体，工整而刚健，我一看就能认出来。余先生似乎没有洁癖，但有书法整洁之癖，或可简称为整癖。这大概是天生的，就像与之相关的敬业精神大概也是天生的。

阅读细心、批改尽力、写字工整，敬业的精神诚然可贵。这却不是成就大事业的充分条件。深入接触过余氏作品的人，都知道他对人生世事声色文字感应敏锐，其想象力如大鹏展翅，上天下地，丰沛恢宏，读他的《逍遥游》、《戏李白》等等诗文，你不会把作者联想为一个正襟危坐、一丝不苟的教师、小吏或学究，而是庄周、李白、但丁、歌德。然而，想象瑰丽甚至飞扬跋扈的"艺术造型"（persona）或曰"文本"，却偏偏有这样细心工整的"人生面貌"或曰"人本"（文本与人本借用自余氏《井然有序》一书的序言）。这矛盾如何统一起来？这人生面貌可有助于我们对余氏文学表现的认识？

有的，余氏的细心，与其"诗律细"相通。杜甫自言"老去渐于诗律细"。余氏则向来诗律、诗法颇细，往往极细。新诗中多的是自由诗，不用押韵，不讲平仄，句法、句长、行数全部可以不拘。某些新诗根本毫无诗律、诗法可言。余先生的诗，颇有讲究诗律的。他的诗法——写诗的章法——在20世纪的新诗作者中，其绵密严谨，大概只有卞之琳可和他相比，我早就注意到这一点，在不少评论文章中已指出了。上面提过的大陆评论家李元洛想必有同感。他在赏析余氏的《珍珠项链》时，除了称赞此诗情深喻妙之外，还指出它结构上前呼后应，其组织"细针密线，一时不走"。这正是余氏细心谋篇的表现。很多现代诗有佳句、无完篇，因为有创造意象之才，而无经营篇章之思；余氏二者兼备，因此有句也有篇，诗艺不同于凡响。

走笔至此，我愈写愈严肃了，可能不符合编者要求的轻松格调。若然，我致歉之余，建议读者阅读《璀璨的五彩笔》中黄、梁诸位的文章。他们写余先生如何妙语如珠、轻松风趣，甚至带点顽皮。张晓风、梁锡华、痖弦等多位，都认为余先生有资格戴上世界最高荣誉的文学桂冠，这里我写敬佩的大诗人，何妨写其细心敬业用功的一面。天才仍须努力，这是老生常谈了。余氏中英文造诣精湛，英文，他可能有一半是靠读字典得来的。他担任过高雄中山大学外文所的所长，据说所办公室外有他挂的一个牌子，上刻但丁的名言，英译作 Abandon hope，all ye who enter here，余先生这样翻为中文："入此门者，莫存幸念"。

满天壮丽的霞光

——2017 年 10 月在高雄参加余光中先生的活动

6 月中旬我与家人到高雄探望余光中先生，四个多月后我再到高雄，这一次乃为余先生九十岁（虚岁）庆生会兼《余光中书写香港纪录片》发布会而来。10 月 25 日上午从深圳到香港到高雄到城中左岸爱河边的余家，一直"大步流星"。

与诗翁相见，他身体瘦弱，行动迟缓，和 6 月时差不多。日月逝于上，往昔清瘦而健朗的诗人，体貌衰于下，有如是者。去年 7 月跌跤受伤，后遗症竟如斯严重。诗翁头脑还是清晰的，余太太则如常清丽健谈，虽然也已经八十多岁了。

我的"伴手礼"是手杖、香炉和两张地图。余太太在杭州出生，我送的一张地图详绘大杭州的山水，希望二老将来还有机会在胜美之地登山临水；另一张则为"北斗"版大幅面"撕不烂地图"。余先生酷爱地图，中学时曾为女同学代画地图作为功课。他为长沙的李元洛散文集《凤凰游》写序，奉送亲自绘制的"湘鄂游记简便地图"。他一生推崇荷兰画家梵谷，在他翻译的《梵谷传》里，就附录了他手绘的梵谷行踪图。2014 年澳门大学中文系举办余光中作品研讨会，在我的建议和鼓励下，北京大学的刘勇强教授就以余光中和地图为题材，写了一篇小型论文。

"……在长江和黄河之间 / 枕我的头颅，白发盖着黑土 / 在中国……"和"用十七年未餍中国的眼睛 / 饕餮地图"是余先生名诗的句子。

面对我送的这张地图，拿着放大镜，诗翁应能又一次神游华夏的山水和名城。从前看台北《联合报》、香港《明报》和《大公报》等报的副刊，字虽是小楷小宋，两片老花镜就够了。当年《大公报》马文通兄约稿（后来由傅红芬女士约稿），我征得诗人同意，在《文学周刊》先后发表过很多光中先生的诗篇，有一两次整版都是他的作品。马兄厚爱，我还在这周刊连载长文章，评论余先生的诗作。余先生敬惜字纸，包括报纸，这些都一一保存。家徒四壁？余家的四壁徒然只是书刊。他书斋的书灾，从以前台北的厦门街闹到现在的高雄光兴路。

与诗翁夫妇晤谈，闲话家常。下午五点半出发到"新统一"用餐，路上二老有我和千金余幼珊搀扶。共进晚餐的还有金圣华、黄秀莲和王玲瑷几位，都是与"纪录片"有关、翌日要"作秀"的。两个多小时里，慢慢吃，闲闲谈，高雄和香港两地的语言和风俗，是零零散散的内容。餐厅的名字引人思考，却没有成为话题。餐厅的陈设和气氛都有西式的典雅，高雄这台湾第二大城西风可掬。

昔日聚谈，管它是长桌或者圆桌，管它在尖沙咀或者马料水，只要胜友如云、老友如云，余先生一定妙语如珠。他翻译过英国才子王尔德的四部喜剧，其趣语机锋，一定可以和我想象中的王尔德比美比隽。如果是"沙田四人帮"的聚会，又或者是四人帮之外还有金耀基这另一位才子（金教授当过中大校长），则话语之精妙，可供钱锺书写入《围城》续篇。有一次沙田帮在余府餐聚，教过莎士比亚的余先生，对着同仁 Gaylord Leung（梁锡华）说，"我有一副对子了——The Merry Wives of Windsor, The Gaylord of

Shatin"。对子中，前者是莎翁一部戏剧的名字，后者指的是梁锡华——他本名是梁佳萝。Merry 和 Gay 都是快活的意思。1985 年余先生离开香港赴高雄中山大学，沙田帮之一黄国彬写作大品散文以为送行，文中把诗人的咳吐珠玉记叙一番。如今锡华和国彬远在加拿大，四人溃不成帮，要记叙友情的话，只能沿"离散文学"（diaspora）一途。我们似乎在象牙塔里不理世事，其实社会时代的现实都在四人的思维和书写中频频出现。

四人帮兼治中西文学，所以出语往往混杂（我不禁要用 hybridity 一词），或会为人诟病。其实四人都热爱中文，余先生不用说，锡华和国彬都是散文高手，中国文学修养深厚。余先生礼赞中文的隽句，我这里非引录不可：是"仓颉所造许慎所解李白所舒放杜甫所旋紧义山所织锦雪芹所刺绣"的美丽中文。沙田四人帮固然在高雄不全，在香港更是绝迹了。幸好内地诸学者如喻大翔、曹惠民所称道的沙田文学还在。是晚餐聚、翌日作秀的金圣华和黄秀莲，还有在"纪录片"出镜而这次没来的樊善标等，与沙田校园有渊源的文学，正以现在进行时存在。

诗翁年迈，虽然人在高雄，已无复当年謦咳的雄风。进餐时，诗翁两次到洗手间，我都搀扶。触感他瘦削的手臂，我胡想到所谓文人"风骨"。宴会结束，下楼梯时，两位女士左右扶持，步步为营间我听到诗翁说"这里为什么这么黑"，语气带着惊恐。高雄是阳光之城，当下序属三秋，白天艳阳和煦。现在是金秋的良夜，清风习习，但大家都没有夜游的雅兴。诗翁夫妇回家，其他各人返回住处。这又使我想起 90 年代港台内地文友在港岛夜游的怡悦往事，很有杜甫诗"仙侣同舟晚更移"的风致。

26 日上午我原来可以到余府陪两位老人家的——其实我年达古稀，邻居小孩多以"爷爷"敬称，也是老人家了。半个世纪的悠悠岁月，可乐谈可感叹的事情哪会少呢？诗翁要休息，他连中午中山大学校园贵宾餐厅的宴会都因要休息而缺席，而由余太太代表。菜肴丰美，宾主畅叙。然而啊，台湾"梅花餐"（宴席只提供五菜一汤）的口号早就不叫，香港"珍惜食物"的标语是空话，内地"光盘行动"实践不起来。海峡两岸在热情好客方面，早已统一。身为远客，我自然不宜晓以"光盘"的大义。

餐后到校园里西子湾畔的"西子楼"，教务长黄心雅教授周到地驾车与我同往。我先对着门口的诗板端详起来。6月在中大，被炎阳晒昏了头脑，没来观看余先生的诗《西子楼》。我看啊看，楼里的厅中已坐满了师生校友和我们几个"纪录片"的参与者。寿星诗翁与夫人坐镇主席，众小星恭而拱之。中大副校长陈阳益、教务长黄心雅、余先生和我先后发言。

陈教授称赞在校三十二年的诗翁，是镇校之宝；他不看稿子而举出余先生诗文篇目数字，言辞得体。黄教务长缕述余先生的贡献，包括他主持的文化基金会讲座，亲力亲为筹划。余先生讲话时，忆述当年在港对粤语"识听不识讲"的无奈；论薪金，他直言港台两地的数目是一样的，但一是港币，一是台币。香港的岁月，目前在座有中大旧同事我黄维樑和金圣华，因而说讨的是"黄金岁月"。余先生讲话不掩亲切幽默的本色，但声音小了，也不像从前的铿锵。"纪录片"内容是余先生的香港时期，我讲话时三言两语把主角的生活和作品加以概述。诗和从前一样多产且优秀，包括情诗——给妻子的情诗，如《杏灯书》如《两相惜》。我讲时"偷看"在场的女主角，余太太似乎腼腆了。

跟着放"纪录片"，四十分钟里，金圣华、我、黄秀莲和樊善标分工讲说。我讲时没有忘记余先生亲笔写的那一句：在香港是一生中"最安定最自在的时期，这十年的作品在自己的文学生命里占的比重也极大"。接下来切蛋糕，分享。我在中山大学当过客座教授，旧日的同事与学生等等，全场百多人，都来祝寿，也互道平安。

黄昏来了，诗翁请大家到楼外看风景。西子湾风景之令人陶醉令人惆怅者，莫过于黄昏。从诗人年迈到诗翁，《西子湾的黄昏》、《苍茫时刻》等诗已是中大人集体的咏叹调。我看着落日，看着余先生看着落日，仿佛深情看着。"看落日在海葬之前／用满天壮丽的霞光／像男高音为歌剧收场"。这一天的聚会我的记述草草收场，我与余先生交往的故事，快五十年了，更还没有从头细说。

12月14日余先生仙逝，快速得我措手不及，锥心不安。我想起那个黄昏看着余先生看着"落日在海葬……歌剧收场"……

安魂曲起自长江黄河
——悼念余光中先生

12月13日早起，在网上看报纸的新闻，有一则的标题是《89岁余光中不敌降温住院疗养》。看完简短的内文，我马上致电高雄余府，余太太接听。她说余先生目前在医院的加护病房，意识不清，四个女儿中三个不在高雄的，都从外地回来照顾。余太太的语气如常平静，说当下有事处理，请我等她来电再告知情况。

今年6月我曾和家人专程到高雄探望先生和夫人，10月我个人赴高雄参加诗人的庆生会和"余光中书写香港时期"纪录片发布会；从前清瘦健朗的余先生，两次所见，变得瘦弱迟缓。去年7月跌跤受伤就医，事后诗人说是次意外重创，使自己生命"阴阳　线隔"。现在又住院了，且意识不清，我心绪忐忑。冬天日短，等到天黑还没接到余太太电话，只好自己打过去。余太太说先生脑中风、肺炎兼心脏出毛病，和他沟通，他最多用点头示意。我担心诗翁再一次处于"阴阳一线隔"，告诉余太太，我明天要飞到高雄看望。余太太起先不赞同，后来勉强同意了。我与内子商量后，随即由她在网上买了机票，跟着收拾行李，准备明天上午8时从深圳家里启程。

接下来是我生命里迄今最长的一夜。子夜上床，辗转不能入睡，起来看书。桌上余光中新近出版的《英美现代诗选》和《风箏怨》翻翻揭揭，经眼但不入脑，竟阅读另一本桌上的《夏志清夏济安书信集》起来。志清先生四年前辞世，时在寒冬。二夏手足间无限的互相关爱互相取暖，让我觉得他们人世虽了，而人生不尽。读累了，又上床，还是不能成眠。窗外没有下雨，然而好像有冷雨在敲我心扉——余先生不是有名篇《听听那冷雨》吗？想象中一声声一滴滴，如频繁的更漏，把我辗转反侧到天明。

内子见我神情不太安稳，而这个七句老头正准备独自出门，从深圳过境到香港机场飞到高雄；这时内子微信的话语来了：余家三女儿佩珊"千叮万嘱"，请我切勿前往高雄，她们母女五人忙于照料余先生。14日这天上午，天色灰阴，我颓然茫然，独行之意打消。该补睡个觉了吧，上了床又下来，如是者两三次。一直念着余先生的诗句，《独白》、《苍茫来时》、《苍茫时刻》、《西子湾的黄昏》那些篇的，意识流般念着；心潮再起伏在五十年不变的结交往事中，以及《欢呼哈雷》、《让春天从高雄出发》、《湘逝》、《吊济慈故居》、《太阳点名》、《中国结》、《死亡，你不是一切》、《当我死时》诗篇的纠缠间，还有散文中《鬼雨》、《为梵谷招魂》的灰暗篇章。我早上应该不顾劝告启程赴高雄的。

心愈来愈杂乱，"当我死时，葬我，在长江与黄河／之间，枕我的头颅，白发盖着黑土……"这些句子微响着；我念着，绝不是电视节目《朗读者》那样朗声。书架上陈幸蕙的《悦读余光中（诗卷）》沐在朦胧的光中，书卷没有一点怡悦的亮色。整个上午只觉疲累，却毫无睡意，与内子忆述半年前高雄探望诗翁伉俪的事，和更早以前的种种。忽然，午间1点钟左右，内子手机有朋友传来噩耗，跟着佩珊的微信以至余太太的电话，都告诉我们，余先生在14日上午10时04分离开这个世界了。是驾鹤还是驾着他高速的轿车呢？西归的一天总要来的，我没想到来得这么快。

2009 年端午诗会，李元洛、余光中、流沙河摄于湖北秭归县屈原祠前

远近诸友都邮电交加，通消息也通叹息。接下来是报刊记者编者的访问和约稿，要我谈诗翁——周全一点说是诗翁和文翁——的文学贡献和二人的交往。我无眠一直到 14 日的午夜已过。

四川的流沙河先生爱读余先生的诗文，指出余氏 1974 年从台湾到香港任教后，开始萌生"向晚意识"。触觉敏锐文笔精隽的流沙河，在 1988 年撰写的《诗人余光中的香港时期》中发现并申论这种意识，举出大量诗篇诗句为例。我 2003 年撰有《和独白的余光中对白》，呼应了流沙河的阐述，并拓展议论，由余氏"掉头一去是风吹黑发，回首再来已雪满白头"（见 1995 年的诗《浪子回头》）诗句申说其年华逝去头发变白的桑榆情怀。我更想从余先生的诗文中揭示并解释其死亡意识。然而，诗人健在时，对此我一直难以启齿、动笔，难以敲键。敲打这种意识并不快乐，只有哀伤——除非把人生看得彻底通透，但是，又有多少现代庄子看到，在生与死之间的那道墙是块玻璃呢？

余光中壮年写的散文号称"余体"，《鬼雨》是一名篇，为其哀伤而赞叹者遍及各地。辛磊编辑、何龙写代序、1989 年出版的余氏散文集，就名为《鬼雨》（这可能是内地出版的第一本余光中散文集）。1963 年 12 月，儿子出生后不久夭折，余光中把丧子之痛写成《鬼雨》，说他在上课时伤心之际，向年轻的学生讲述莎士比亚的作品，并咏叹道："哪怕你是金童玉女，是 Anthony Perkins 或者 Sandra Dee，到时候也不免像烟囱扫帚一样，去拥抱泥土。"余教授好像是在运用心理分析学说，来剖析作家的思维："莎士比亚最怕死。一百五十多首十四行诗，没有一首不提到死，没有一首不是在自我安慰。"他推广其论断，继续说："千古艰难唯一死，满口永恒的人，最怕死。凡大天才，没有不怕死的。"为什么怕死呢？"愈是天才，便活得愈热烈，也愈怕丧失它。"死亡笼罩着人生："在死亡的黑影里思想着死亡，莎士比亚如此……"跟着举出好几个中英作家的名字。

1964—1966年，余光中在美国的大学任客座教授，死亡又来袭了。异国游子常有"离散"（diaspora）情怀，思念故国之情可解，想象死亡之景则似乎太早了。1966年，三十八岁的诗人，竟然这时就想到如何为身后作地理定位："当我死时，葬我，在长江与黄河／之间，枕我的头颅，白发盖着黑土／在中国，最美最母亲的国度……"这是余光中家感情最深沉的诗篇，也是1972年所写《乡愁》一诗的先驱。为什么生年不满半百，就叕叕想到百年后的归宿？一年多之后，1967年，"死亡"再来挑战。余先生的响应是《死亡，它不是一切——兼答罗门》，诗内直面死亡这个"你"："死亡，你不是一切，你不是／因为最重要的不是／交什么给坟墓，而是／交什么给历史。"诗人向死亡反击。

到了1991年他六十三岁的时候，所写的《五行无阻》中，身在高雄的雄健诗人宣称战胜了死亡："任你，死亡啊，谪我到至荒至远／到……极暗极空"的任何地方，"也不能阻拦我／回到正午，回到太阳的光中"。凭什么可以如此？就凭他的文学。凭诗凭散文凭评论凭翻译凭编辑作业，凭为自己为中华的文学，他鞠躬尽瘁。八十八岁的夏天，跌跤重伤出院后，仍然写作和翻译。余光中"与永恒拔河"——他的诗篇他的诗集就用这样的题目。我这个读者仰慕者，以及千千万万世界各地用中文的读者仰慕者，都为他打气喝彩，希望他战胜死亡，赢得永恒。

余光中的武器是璀璨的五彩笔：他用紫色笔来写诗，用金色笔来写散文，用黑色笔来写评论，用红色笔来编辑文学作品，用蓝色笔来翻译。五色之中，金、紫最为辉煌。他上承中国文学传统，旁采西洋艺术，于新诗、散文的贡献，近于杜甫之博大与创新，有如韩潮苏海的集成与开拓。他的散文创新风格，尤其是青壮年时期的大品，如《逍遥游》等篇章，气魄雄奇，色彩灿丽，白话、文言、西化体交融，号称"余体"。

他的诗从《舟子的悲歌》开始的一千多篇，大体上融汇传统与现代、中国与西方，题材广阔，情思深邃，风格屡变，技巧多姿，章法严谨，明朗而耐读，他可戴中国现代诗的高贵桂冠而无愧。紫色有高贵尊崇的象征意涵，所以说他用紫色笔来写诗。我们最要注意的是举世晦涩难懂的现代后现代诗风横行，而他坚持明朗（明朗而耐读），为新诗保住尊严和荣誉。这一项贡献是必须大书特书的。

五彩笔劲挥，《五行无阻》的末二行是"你不能阻我，死亡啊，你岂能阻我／回到光中，回到壮丽的光中"。

梁实秋、颜元叔、夏志清、柯灵、宋淇、思果、流沙河、李元洛、古远清、郑愁予、张晓风、梁锡华、黄国彬、金圣华、陶杰、潘耀明、陈幸蕙、陈芳明、陈义芝、徐学、喻大翔、何龙等等（诚然人多不能尽录），甚至基本上不算是文学界的金耀基，对其诗文都有极高的赞誉。1968 年我读大四时，不知天高地厚的文艺青年竟然称赞余光中是"最出色最具风格的散文家"，而此评价五十年不变。

余光中的风格阳刚与阴柔兼之，既欣赏王尔德的喜剧，又为悲剧性的梵谷深深触动，作品中对死亡的萦回于怀和对生命的昂然礼赞并存（这篇短文未能具体触及昂然生命的一面）。大师 12 月 14 日逝世，这几天神州内外的全球华文世界，众多余迷余粉莫不哀伤，莫不赞扬其非凡成就。

1976 年，余先生在游览伦敦西敏寺的诗人之隅后，在其游记《不朽，是一堆顽石？》的末段写道："这世界，来时她送我两件礼物，一件是肉身，一件是语文。走时，这两件都要还她，一件，已被我用坏，连她自己也认不出来，另一件我愈用愈好，还她时比领来时更新更活。"14日上午，我即使飞赴高雄，照时间推算，也不可能见到诗翁最后一面，遑论认出来认不出来。《当我死时》的上半篇说："当我死时，葬我，在长江与黄河 / 之间，枕我的头颅，白发盖着黑土 / 在中国，最美最母亲的国度 / 我便坦然睡去，睡整张大陆 / 听两侧，安魂曲起自长江，黄河 / 两管永生的音乐，滔滔，朝东 / 这是最纵容最宽阔的床 / 让一颗心满足地睡去"。

虽然余先生最后三十余年人多在高雄，而安魂曲起自长江，黄河……

诗歌篇

1993 年夏，余光中与李元洛摄于台湾海峡

海外游子的恋歌
——读《乡愁》与《乡愁四韵》

　　一湾天然的海峡，一道人造的鸿沟，三十多年来锁住了台湾海峡的惊涛骇浪，却锁不住海外游子们怀恋母亲的心，和他们驾着云彩飞来的望乡的歌声。在那众多的思乡之歌里，诗人余光中的《乡愁》与《乡愁四韵》，是情深意长、音调动人的两曲。

　　余光中，台湾省杰出当代诗人。他祖籍福建永春，1928年生。抗日战争时期他随母亲流亡于华东和西南一带，1949年5月去香港，次年5月迁居台湾，1952年在台湾大学外文系毕业，1958年赴美国爱荷华大学攻读，翌年获该大学的艺术硕士学位，以后，在台湾省的几所大学任教。1974年，他离台赴港，任香港中文大学联合书院中文系主任。余光中的文学生涯，可以追溯到1948年和1949年之交，当时他是厦门大学外文系学生，在厦门的报刊上开始发表诗作和评论。1954年，他和从大陆去台湾的诗人覃子豪一起创办"蓝星诗社"，主编"蓝星诗页"，成为台湾现代派诗歌运动的中坚人物。三十多年来，除散文集《左手的缪斯》、评论集《掌上雨》等七种，译作《满田的铁丝网》等八种，以及十余种英文论著之外，他还出版了十二本诗集，在诗歌创作上取得了颇为可观的成就，在港、台诗坛有相当大的影响。我以为，在余光中的诗作之中，无论从思想内容或从艺术成就来看，《乡愁》与《乡愁四韵》都是他的重要作品，前者在国内的一些文艺集会上朗诵过，而后者则被收入时事出版社 1981 年出版的《台湾爱国怀乡诗词选》。

乡愁，是我国传统诗歌的一个历久常新的普遍的主题。在西方音乐中，有不少题为《归乡》或《乡愁》的乐曲，在外国诗歌里，莱蒙托夫的《祖国》和海涅的《在可爱的德国故乡》等，都是为人传诵的名篇，而在我国古典诗歌的长河中，乡愁诗可以演奏一阕至今仍然令人动情的交响曲。在这一阕交响曲之中，"我徂东山，慆慆不归，我来自东，零雨其濛"，《诗经·豳风·东山》篇应该是最初的乐句。"陟陛皇之赫戏兮，忽临睨夫旧乡。仆夫悲余马怀兮，蜷局顾而不行"，屈原在《离骚》中倾吐了他眷恋故国的拳拳之心；"少小离家老大回，乡音无改鬓毛衰。儿童相见不相识，笑问客从何处来"，贺知章的《回乡偶书》概括了不同时代的人都可以普遍体验到的情感；"举头望明月，低头思故乡"（《静夜思》），李白的诗篇又是怎样挑动了历代作客他乡的游子的心弦呵！

余光中多年来写了许多以乡愁为主题的诗篇，从《乡愁》和《乡愁四韵》可以看到，正像中国大地上许多江河都是黄河与长江的支流一样，余光中虽然身居海外，但是，作为一个龙的传人，作为一个挚爱祖国及其文化传统的中国诗人，他的乡愁诗从内在的感情上继承了我国古典诗歌中的民族感情的传统，具有深厚的历史感和传统感，同时，台湾和大陆人为的长期隔绝，飘流到孤岛上去的千千万万人的思乡情怀，客观上具有以往任何时代的乡愁所不可比拟的特定的广阔内容，余光中作为一个离开大陆三十多年的当代诗人，他的作品也必然会烙上深刻的时代印记。《乡愁》一诗，侧重写个人在大陆时的经历，那年少时的一枚邮票，那青年时的一张船票，甚至那后来的一方坟墓，都寄寓了诗人的也是万千海外游子的绵长的乡关之思，而这一切都在诗的结尾升华到一个新的高度："而现在 / 乡愁是一湾浅浅的海峡 / 我在这头 / 大陆在那头。"有如百川奔向东海，有如千峰朝向泰山，诗人个人的悲欢和巨大的祖国之爱、民族之恋交融在一起，而诗人个人经历的倾诉，也因为结尾的感情的燃烧而更为撩人愁思了。在《乡愁四韵》中，诗人没有去撷取自己人生历程中的往事，虽然往事的回顾常常是富于诗情的，一如怀旧式的《乡愁》所表现的那样，而是通过具体而又概括的象征性的意象，"长江水"与"红海棠"，"白雪花"与"香腊梅"，倾注自己对祖国的河山与民族的历史的思恋，正如诗人自己所说的："纵的历史感，横的地域感，纵横相交而成十字路口的现实感。"（《白玉苦瓜》序）这样，他的乡愁诗就有别于过去任何时代的乡愁诗，具有鲜明的地域感、现实感和时代感，有以往的乡愁诗所不可比拟的广度和深度。是的，余光中的乡愁诗是我国民族传统的乡愁诗在新的时代和特殊地理条件下的变奏，他的乡愁诗概括了相当长的一个历史时期内具有普遍意义的民族感情，而艺术地表现了他个人的也是为许多人所共有的具有强烈时代感的民族感情，正是《乡愁》和《乡愁四韵》的主旋律，也是这两首诗能激起人们心海的波涛的原因。

　　余光中曾经是台湾现代派诗歌的旗手之一，但是，随着诗人民族意识的苏醒，和对西方现实生活与现代艺术阅历的加深，他终于逐步克服了原来的片面性，否定了"横的移植"，以 1964 年出版的诗集《莲的联想》为起点，回到民族的传统的道路上来。他说："我们也许在巴黎学习冶金术，但真正的纯金是埋在中国的矿中，等我们回来再采炼。""唯有真正属于民族的，才能真正成为国际的。"（《冷战的年代》后记）《乡愁》和《乡愁四韵》这两首诗，当然吸收了西方现代诗歌的一些表现技巧，但它们仍然是中国的。对此，我们不妨从意象美和形式美这两方面来领略一番。

《乡愁》和《乡愁四韵》有单纯而丰富的美的意象，同时又具有高明的意象组合的艺术。应该承认，20 世纪初期活跃在英美诗坛的意象派诗人如庞德等人，在诗歌的意象艺术上确实有他们的贡献，学贯中西的余光中当然也受过他们的深刻影响。但是，意象艺术并不等于就是舶来品，我国古典诗歌从来就讲究意象，我国古代诗论家也对意象艺术作过多方面的探讨，王昌龄《诗格》就提出过"搜求于象，心入于境"的主张，胡应麟《诗薮》也提出过"古诗之妙，专求意象"的看法，而西方意象派的主将庞德，也毫不讳言他所理解的意象艺术是从中国古典诗歌中学习而来的。什么是意象？简洁地说，意象是诗歌形象的最基本的元素，是作者的情意和客观的物象相感应而以文字描绘出来的图景。

在意象的撷取和提炼上，《乡愁》和《乡愁四韵》具有单纯而丰富之美。乡愁，本来是人们所普遍体验却难以捕捉的情绪，如果找不到与之对应的独特的美的意象来表现，那将不是流于一般化的平庸，就是堕入抽象化的空泛。《乡愁》从广远的时空中提炼了四个意象：邮票、船票、坟墓、海峡；《乡愁四韵》从大千世界里提炼了四个意象：长江水、红海棠、白雪花、香腊梅。它们是单纯的，所谓单纯，绝不是简单，而是明朗、集中、强烈，没有旁逸斜出意多乱文的芜蔓之感；它们又是丰富的，所谓丰富，也绝不是堆砌，而是含蓄、有张力，能诱发人们多面的联想。《乡愁》和《乡愁四韵》同具单纯而丰富的美质，但它们又还各具特色，这就是：《乡愁》的意象偏于写实，《乡愁四韵》的意象偏于象征。然而，写实而不陷于死板呆滞，有空灵之趣，象征而不流于玄虚晦涩，含义于言外可想——这正是它们的长处。在意象组合上，这两首诗也是各尽其妙的，《乡愁》以时间的发展为线索来绾合意象，可称为意象递进。"小时候"、"长大后"、"后来啊"、"而现在"，这种表时间的时序语像一条红线贯串全诗，概括了诗人漫长的生活历程和对祖国的绵绵怀念，前面三节诗如同汹涌而进的波涛，到最后轰然而汇成了全诗的九级浪。"少年听雨歌楼上，红烛昏罗帐。壮年听雨客舟中，江阔云低断雁叫西风。而今听雨僧庐下，鬓已星星也"，余光中诗的技巧，和宋代蒋捷《虞美人》词的意象结构有异曲同工之妙。《乡愁四韵》的意象经营采取的是意象并列的方式，有如电影中的并列式蒙太奇。诗人虽然情思深婉而又激荡，但诗中四个意象却是平行并列的，虽然有其内在联系却不存在前后递进的关系，好像四个平行的乐段，围绕主题交汇成一阕思乡奏鸣曲。这种描绘性的意象并列的写法，我们固然可以从西方现代派诗歌追踪到它的轨迹，但是，从柳宗元的《江雪》等诗篇中，我们不是更可以看到它们之间的血缘关系吗？

在诗艺上，《乡愁》和《乡愁四韵》还有一个突出的方面就是形式美。所有的文学创作都要讲究形式美，诗歌尤其如此。余光中这两首诗的内涵是美的，但如果他对形式美没有敏锐的感觉，没有捕捉形式美的本领，那他的作品也就不会具有现在这种美学效果了。试看：

结构美。结构之美，是形式美的一个主要方面，任何艺术，从来没有结构缺乏美感而能给人以美的享受的。当然，结构的美的形态多种多样，不可能规定一个固定的僵死的程式。余光中这两首诗，在结构上呈现出寓变化于统一的美。统一，就是相对地均衡、匀称，段式、句式比较整齐，段与段、句与句之间又比较和谐对称；变化，就是避免统一走向极端，而追逐那种活泼、流动，生机蓬勃之美。有统一而无变化则平板，有变化而无统一则杂乱。《乡愁》共四节，每节四行，节与节之间相当均衡对称，但是，诗人注意了长句与短句的变化调节，从而使诗的外形整齐中有参差之美。《乡愁四韵》句段结构更为严谨，但每段中间三行的短句和首尾两行长句比较，便是一种变化，而且这三行都是低一格排列，除了表达情绪的律动而外，也是为了整中求变。总之，余光中的诗表现了在统一中求变化、在变化中求统一的美的法则，在结构上使人获得一种既大致匀齐神清目爽而又参差错落气韵流走的美感。

音乐美。我国古典诗歌历来讲究音乐美，这一民族诗艺的优良传统，可惜却为一些新诗作者所忽视。有些论者强调学习西方现代派诗歌，其实，如法国象征派诗人保罗·魏尔伦就主张"音乐在一切事物之先"、"诗不过是音乐罢了"，持论虽不免过偏，却也不无道理。余光中这两首诗的音乐之美，不完全在于押韵，如《乡愁四韵》一段一韵，尾韵押得很精美，确实有助于加强珠转泉回的听觉美感，但《乡愁》却除了"头"字的有规律地重复外，尾韵并不严格。这两首诗的音乐美，除了押韵和节奏之外，主要表现在回旋往复、一唱三叹的美的旋律。《乡愁》中的"乡愁是——"与"在这头……在那（里）头"的四次重复，加之四段中"小小的"、"窄窄的"、"矮矮的"、"浅浅的"在同一位置上的叠词运用，更显得全诗低回掩抑，如怨如诉。《乡愁四韵》的反复更为繁富，以第一段为例，首尾两句完全相同，加上第二句中的"长江水"，"长江水"在一段中连续地或间隔地复唱了五次，在中间三行中，"酒"和"滋味"两词也分别在相同与不同的位置上重复了两次。以下三段的回环复沓，除最后一段又有所变化外，均和第一段格式相同。这样，如果说《乡愁》有如音乐中柔美而略带哀伤的"回忆曲"，那么，《乡愁四韵》就好似情深一往、反复回旋的"咏叹调"了。

语言美。余光中这两首诗，语言质朴而典雅。质朴如同口语，富于生活气息，典雅则又经过锤炼加工，精丽而颇含逸韵。特别值得一提的是数量词、形容词和名词的巧妙运用。在《乡愁》里，邮票是"一枚"，船票是"一张"，坟墓是"一方"，海峡是"一湾"；在《乡愁四韵》中，长江水是"一瓢"，红海棠是"一张"，白雪花是"一片"，香腊梅是"一朵"，又分别以名词"酒"、"血"、"信"、"母亲"来比况，可谓妙喻如珠。此外，《乡愁四韵》中形容词的倒装用法，也很具匠心。"青惜峰峦过，黄知橘柚来"（《放船》），"露从今夜白，月是故乡明"（《月夜忆舍弟》），杜甫分别把表颜色的形容词倒置在句首或句末，十分醒目而语势峭劲，而余光中则把红海棠倒装为"海棠红"，把白雪花倒装为"雪花白"，把香腊梅倒装为"腊梅香"，也觉变常态为奇峭，化平顺为新警，正如明代李东阳在《怀麓堂诗话》中所说："诗用倒字倒句法，乃觉劲健。"

"谁言寸草心，报得三春晖"？余光中的《乡愁》与《乡愁四韵》，是海外游子深情而美的恋歌！

元洛兄：

　　寄上新作十首，都承接〈行路难〉一诗而来，可以总名之为《唐诗移情》或《唐诗变奏》或《唐诗冥想》，要之都是一生吟诵唐诗的感应。自《行路难》以来，合此十首已共有十五首；在下一本诗集裏将另成一辑。

　　仍烦吾兄在内地代为兜售。同一辑十首也寄给了维樑，算是我对二位知音交的作业，看"还不致"江郎才尽"吧"？

　　近日正试写约200行长诗以咏米开朗基罗所雕大衞像。耑此即颂

　　近佳，俪安

　　　　　　　光中 2013.7.2

又及：此十首在台湾也未曾发表，故在内地不用急投出去。

2013 年 7 月 2 日余光中致李元洛函

104

盛唐的芬芳　现代的佳构
——《寻李白》欣赏

在台湾当代诗坛上，余光中是一位与缪斯订了白头偕老的盟约的诗人。他的十三本诗集，就是他和诗神琴瑟友之的记录。"小草恋山，野人怀土"，他同时又是一位具有强烈民族感与传统感的歌者，他隔居于海上的小岛，歌声却常常飞向他生于斯长于斯的大陆，他数度遨游讲学于欧美，但他的心魂却留在了东方，并没有和他一起远行。1974 年，他去香港大学中文系任教，也许是由于地理的接近而更易于感应，以及和中国的传统文化朝夕相守的缘故，他写了许多古典题材的诗章。在来港的第一本诗集《与永恒拔河》中，就有《唐马》、《漂给屈原》、《古甃记》等篇；而在第二本诗集《隔水观音》里则更多，仅写李白的就有《戏李白》、《寻李白》、《念李白》一组前后三首。这三首同一题材和主题的诗，超逸多姿，有如花开三色的美丽的三色堇。这里，且让我摘取其中的一朵——《寻李白》来观赏吧。

《寻李白》这首诗，播扬着古典的盛唐的芬芳，洋溢着强烈的民族感和传统归属感。在 50 年代初的台湾诗坛，纪弦等人成立"现代派诗社"，覃子豪等人创立"蓝星诗社"，洛夫、痖弦等人建立"创世纪诗社"，它们是台湾当年最有影响的诗歌团体，而"现代派诗社"的"信条释义"中的"新诗乃是横的移植，而非纵的继承"，更是信徒甚众，"三分诗坛有其二"。香港学者、文评家黄维樑认为："到现在，我仍然觉得60年代是个疯狂时期，我们鉴往知来，千万不要重蹈覆辙。"确实，许多诗人遵循的是西化的路线，他们在极端现代派的高速公路上恐后争先，扬起了迷漫一时的虚无与晦涩的尘土，至今都还没有完全落定。余光中，曾经加盟"蓝星诗社"并成为它的护旗手之一，他前期的创作有时当然也难免随其波而逐其流，正如他的诗所说："何等芳醇而又鲜红的葡萄的血液……来染湿东方少年的嘴唇。"（《饮一八四二年葡萄酒》）但是，作为炎黄子孙的余光中，有特别强烈的民族自我意识，对华夏山水和它所培植的文化传统一往情深，他娴于西方文学，同时对中国古典文学也有很深厚的根基，因此，他能从史高的角度与水准来透视中西文化，而数度游学欧美的所见所闻，更加强了他的归属感。这样，在台湾诗坛于1959年开始的新诗论战中，余光中终于向极端的现代派挥手告别，赋一曲"归去来兮"而回归自己的民族传统。

余光中说他"已经生完了现代诗的麻疹，总之，我已经免疫了，我再也不怕达达和超现实的细菌了"（《从古典诗到现代诗》）。此后，他写了许多表现中国的历史及其传统的诗篇。这位自谓"蓝墨水的上游是汨罗江"（《诗魂在南方》）、"我的血管是黄河的支流"（《敲打乐》）的诗人，他自然不会忘记曾经以豪情再三礼赞过黄河、以柔情再三歌唱过明月的李白。大陆的诗人写李白也许不足为奇，但赞美李白的诗篇出于身居海岛的诗人之手，而且又是在那五光十色的西方霓虹灯中写成，就确实是难能可贵了。正如诗人在诗集《莲的联想》的"后记"中所说："怀古咏史，原是中国古典诗的一大主题。在这类诗中，整个民族的记忆，等于对镜自鉴。这样子的历史感，是现代诗人重认传统的途径之一。"诗歌，是一定的社会历史生活的艺术表现，也是诗人和民族的心灵的艺术录像。历史感，是一首好诗的重要标志之一，在一首优秀的可传的诗作中，必然艺术地概括了较为深广的一定历史时期的生活内涵，包蕴了具有普遍意义和美的价值的民族感情。李白，是中国诗史的旷代天才，是中华民族的骄傲，余光中的《寻李白》所寻寻觅觅的，如诗人自己所说的是一种"宛转的怀乡"，不也是我们民族所普遍共有的一种历史的情感吗？

在艺术上，余光中是一位十分讲究诗艺而不断地创新求变的诗人，是一位立足于纵的继承而又开放地作横的借鉴的诗人。他在《诗经》和屈原的作品中启蒙，从李太白全集中听诗仙高谈雄辩，去成都杜甫草堂作诗圣异代的弟子；他在台湾现代派诗潮中先是弄潮儿后是回头的浪子，但他回头之后并不拒绝借鉴西方诗歌的艺术技巧，他对西方文学的登堂入室的功夫，使他能够以中为主，广收博采而中西合璧。在诗艺上，《寻李白》和他的名作《乡愁》、《乡愁四韵》一样，同是民族化和现代化相融合的现代的佳构，但又别有一番风采。

诗，应该讲究结构的美的经营。结构不具有美学价值而成为好诗，是不可思议的。闻一多当年论诗的"三美"时提出"建筑美"，主要就是从结构形式上着眼的，而西方盛行的"新批评派"，也很强调结构之美。美的结构，不仅具有一种外在的形式美，使读者产生赏心悦目的美感，同时，它还能以一种内在的秩序，使诗的内涵得到感人的美的表现。诗的结构，有"外在结构"与"内在结构"，前者是指结构的外部形态，后者是指结构的内部构造。

《寻李白》的外部结构是自由而严谨的，它不是格律体、半格律体而是惠特曼所首创的自由诗体，造句、分节和成篇都比较自由舒展，不像格律诗那样有比较严格的法度，但正如古希腊大雕刻家坡里克利在《法规》中所说："美是多部分之间的对称和适当的比例。"这首诗全篇的结构又有一种严谨之美，这就是：不知是巧合还是作者有意的安排，第一节与第三节各为十四行，第二节与第四节各为十行，基本格式有如扩展了的古典诗歌中的隔句对，这样，在参差错落的自由之中就不乏整饰之趣，和谐而不杂乱，清爽而不单调。英美意象派诗人鼓吹自由诗是一种"没有诗体的诗体"，虽然不无道理，但走向极端就必然散漫无章，这种作品在新诗中不但并不鲜见，而且比比皆是。从内部构造来看，《寻李白》以"回旋"与"立体"构成它的间架的特色。诗以李白的"失踪"始，在叙写诗人的痛饮狂歌与坎坷遭遇之后，复以李白乘风归去终篇，反复回旋，始终围绕诗中的一个"寻"字曲折成章，而避免作直线式的叙述。梦李白，那是诗仙的同时代人杜甫，寻李白，已是一千二百多年后的当代诗人余光中，这种时空的变异，加之余光中在处理这种题材时"常有一个原则，便是古今对照或古今互证"，因此，这种二元对照的手法，使诗的内在结构就必然是立体的而不是平面的了。诗的开篇的"至今还落在"的"至今"是超越时空的奇想，在时间上将古今联系在一起，形成时空的立体感，其他如写诗人作品"千年后"的魅力，写现代之谜的"霍霍的飞碟"，都是古今并举，易地移时的手法，形成了诗的内在的立体的架构，这样，全诗就不致停留在绝缘的古典的平面，而具有现代的浮雕式的美的效果。

在诗歌史上，最早也是最成功地为李白造像传神的篇章，应该是杜甫前后为李白而写的十四首诗了。小于李白十一岁的杜甫，出于他对李白的"怜君如弟兄"的钦佩挚爱，以及他们两度同游齐赵与齐鲁所建立的深情厚谊，加之他作为诗中圣手的才力，因此，他就以诗的语言为后世建造了李白的不朽的纪念碑。《饮中八仙歌》中的"李白斗酒诗百篇，长安市上酒家眠，天子呼来不上船，自称臣是酒中仙"，傲骨逸神，跃然如见，不就是丹青高手也难以企及的吗？而《赠李白》的"秋来相顾尚飘蓬，未就丹砂愧葛洪。痛饮狂歌空度日，飞扬跋扈为谁雄"，更是写出了一代才人的豪情、寂寞与悲哀。而今，李白邈矣难寻，而且杜甫已有那么多名章俊句，如果没有出众的才华，是可以"免开尊口"的了，而诗的才华的具体表征之一，就是有无创造性的或称创见性的想象。想象，对于文学艺术的所有门类都是重要的，对于最富于暗示性和启示力的诗歌，尤其是如此，这就难怪歌德为什么说"造型艺术对眼睛提出形象，诗对想象力提出形象"。诗的想象，是和诗的意象携手同行的，意象，是想象过程中的主要符号元素，心理学上有所谓创造性思维和创见意象，也有所谓无意象思维和无创见意象，诗的创造性想象就是创造性思维的表现，而诗的创见意象则是创造性想象所开放的花朵。平庸的诗，往往就是因为只有平庸的陈旧落套的想象，缺乏艺术的刺激力，而出色的诗，总是以它新颖独特的想象使读者耳目一新。

余光中的《寻李白》，固然有李白、杜甫的诗作为他创作的素材和依据，但他的诗毕竟不是古典作品的翻版，或是前人诗作意境的复制品，而是属于自己的新的再创造。余光中的诗工于发端，如这首诗的开始："那一双傲慢的靴子至今还落在／高力士羞愤的手里／人却不见了"。轰然而起，破空而来，拟人手法的"傲慢"与"羞愤"出人意外地加诸"靴子"和"手"之上，彼此又构成强烈的对比，"至今还落在"与"人却不见了"，写实而不泥于实，似真似幻，现实之真与想象之美交融在一起，这样，不仅一开篇就活画出李白"飞扬跋扈"傲岸不群的神采，先声夺人，而且有广阔的艺术时空供读者神游遐想。诗中的第二节关于李白的痛饮狂歌及其作品的感人力量的描写，那妙想奇情已经是匪夷所思的了，在第三节"至今成谜是你的籍贯"、"不如归去归那个故乡"的渲染和跌宕之后，第四节由李白爱月而擅于写月忽发奇想："樽中月影／或许那才是你故乡／常得你一生痴痴地仰望？"李白生前曾作《大鹏赋》以鹏鸟自况，在安徽当涂临终时所作的《临终歌》中，也有"大鹏飞兮振八裔，中天摧兮力不济"的悲吟，但是，民间却盛传李白在采石矶长江中捉月而死的传说，而余光中的一阕"月光奏鸣曲"，为我们奏响的竟是一个如此奇妙的尾声："这二十四万里的归程／也不必惊动大鹏了／也无须招鹤／只消把酒杯向半空一扔／便旋成一只霍霍的飞碟／诡绿的闪光愈转愈快／接你回传说里去"。李白诗的想象是如行空天马，超逸绝尘的，而立志"成为屈原、陶潜、李白、杜甫的嫡系传人"（《六千个日子》）的余光中，他的诗作丰富而富于创造性的想象，确实也颇有"太白遗风"。

诗，是最高的语言的艺术，如果没有对于文字的高度艺术敏感和驱遣文字的深厚艺术功力，那就绝不能企望诗的写作获得成功。艾略特的如下见解还是值得参考的："好诗的第一个起码的要求，便是具有好散文的美德。无论你审视什么时代的坏诗，都会发现其中绝大部分都欠缺散文的美德。"（《十八世纪的诗》）余光中认为："我敢断言，今日许多以诗自命的三流散文，其淘汰率不会下于60年代那些以诗为名的魔咒呓语。"因此，诗的语言较之散文语言不仅应该更精练，而且更应具有一般散文所不具备的象征与暗示的美感，也就是说，诗的语言是"至精至纯"的语言。余光中诗的语言是精纯的，一是密度高而弹性大，二是炼字炼句具有"新鲜"与"新奇"的美学效果。密度和弹性是相互联系的，密度，不是指文字的繁多与篇幅的冗长，恰恰相反，它是指在一定的文字中包孕尽可能稠密的内涵，引发读者尽可能丰富的美感，而弹性则主要是指文字的意象经营是强力结构式的，有极大的伸缩性与延展性，正如闻一多在《文学的历史动向》一文中所说："诗这东西的长处就是在它有无限度的弹性，变得出无穷的花样，装得进无限的内容。"余光中诗中的"把满地的难民和伤兵／把胡马和羌马交践的节奏／留给杜二去细细地苦吟"一句，就是密度高而弹性大，虚实互转，伸缩自如，凝练而繁富，它不仅生动地表现了杜诗内容和风格的特色，与李白诗作了美的对照，同时"胡马和羌马交践"又概括了安史之乱与以后的回纥入侵，时空阔大而包举众端，"留给"二字避板直而求灵动，写出李白的因漫游江东，他的作品未能更多更直接地反映时代的动乱，其诗的内涵和风格与"苦吟"的杜甫不同。又如"怨长安城小而壶中天长"，不仅"小"与"长"运用了西方文学中常用的矛盾修辞法，而且"长安城小"而"壶中天长"又是无理而妙的反向的变形，加之一个"怨"字，更觉简练的文字中义有多解，文字向内紧凝而含义多面地向外延展，令人咀嚼不尽。

在诗人中，余光中是一位向西天取经而回归故土的玄奘，从《寻李白》中可以看到，他在节奏和句法上都融化了西方诗歌的一些长处，但是，余光中更是中国民族传统的发扬者，学贯中西的他，善于在新颖活泼、长短开阖的句法中炼字和炼句，并力求字句的锤炼具有美学上的新鲜感与新奇感。"新也者，天下事物之美称也。"（李渔）"要用'美'这个词来称呼一件东西，这件东西就需引起你的惊赞和快乐。"（伏尔泰）余光中这首诗就是如此，它的炼字炼句新鲜独特而不同凡俗，奇妙警动而不落陈套，焕发出令你一见钟情的美的魅力。如"酒入豪肠／七分酿成了月光／余下的三分啸成剑气／绣口一吐就半个盛唐"，诗人仍然从和李白密切相关的明月与诗酒落笔，用字千锤百炼，造句妙喻如珠。"七分"、"三分"、"半个"等数量词的运用都各呈其妙，而"酿"、"啸"、"吐"这几个动词更可说是诗中之眼。宋代号称"小李白"的杨万里同友人月下飞觞，曾有"酒入诗肠风火发，月入诗肠冰雪泼"（《重九日同徐克章万花川谷月下传觞》）的惊人之句，而余光中的"酒入豪肠／七分酿成了月光"更是清新俊逸，发语奇创，活画出李白的风流文采与豪放不羁的个性。李白二十五岁时离开四川家乡，"仗剑去国，辞亲远游"，他的作品和性格的一个重要内容就是"任侠"，"抚剑夜吟啸，雄心日千里"，"不然拂剑起，沙漠收奇勋"，他的作品被美称为"盛唐之音"，并且不少篇章都写到"剑"，余光中的诗的联想也许就是由此而萌发的吧？"余下的三分啸成剑气／绣口一吐就半个盛唐"，没有这种雄奇骇俗之句，怎么能为我们民族的这位诗的"谪仙"写照传神！

余光中的《寻李白》，是一朵诗中的奇花，我上面所作的赏析，只不过是一位不甚高明的讲解员的解说词而已，读者若想领略它的色彩与芬芳，还是得自己亲自去品赏，因此，我就不再指手画脚而喋喋不休了。

对人生的诗的哲思
——读《天问》和《与永恒拔河》

诗与哲学，是一对情深谊长的朋友，有人认为，哲学的极致就是诗，而我以为优秀的诗人，也应该具有哲人的气质和修养。中外古今许多优秀的诗篇，它们的境界往往是诗化的哲理境界。平庸的诗人之所以平庸，原因之一就是他们缺乏哲学的玄思，眼光短浅而思想飘浮；一般化的作品之所以一般化，缺乏哲理的思考所带来的深度，就事写事而缺乏对生活与人生的整体哲理把握，也是症结之所在。

我们溯中国诗歌史的长河而上，快到江河之源，就会遇见三闾大夫屈原。这位诗人的作品，不仅以忧国忧民的精神光照百代，而且作为一位集大成的诗人，在春秋战国那一诸子并起、哲学繁荣的时代，他的《离骚》、《天问》等篇，也充分表现了他的哲学思想：那种强烈的生命意识与博大的宇宙意识，那种对天地人的奥秘的热切求索。李白和杜甫的诗丰富多彩，李白的"草不谢荣于春风，木不怨落于秋天。谁挥鞭策驱四运？万物兴歇皆自然"（《日出入行》），抒发的不就是一种宇宙哲理？"风急天高猿啸哀，渚清沙白鸟飞回。无边落木萧萧下，不尽长江滚滚来"，杜甫的《登高》抒写的岂只是自然现象而已，他创造的难道不是哲理的境界？王维、孟浩然的诗作，往往具有佛教哲理的意蕴，唐宋两代的禅诗，不也有许多发人深省之处？苏东坡，大约是一位最具哲人气质的诗人了，他的《题西林壁》，就是诗与哲学的结晶。我们如果向外国诗歌史投去匆匆的一瞥，就可看到歌德二百余首格言诗在闪光，他的格言诗即是哲理诗，印度泰戈尔散文诗作的永不衰竭的艺术魅力，恐怕也和他深远的宗教哲思分不开吧？至于英国17世纪的玄学诗派，他们在英国浪漫诗派与古典诗派之外另辟诗径，几百年过去之后还得到艾略特的赞赏，原因就在于他们的作品中所表现的诗化之"哲学思维"。由此可见，诗与哲学的关系是何其久远而又亲密。

余光中的《与永恒拔河》写于70年代中期的香港，收入1979年由台湾洪范书店出版的诗集《与永恒拔河》之中，《天问》则是他1985年回台湾之后的新作，发表于1988年11月的《中央日报》，从它们主题的近似和所包蕴的哲理内涵来看，可以把它们当作姐妹篇。姐姐我原来认识已久了，如今更加秀出的妹妹又越海穿山而来，让我久久凝眸而怦然心动，我想，这大约是由于她们所展示的引人入胜的哲思风华吧？

让我们先对《天问》作一番观赏领略。早在两千多年前，屈原就写过一首长诗《天问》。"天问"即是问天，也就是向天发问，全诗长达三百七十四句，问题多达近一百七十个，有关于自然的，也有关于社会和人事的，内容颇为复杂深邃。余光中完全借用了这一旧题，也来向天发问。全诗三行一节，共六节，寥寥十八行。八次发问，实际上集中为一个问题的两个方面，"我们的生命呵／一天接一天／何以都归于永恒了呢"——这是对时间永恒人生短暂的疑问；"而当我走时呵／把我接走的／究竟是怎样的天色呢"——这是对短暂生命的价值的追索。合而观之，《天问》一诗所提出与诠释的，就是关于人与人生这一古老而永恒之谜。

114

时间永恒而人生短暂，这个万古恒新的问题总是叩动着千千万万人的心弦，特别是敏于感受的诗人的心灵，所以古代的陈子昂要发出"念天地之悠悠，独怆然而涕下"的浩叹，而当代的郭小川也要说"在时间的长河中／人生是微小而又微小的波浪"了。确实，人是什么？人从哪里来，又向哪里去？人生的意义何在？这些问题就像人类本身一样历史悠久，也令历代的智者感到棘手。18世纪法国大作家雨果曾经有过悲观的回答：我们都是罪人，我们都被判了死刑，但是都有一个不定的缓刑期。20世纪法国的存在主义者加缪，却把人看成是古希腊神话中终身服苦役的西西弗斯，他一生就是推巨石上山，当石块接近山顶时复又坠落，于是他重新再推，往返不已。加缪的回答也太令人丧气了。德国哲学家康德，晚年时甚至说全部哲学命题都可以归结于对"人是什么"的回答，他认为"人是借助于想象力以创造文化的生物"。如果说雨果和加缪的答案使人如临暗夜，那么，康德却使人看到晨光，而爱因斯坦这位伟大的科学家，他的解释则更可以使志士闻鸡起舞："一个人的价值，不应该是向社会索取多少，而应该是向社会贡献多少。"

余光中写的不是问题解答而是诗，他借助的不可能也不应该是概念的宣示或逻辑的推理，他的本领在于独到之意象的捕捉和象征暗示的呈现。诗人由"霞光"之没入"暮色"、"灯光"之没入"夜色"、"星光"之没入"曙色"的自然物理景象，联想到大限迟早之将至与生命之归于永恒，他提出"而当我走时呵／把我接走的／究竟是怎样的天色呢"这一问题，然后仍以问答问："是暮色吗昏昏／是夜色吗沉沉／是曙色吗耿耿？"深沉的哲理思考留给人的是无限的想象空间。当然，优秀的诗篇绝不是个人的自弹自唱，而要召唤读者积极参与作品的艺术再创造而获得自己的感悟。《天问》的整体结构,就是一种对读者的想象富于刺激力的召唤结构,其结尾更是引人思索的悠永的追问,三个问句并置,作者没有作答也无须作答,因为与诗背道而驰的明白直截的解释,反而会令读者兴味索然。读者可以想象,诗人所期望的"天色",当然不是昏昏的暮色和沉沉的夜色,而是耿耿的曙色。这不仅是对第三节"天上的星星呵 / 一颗接一颗 / 何以都没入曙色了呢"的呼应,更是哲学意蕴的凝聚与升华。"曙色"代表光明,而"耿"则通"炯",乃光明之貌,"跪敷衽以陈辞兮,耿吾既得此中正",屈原的《离骚》用过这个词,谢朓《暂使下都夜发新林至京邑赠西府同僚》中也有"星河曙耿耿,寒渚夜苍苍"之句。我们也可以如此发问:隔海的诗人呵,你是不是说想以自己一生的辛勤创作,为民族和人类增添精神世界的光明呢?

我想起了英国的一句格言:"人生短暂,艺术长存。"余光中是一位对于生命极为敏感的诗人,他在他的诗中多次抒写过自觉的生命意识,《与永恒拔河》就是明证。"永恒"一词,出现在《天问》里,也出现在他这一首诗中和诗题里。"拔河"本来是一种体育活动,表现这一题材的诗作已屡见不鲜了,但表现有限的个人生命与永恒的时间"拔河",这却是余光中独特之哲学的与诗的创造。"输是最后总归要输的 / 连人带绳都跌过界去 / 于是游戏中止 / ——又一场不公平的竞争",诗人以独创性的构思和幽默的笔调,写人生之有尽而时间之无穷,但是,他不是悲观论者和宿命论者,在绳索的这一头,他是时间的"紧而不断,久而愈强"的对手,他要让"对岸的力量一分神 / 也会失手,会踏过界来 / 一只半只留下 / 脚印的奇迹"。是的,向时间应战,为自己的生命创造价值,为他人、社会和世界创造价值,这才是真正的人生!"只风吹星光颤 / 不休剩我 / 与永恒拔河",余光中不就正是如此吗?

他年过六十，从 1948 年在大陆发表诗作时算起，他在文学创作的竞赛场上已与时间拔河四十余年，这位著名的学者、诗人和散文家，至今为止已经出版了近四十本著作，这是时间失手而踏过界来留下的脚印，也是他的生命所焕发的光辉。

诗人具有哲人的胸怀和哲理的思考，常常可以使自己的作品获得一种深沉感，或者说高层次的哲理品格，而这，应该是现代诗人所追求的一个重要目标。但是，诗毕竟不等于哲学，诗首先应该是诗，是美妙的意象的经营和创造，是对于人生和世界之精彩的文字的感受与捕捉，是对于读者的精神启示而非耳提面命式的教诲，它的哲理意蕴要如盐入水般地交融在诗的境界之中，这才是上乘之作。宋诗虽然较之唐诗有许多发展，也不乏情中寓理的佳作，但下焉者确实令人索然寡味，而当代一些哲理诗的失败，原因就在于作者不具有哲学家的素质，其情感与生命并没有哲学化，只是以分行的形式和具体的物象去说明或比附一个道理，企图宣教而不是感染与启示，这样，诗的精神本质被破坏和抛弃了，这种作品怎么能赢得人心？余光中的这两首诗，抒写的是有关人和生命价值的哲理思索，但它们却是颇具诗质的诗，而不是布道书或宣传品。

《与永恒拔河》以构思的新颖巧妙取胜。如前所述，取体育比赛中的"拔河"的具象，用之表现匆匆有情的人生与悠悠无极的时间之对抗，平常的生活实境提升为一种不平常的象征情境，全诗的构思围绕这一另具深意的象征情境"拔河"而展开，这本身就是富于原创性的，余光中以此诗的题目为整部诗集的题名，我想也是情有独钟。这部诗集共收辑余光中 1974 年到香港后四年半中的诗作共七十首（这期间他还出版了散文与评论合集《青青边愁》，旧作翻新的长诗《天狼星》，旧译新改的《梵谷传》等等），这大约也是他拔河的胜利纪录之一吧？

《天问》一诗，更可见余光中在意象经营上的新创和对诗的形式美的追求。早在 1974 年，余光中就写过一首《小小天问》，后来收入诗集《白玉苦瓜》之中，而十余年之后再写的《天问》，较之《小小天问》远为清空超隽。诗名"天问"，全诗以"天色"为中心意象，这一意象既是写实的也是象征的，对自然是写实，对生命是象征。围绕这一中心意象，诗人分写霞光没入的"暮色"，灯光没入的"夜色"以及星光没入的"曙色"这三种不同的"天色"，这自然界的三种天色在前三节诗中如果还只是一种比喻，只具有平面的意义，那么，由于第四节的人生哲理的提升和照耀，它们就被赋予象征的深层意义了，这正是全诗的理性之光对意象照明的结果。

艺术的美，本来就包括形式之美，作为文学的最高形式的诗，理所当然地应该讲求形式之美。《天问》一诗的形式美有三：一是全诗纯以问句组成，虽然它是屈原的《天问》的遥远的回声，但在新诗作品中却可以说得未曾见；二是多样的反复咏唱。"霞光"、"灯光"与"星光"，这是对"光"一词的反复，"一条接一条"、"一盏接一盏"、"一颗接一颗"与"一天接一天"，这是同中有异的句式反复，"暮色"、"夜色"与"曙色"，这又是对"色"一词的反复，同时，前面五节是每节一问，而最后一节则是每句一问，一节三问，先分后合，构成了多样而完美的艺术秩序；三是自由与格律的融合。分而观之，全诗的句式长短不一，而且每节都运用了奔行句（又称待续句或跨行句），也不押尾韵，颇具自由诗活泼流畅的风韵，但是，艺术是一个整体，从节与节之间的关系和整体结构而言，全诗在自由之中却又颇具法度，具有格律诗严谨的间架和整齐的节奏。这种美听而又美观的形式，不仅能唤起读者的听觉美感，也能唤起读者的视觉美感，其形式美感是多重的。

1987 年末余光中曾发表《诗与哲学》一文。他说："毫无诗意的哲人未免失之枯燥与严峻，反之，耽于个人经验而不能提升为普遍真理的诗人，也恐怕难成大家。"他又认为："不过诗情要通于哲理，不能直截了当地把感性的经验归纳成落于言诠的知性规则，只能用暗示与象征来诱导读者，使他因小见大，由变识常，举一反三，而自悟真理。"是的，诗进入哲理的领土，是为了获得高层次的哲理品格而不是迷失自己的美质，我赞赏诗与哲学成为莫逆之交的携手同行。

問劉十九

那麼好的酒耶
不知应召了没有
只知每读一回
都饞得似乎嗅到
那一股酒香, 從中唐
一路飄風來了我書房
櫃子裏也侭有茅台
水井坊, 五糧液, 高梁
我卻羨慕你, 白居易
那隻温馨的小火爐
更羨慕你, 刘十九
有这麼雅興的酒友
不用寫诗, 就跟着不朽

余光中诗《问刘十九》手书

120

回旋曲与应战书

——《欢呼哈雷》欣赏

　　天空的星斗，历来是中外诗人歌唱的美的对象，在古往今来许许多多的诗篇里，闪耀着它们璀璨的光芒。中国新诗史上，歌咏星星的诗人和诗篇不少，郭沫若《女神》之后的诗集就题名《星空》，其中的《天上的市街》至今仍脍炙人口。三十多年日月匆匆，郭小川于1959年写成《望星空》，虽然当时和以后批判它的乌云迷漫，但云消雾散之后，诗人笔下的星空依然光华灿烂。——我以为二郭之作是新诗中写星空的双璧了，一而再，再而三，又是将近三十年后，台湾诗人余光中1986年初推出了他的抒情长诗《欢呼哈雷》（见香港《明报月刊》1986年2月号）。天文学上把明亮而接近的三颗星称为"三星"，如"参宿三星"、"心宿三星"、"何鼓三星"等等，我想，在新诗的天空上，上述三首光芒耀眼的诗，也真可以说是"三星在天"了。

　　《欢呼哈雷》讲究内在的节奏而不太看重外在的脚韵，句式长短参差，多采用西方诗歌的奔行句法（又称待续句、跨行句），是典型的现代自由诗。这首诗，在个人抒情与普遍性的民族感情的交融，传统诗艺与现代技法的结合，语言的锤炼与驱遣，句型的多样与句法的多变等方面，都给我们提供了有益的经验，而本文所着重议论的美的结构，则是其中的一端。

亚里士多德认为在任何类型的文学作品中，结构都有如灵魂，由此可见结构的重要性。结构，是诗的艺术要素之一，任何一座出色的建筑物，都必然有它独具匠心的结构，诗不更应该如此吗？只有具备精美的结构，才能艺术地表现诗人的心灵和他的心灵所感受的世界，也才能在作者与读者之间架起一座心心相通的桥梁，因此，优秀的诗人总是有强烈而敏锐的结构感，他要将自己的作品构成美轮美奂的殿堂，他要召唤读者前来叩访，并进入其中去寻幽探胜。余光中作为一位富于才华的歌者，他的《欢呼哈雷》时空阔大邈远，章法自由恣肆，但奔放之中不乏法度，挥洒之下颇见匠心，就是由于他的艺术结构感很强，他有将自己的审美体验化为动人意境的智慧，也有将无序化为有序的腕力。哈雷彗星1986年惊鸿一瞥之后，现在已不知流浪到何方去了，但余光中欢呼的声音仍声声在耳，这里，我且借来余光中手中六寸的短镜筒望远镜，不是去遥望伊人已渺的星际远客，而是隔着海峡烟波，一窥他的《欢呼哈雷》的结构的光彩。

表层结构。结构，一般是指一个文学作品部分与部分之间关系的总和，是作品各个部分互相关联而形成的一个有机性的系统，而结构的外部有机形式，我以为可以称之为表层结构。表层结构，是诗的结构美的最基本的条件，它就像一座建筑物的外部形态，外部失调或混乱，建筑物就不可能给人以美感。我们读到不少诗作，其毛病就往往是杂乱无章，混沌无序，缺乏视觉与听觉的美感，即使在表层上也不能构成一种和谐的美视与美听的秩序。《欢呼哈雷》一诗虽然一气而下，未分节段，实际上却可以分为五个部分，有如浩荡的江流，虽然一泻千里，但却可以根据地形的变化而划分不同的河道。第一部分十三行，从开篇到"市井的童谣，江湖的俚调也不能"，写传统的和传说中的哈雷彗星的形象；第二部分十行，从"要等哈雷，你忘年的知己"到"等不及迎接自己的预言"，写哈雷彗星得名的由来；第三部分十二行，从"像一支回力镖你斜刺里飞来"到"你正在大转弯，准备回程"，写七十六年后哈雷彗星即将翩然来归；第四部分从"一九八四，当代的预言刚过"到"一路扬着朝圣的长旗"，共十八行，赞美哈雷彗星的归来和它"投奔太阳"的精神；第五部分从"让我，也举镜向你致敬吧"到全诗结尾，共十四行，集中抒发诗人由宇宙而人生的深沉感慨，歌唱了中华民族永远向前的意志。由此可见，《欢呼哈雷》虽然篇幅较长，未以数字或空行来标明节段，是没有外在的结构单元标志的自由体，但是，仅仅从表层结构来考察，就可看到这首诗部分与部分之间具备有机性关联，具有一种外在的完美的秩序。

　　意象结构。意象，是诗的细胞，是诗的基本构成元素，独创的内蕴丰富的意象，是好诗必具的最重要的条件之一。因此，近些年来许多诗作者注意了意象的经营和创造，表现了对于诗歌艺术的确认和对诗歌艺术规律的尊重。但是，不少作者对于意象结构及其重要性，却缺乏必要的认识，这样，他们的创作中就常常出现两种现象：一是大量地堆砌意象，而不知删汰与淘洗，以致意象芜杂而臃肿，使读者目迷五色，像过多的车辆堵塞公路的交通，读者联想与想象的通路也因而堵塞；一种是也有新鲜独创的意象，但这些意象却单独而且分散，没有凝聚力与向心力，只有单一美而缺乏复合美或整体美，此可谓有句无篇，如同一群散兵，虽然单个的战斗力还不错，却缺乏统一的号令和高明的指挥。意象结构，不仅能使诸多单一的意象美凝聚为复合的意象美，而且能从艺术整体上使整首诗组织凝缩为完整的艺术品。台湾学者、文学批评家颜元叔于70年代初期就曾经说过："顾名思义，意象

123

结构是意象语联成的一个格局，甚至全篇的意象都拢括其中。要组成一个意象结构，纳入其中的成员必须互相呼应关联。可是，事实常常不如此，经常的情况是意象语各自为政，终致分崩离析。"（见《文学经验·对于中国现代诗的几点浅见》，台湾志文出版社1977年版）如果说，多年以前颜元叔还曾在《余光中的现代中国意识》一文中，赞扬余光中许多较短的诗篇"一气呵成，具有统一性"，而批评他"在较长的诗篇中，如《在冷战的年代》、《忘川》、《敲打乐》等，结构上都显得相当零乱"（同上书），那么，余光中的中、后期的长篇抒情诗如《白玉苦瓜》、《寻李白》、《湘逝》等篇，就已经克服了颜元叔所指出的弊病，而从近作《欢呼哈雷》中，更可见余光中在意象结构上的经营和智慧。

在《欢呼哈雷》的意象结构中，处于中心位置的是"哈雷彗星"。也就是说，哈雷彗星是全诗的中心意象，天宇的渺茫，人间的百态，历史的回溯，现实的情景，都是围绕哈雷彗星这一中心意象而展开，因此，这首诗的意象结构可以称之为辐射型意象结构。"星际的远客，太空的浪子／一回头人间已经是七十六年后"，诗一开始，就在时空交感中突出了哈雷彗星的意象。以下的篇幅，均是以时间为经，以空间为纬，以"悠悠无极的天象"与"匆匆有情的人间"紧相对照与交织，写哈雷彗星的外形与运行，在人类心目中的作用和被发现的历史，今天的回归以及诗人触景生情的感兴。第五部分的"这一头有几个人能够等你／下一个轮回翩然来归"，遥应开头的"一回头人间已经七十六年后"，全诗结尾的"向着热腾腾的太阳，跟你一样"，不仅照应了第三部分的"你总是突围而出，来投奔太阳／灿烂的巡礼，来膜拜火光"，而且第二人称的"你"——哈雷彗星，和开篇首句"星际的远客，太空的浪子"，在全诗的主意象上构成了首尾的复叠，也在反复咏唱和照应中完成了全诗辐射性的整体意象结构。

感情结构。抒情诗的结构，一方面受到诗人所抒写的外界物象的影响，一方面更要受到内在的感情逻辑或感情节律的制约。诗人的感情有如江海的波涛，它的起伏激荡也必然会要求有与之相适应的结构格局。从抒情对于结构的制约这一角度来考察结构，我们可以称之为"感情结构"。《欢呼哈雷》的感情结构的特色，是逐步展开，逐层深入，结尾时达到高潮便戛然而止，对此，我不妨称之为多级浪式的感情结构。

诗一开始，诗人便抒写哈雷彗星的形象和有关的传闻。哈雷彗星是最大最明亮的周期彗星，大约每七十六年回来一次，它头部尖，尾部散开，有时在天空可形成长达两亿公里的明亮彗尾。我国《春秋》中就已有关于它的记载，长沙马王堆三号汉墓出土的帛书中，就有二十九幅彗星图，而欧洲最早的记载是公元前 11 年，比我国晚了六百多年。在古代，包括我国在内的许多国家，都把彗星的出现视为凶兆。——我的说明是枯燥的，在余光中的诗中却有精彩的诗化表现，而且渗透了诗人深沉的历史感和浩远的宇宙意识。彗星其名"哈雷"，是因为当它于 1682 年再次出现时，英国天文学家、格林威治天文台台长哈雷，注意到它的运行轨迹和 1531 年与 1607 年所观察到的彗星运行轨迹极为相似，他经过研究，预言这颗彗星将在七十六年后回归，而当它于 1759 年按哈雷预测的轨道出现时，它的"忘年的知己"哈雷本人却已于 1742 年先期去世，所以人们便以哈雷的名字为这颗彗星命名。

"先知，唉，总是踽踽的早客／等不及迎接自己的预言"，天象悠悠而无极，人间匆匆而有情，在永恒与短暂的对照中，诗人不禁感慨叹息，哲理性的箴言也随之如明珠照眼。接下去，诗人对有关哈雷彗星的传统说法作逆向的思索，他一反视哈雷彗星为带来灾难的扫帚星的传统观点，而歌颂它是扫去凶兆，追逐光明的英雄，"久远奔驰在轮回的悲剧／一路扬着朝圣的长旗"的悲剧英雄。——由于前面浪涌波翻，至此，诗人的感情也自然地推向了高潮，"九级浪"就轰然而至了。诗人巧妙地化用李白的"白发三千丈"的名句，撼人心魂地表现了天象之永恒和人生之短促，它们的反差是强烈而严峻的，但余光中却没有堕入悲观的深渊或颓唐的泥沼，像我们从时下某些诗作中所见到的那样，而是以一种超越的哲学思维与阔大的民族胸怀，将全诗的意境逆转并提升到崭新高远的层次：

下次你路过，人间已无我

但我的国家，依然是五岳向上

一切江河依然是滚滚向东方

民族的意志永远向前

向着热腾腾的太阳，跟你一样

个人生命意识与民族意识、宇宙意识融为一体，全诗至此突然结束，只见浪花飞溅，但闻涛声澎湃。这种止于高潮的多级浪式的感情结构，使读者获得的是强烈的感情震撼和高层次的心智喜悦。

悠悠无极的是天象，匆匆有情的是人间。人间今夕何夕？读此《欢呼哈雷》。它是结构谨严而多变化的诗的回旋曲，更是短促人生对永恒宇宙的诗的应战书！

一片柔情百首诗

——《碧潭》欣赏

爱情，历来被称为文学的永恒主题，借用俄国形式主义批评理论的术语，也可以称之为"母题"。而东西方诗人的有关作品，足够组成规模宏大的大合唱，穿过悠悠的岁月，从古代一直唱到今天。在西方，古希腊诗人如荷马，早就在他的独弦琴上弹唱了爱情之歌，直到现在诗人们的热情还远远没有衰竭的迹象；在中国，爱情的乐曲也早就被《诗经》中的钟鼓所鸣奏，时至今日，诗选家和出版社也在竞相编选各式各样的爱情诗选，诗人们也还在竞试歌喉。隔着一湾浅浅的海峡，台湾当代著名诗人余光中的《碧潭》乘风踏浪而来，就是动人情肠的一曲。

莎士比亚曾经说过："爱情是一枚棘刺，乃是青春的蔷薇上少不了的。"明代诗人张萱在《赠月儿》诗中也写道："一片柔情百首诗，关情多在恼人时。"余光中这首诗写于 1963 年 7 月，收录在 1964 年台湾文星书店出版的诗集《莲的联想》之中。这部确立了余光中的现代优秀抒情诗人地位的诗集，共收作品三十首，虽无百首之多，但全部是爱情诗，其时诗人三十余岁，这些作品是写给他的夫人，也是他的表妹范我存女士的。余光中在香港中文大学任教十一年，1985 年 9 月离港返台，任高雄中山大学文学院院长兼外文研究所所长，正如同后来定居于加拿大的诗人、学者黄国彬在送别余光中的文章中所说："幸好余光中有一位更重要的搭档——贤惠而能干的夫人范我存女士。以托勒密天文为喻，余太太是诗人的十天，推动他去写《莲的联想》……余太太给余光中灵感；余光中给余太太诗；谁也没有占对方的便宜。"(《明日隔山海，世事两茫茫》，见《香港文艺》1985年第二卷第三期)《碧潭》一诗就是他们的爱情连理枝上所结的一枚美果。

如同《红楼梦》不等于曹雪芹的自传一样，如果只纯粹将《碧潭》看作是诗人自己爱情生活的写真，那就太简单也太狭隘了。真正的诗，其价值总是在于创造独具个性而又具有普遍性的美的情境，让个人的小世界通向宇宙的大世界，引起尽可能多的读者的共鸣通感。而优秀的爱情诗，诗人总是从自己真挚独特的审美感受出发，超越狭窄的时空，将个人感受提升到较高的具有普遍意义的层次，使其合于社会学与美学的规范，净化、丰富和升华读者的心灵，从而获得某种美的永恒性。在大陆的新诗创作中，闻捷写于20世纪50年代中期的《吐鲁番情歌》与《果子沟山谣》，是芬芳优美的，诗人将爱情与劳动和建设联系起来，开创了爱情表现的新领域。不过，后来者相习成风，以枯燥的政治教言和千篇一律的苍白形象，代替感情美和诗艺美，如"姑娘爱的是他胸前的奖章"之类的公式像感冒流行，使读者头疼鼻塞，无法卒读。新时期以来，爱情题材在文学中得到了重认，内涵、角度与手法都有所开拓，出现了一些佳作。但有的作者却又走到了另外一个极端，或纯然只是写一己之卿卿我我的私情，缺乏艺术的概括与提升，无法引起普遍性的共鸣；或降格到只去表现一种生物的感情和动物的本能，并以为这才是突破性地表现了爱情的本质，其实，那些所谓作品只能被认为是对爱情诗的误解甚至亵渎。余光中的《碧潭》固然没有浅薄的说教，但也没有那种低层次的庸俗描写。他自有他的诗的价值观，他追求的是一种精神价值和美学价值。他写爱情生活中的忧伤、喜悦和幻梦，将个人感受和普遍意义结合起来，表现了许多中国读者都可以共鸣共感的心灵世界，是爱情诗中格调脱俗、境界高华之作。

《碧潭》的时空艺术设计颇值得称道。世界上的万事万物都存在于一定的时间和空间之中，作为表现生活的文学艺术的任何门类，脱离了时空描写都是不可思议的。而诗歌由于篇幅短小而内蕴深远这种外在和内缘的要求，更特别讲究时空的艺术设计。《碧潭》一诗，极尽时空交感之妙。所谓"交感"，就是将时间与空间作交揉错综的艺术处理。从空间看，全诗的空间由小而大，由近而远，由地下而天上，由地球而浩茫的广宇，构成了一个多层次的辐射性的深广空间结构。"碧潭"，是台北市南郊的名胜，湖水清碧，故名碧潭。诗的前四节，围绕"碧潭"这一不大的特定空间落笔，主要以游湖的双双情侣与女大学生的笑声，来侧写诗中抒情主人公怀人不至的惆怅忧伤，以及想象中的伊人自远方来的喜悦。台湾与大陆之间本来有海峡阻隔，可是诗中的抒情主人公却妙想天开，将恋人比为西施和织女，将自己拟为范蠡与牛郎。于是，谁谓海阔？一舟可渡。谁谓河广？一苇可航。在第五、六段中，空间就由宝岛而大陆，由人间的太湖、洞庭而上界的天河、碧落。与这种空间结构相适应，余光中的时间设计也颇见颖慧的诗心，从"八点半"和"夏正年轻"来看，诗人首先写的是夏日的早晨，然后以此为基点，一方面让时间逆向倒流，"听唐朝的猿啼"，"看你濯发，在神话里"，回到唐朝甚至混茫未分的神话时代，一方面让时间顺向超越，"从上个七夕，到下个七夕"，驰向无穷无尽的未来，这样，巧妙的时空设计与配合，就构成了这首诗艺术构思的主要间架，或者说诗的结构的主要间架。对结构的精心结撰，是余光中诗作的重要美学特色之一，也是他的《碧潭》之所以成功的一个重要原因。而在新诗创作中，我们可以看到有的作者只是热衷于堆砌意象，信马由缰，不讲究作品的内在结构与外在结构，因而陷入紊乱的泥潭，迷乱的沼泽。

文学是语言的艺术，而诗的语言则更是高层次的智慧语。《碧潭》的语言，充分显示了余光中这位才华卓越的诗人的智慧，具有很高的美学素质。因为不是速写式的笔墨可以穷尽这首诗的语言之所有妙处，所以我只想简略说明其古典美与现代美的结合。

这首爱情诗强调本土传统文化因素和历史神话背景，如化用古代诗人的名句，活用古典辞赋中的意象，运用言之凿凿而又渺渺难寻的神话传说，所以它的语言就自然地呈现出古典的色彩与芬芳。然而，它毕竟又是当代诗人的创作，是当代意识和当代诗歌艺术的表现，所以它又具有现代之美。前者，可以从它的词语运用说明；后者，不妨从它的句式的变化去领略。

映入我们眼帘的是水上轻舟。开篇"十六柄桂桨敲碎青琉璃"中之"桂桨"，即桂木制成的船桨，作为对芬芳华美的一种象征和暗示，就是从屈原《九歌·湘君》中的"桂棹兮兰枻，斫冰兮积雪"中化出。宋代苏东坡《前赤壁赋》中不是也有"桂棹兮兰桨，击空明兮溯流光"之句吗？"琉璃"，是天然的各种有光宝石，用以状水，也是古典诗词中所习用的，如欧阳修《采桑子》中就有"无风水面琉璃滑"之语，而余光中在"桂桨"与"琉璃"之间系之以"敲碎"这一偏正词组，就富于动势而又颇具现代感。这首诗用李清照《武陵春》中"载不动，许多愁"之句为副题，第二段的"如果碧潭再玻璃些"与"如果舴艋舟再舴艋些"，就是李清照词中"闻道双溪春尚好，也拟泛轻舟，只恐双溪舴艋舟，载不动，许多愁"的意象的点化与活用。"玻璃"一词用以形容湖水的清澈，也其来久矣。杭州西湖玉泉鱼池边多年前就有"桃花红压玻璃水，舣藻深藏翡翠鱼"的联语。在语言的常态中"玻璃"与"舣舲"本为名词，在余光中的诗中却作了诗意的词性转化，变为形容词并兼具动词的一些功能。这样，便觉颖异不凡而颇显新鲜感。

词性的变化与活用在中国古典诗歌中屡见不鲜，台湾现代诗歌中也经常可以见到，余光中是此中高手。运用之妙，存乎一心，李清照的词本是世代相传的名篇，余光中真是决心不让古代的才女专美于前了。至于划去"太湖"与"洞庭"而"听唐朝的猿啼"，"划去潺潺的天河"而"濯发"、"织锦"与"弄笛"，其想象之丰美，固然如早霞灿烂，其词汇之雅致，也洋溢着古典的馨香。试想，如果不用"濯发"而用"洗发"，不用"弄笛"而用"吹笛"，当然也未尝不可，但对比之下不是高下立见吗？然而，这首诗毕竟不是古董，不是古典诗词的现代翻版，它的语言又是颇具现代美的，这主要表现为矛盾语和倒装句法。"矛盾语"，又名"矛盾修辞法"，日本学者滨田正秀在他的《文艺学概论》中称之为"矛盾法"，或"抵触法"。美国学者勃鲁克斯更认为"矛盾语法是适宜于诗的，甚至可以说是诗中无法避免的语言"（见香港学者林以亮编《美国文学批评选》）。例如诗中本来已说"如果舣舲舟再舣舲些，我的忧伤就灭顶"，以后加上飞来的恋人"栖"在船尾，船的负载当然就更加超重了，但诗人却反而说"这小舟该多轻"，前后两相冲突，立即形成矛盾局面，而诗中主人公不言欢快而欢快自见，这种艺术表现远远胜过那种直露单调的平庸笔墨，这就是矛盾语奇妙的美学效果。又如，"交通失事"绝对是悲剧性的，然而诗人却说"就覆舟，也是美丽的交通失事了"，"交通失事"之前竟然冠之以"美丽"，出人意料，富于谐趣而含义深长。这一矛盾语的妙用，能强烈地刺激读者的审美想象和思考，和台湾名诗人郑愁予《错误》中的"我达达的马蹄是美丽的错误／我不是归人，是个过客"，异曲而同工。倒装句法的运用，在《碧潭》中也数见而效果动人。"几则罗曼史躲在阳伞下"，"阳伞"为具象之实，"罗曼史"为抽象之虚，这本来就是虚实结合情味盎然的智慧诗语了，诗人又将"我的在河的下游的罗曼史没带来"，倒装为"我的，没带来，我的罗曼史／在河的下游"，这种句式的灵动与多变，显示的正是现代新诗的句法风采。此外，"你飞来"倒装为"飞来你"，"在神话里看你濯发"倒装为"看你濯发，在神话里"，都有错综变化之妙。最后一段的结句"从上个七夕，到下个七夕"，按正常顺序本应置于这一段的第二行，但现在却倒装在全诗之尾，用以突出时间之悠悠不尽，此爱之绵绵无绝，并激发读者之翩翩联想。倒装句法中国古已有之，但在西方语言和诗歌中运用得更为普遍。当代诗歌创作如果将平顺的词序或句序作适度与适当的颠倒组合，一反常态，能使语势劲健而饶变化，避免平板呆滞之弊，增强现代感。

诗歌，不论明朗或者含蓄，不论诗风如何变化，诗艺如何创新，能吸引人去品味的才是诗，经得起更多的人再三品味的才是好诗。余光中的《碧潭》，好似醉人的醇酒，有如清芬的香茗，我只作了如上的浅尝。读者朋友，如果我的解说引起了你的兴趣，那么，就请你也荡一叶舴艋舟于碧潭之上，自己来细细地品赏吧！

元洛兄：

别来倏忽已有六日，近况若何，念念。得
维樑为导游，香港山海想必尽收眼底矣。
临行匆匆，未得畅叙，千里远来，两朝短聚，
虽为大憾，毕竟有缘。海天遥隔，而此心相通。
笔难求，九卅之有吾兄，犹沙田之有维樑，斯
则生平之大快也。此后故人颜色，常在字里行
间，当不因关山之阻而减色。至於来台近况，可
详致维樑函，不再二。匆祝

　近佳

　　光中
　　一九八五年九月十六日

1985 年 9 月 16 日余光中致李元洛函

大珠小珠落玉盘

——《珍珠项链》欣赏

自然界无情的珍珠何幸，它往往被有情的人间用来作为传情表意的信物，并常常被多情的诗人赞美，使它在自然的光泽之外，更闪耀着人性的诗意的光辉。余光中的《珍珠项链》，就是从诗海与心海中撷取的耀眼的珍珠，它使得从大海或湖泊中捞起的珍珠，相形之下都黯然失色。

自然界的珍珠，被用来作为定情或言情的寄托，在中国诗歌史上已经很久远了，唐诗人张籍《节妇吟·寄东平李司空师道》就是很有名的一首："君知妾有夫，赠妾双明珠。感君缠绵意，系在红罗襦。妾家高楼连苑起，良人执戟明光里。知君用心如日月，事夫誓拟同生死。还君明珠双泪垂，恨不相逢未嫁时。"一千多年前的诗人的这首诗作，除了题目的"节妇吟"三字颇有些刺目，其寓意寄托我们也可以置之不论而外，诗的主人公对爱情的坚贞自守也委实令人钦敬，她那"恨不相逢未嫁时"的不无矛盾的心理，也真实细腻，颇有点时下所说"性格二重组合"的味道。诗以"赠妾双明珠"始，以"还君双明珠"终，一双明珠照耀于全诗的首尾。时隔千年之后，余光中比那位古代的"君"所赠的就阔气多了，他赠的竟然是整整一条珍珠项链，不仅如此，余光中诗的诗情之美与艺术之美，如果"绝妙江南曲，凄凉怨女诗。古风无敌手，新语是人知"（姚合《赠张籍》）的张籍有知，也会大惊失色而自叹不如的。

余光中夫人芳名范我存，原是他的表妹，青梅竹马，两小无猜。1956 年，二十八岁的余光中和范女士缔结鸳盟，到 1986 年 9 月 2 日，正是他们结婚三十周年纪念。余光中是当代诗人，学贯中西，当然具有强烈的"当代意识"。西方风俗，结婚三十年名之为"珍珠婚"，余光中 1985 年 9 月离开任教十一年之久的香港中文大学中文系，去台南高雄市任中山大学文学院院长兼外文研究所所长，一年之后为送别友人而重来香港，恰逢"珍珠婚"之庆，他在珠宝商场购得一条珍珠项链送给自己的贤内助，除了"物质文明"，他更有"精神文明"，当天他还写有《珍珠项链》一诗为赠，后来发表在香港的《明报月刊》。诗人遥隔海天云端，我暂时无缘就诗的原始构思向他讨教那诗的秘密，且让我和读者一起，从构思美、语言美与情境美三个方面来欣赏这首诗的美质吧。

《珍珠项链》之美，美在构思。一首称得上佳品或上品的诗，一定要有新颖脱俗而既巧且妙的构思。构思，以鲜明独创的意象创造为中心，以巧妙而和谐的意象结构为它所追求的胜境。构思的平庸与一般化，只能使读者摇头而不能终篇；构思的紊乱与随意化，也只会令读者痛苦而"吾不欲观之矣"。《珍珠项链》构思的新创与奇巧叫人赞叹，全诗以"珍珠"作为构思的意象中心和意象主体，以"项链"作为构思的意象结构的联结物。"滚散在回忆的每一个角落／半辈子多珍贵的日子／以为再也拾不拢来的了"，"日子"即时光，乃抽象名词，不具形体，无可把捉，何况是"半辈子多"？那更是欲说还休，无从收拾了。然而，诗人却出之以"滚散在回忆的每一个角落"，如此一来，立即化无形为有形，化抽象为具象，化虚无为实有，不仅此也，开篇的"滚散"一词也绝非泛泛，而是和"珍珠"一念相牵。诗的起始三句写婚后三十年岁月，这还只是一个铺垫，下面的逆折之笔，就使诗别开妙境了："却被那珠宝店的女孩子／用一只蓝磁的盘子／带笑地托来我面前，问道／十八寸的这一条，合不合意？／就这么，三十年的岁月成串了。"珠宝店的女售货员用蓝磁盘子将珍珠项链托来面前，这是生活的实写，但却难为诗人心有灵犀，将过去不可把捉的"日子"想象为眼前光可耀目的"珍珠"，而且原来"以为再也拾不拢来"，而现在却"三十年的岁月成串"，项链长十八寸，不可谓短，结婚已三十年，却不可谓不长，于是诗人得出一个诗化的数学结论："一年还不到一寸"。这一句虽是好句，但并不出奇，是"十八寸"与"三十年"相除的结果，但"好贵的时光呵"却妙语惊人，读者不由不叹服诗人的机智与幽默，如同花蕾清香四溢，如同青鸟振羽蓝天，实写与象征融为一体，源于现实又超越现实，诗的空灵感与超越感便油然而生了。接下来的七句，集中抒写时光之"贵"，但仍然一线贯穿，将时光与珍珠作比。如果说，前面是概括地将"三十年"与"十八寸"从长度上来作比，那么，现在则是具体地将每一个日子与每一粒珍珠来作喻了。"每一粒都含着银灰的晶莹／温润而圆满，就像有主／跟你同享的每一个日子"，这是总比；"每一粒，晴天的露珠／每一粒，阴天的雨珠／分手的日子，每一粒／牵挂在心头的念珠"，这是分喻。在反之复之的比喻之后，最后四句收束全诗，"串成"呼应前面的"成串"，"这一条项链"不仅照应前面的"这一条"，而且点明诗题，细针密线，一丝不走，"依依地靠在你的心口"这一笔必不可少，点醒所赠对象，"贯穿日月"照应"三十年岁月"，而且是诗意的进一步升华，因为"日月"既是实指，也是表示永恒，"一线因缘"一语双关，总束全诗，妙语可以解颐，也可以启智。总之，全诗仅二十行，将珍珠及珍珠项链这一意象作为构思的中心，意象结构巧妙而完美。

《珍珠项链》之美，美在语言。在小说创作中，语言的瑕疵也许还可以因为篇幅较大而不十分显目，而在诗歌创作中，语言的高下不仅会妍媸立见，而且语言的平庸就像置于放大镜之下一样刺眼，令人"惨不忍睹"。在西方，称人为"真正的诗人"是一种难得的并非写诗者人人可得的荣誉，而现在"诗人"一词已经泛滥而贬值，许多语言平庸或低劣的诗作者也纷纷获得了"诗人"的美名。做一个诗人已经不易，何况是做一个"真正的诗人"？真正的诗人，除了其他必具的条件此处不予具论之外，他还必然具有高明的语言的炼金术，他能从语言的矿藏中炼出闪闪发光的金子。

《珍珠项链》的语言美，一是智慧语，一是句式的变化多方。诗，本来是智慧之语，缺乏智慧怎能朝拜诗的殿堂？诗人原说半辈子多的日子"以为再也拾不拢来"，后来却说"三十年的岁月成串"，这就是西方诗学所艳称的矛盾语的妙用。"好贵的时光"是口语诗化平中见奇的诗语，而由"珍珠"联想到晴天的"露珠"（白居易有"露似真珠月似弓"之句，余光中反其意而喻之，情味更为深长），阴天的"雨珠"，以及牵挂在心头的"念珠"，它们同是"珠"，但含义各有不同，这既是对爱情的流光溢彩的博喻，在修辞上也是一种巧妙的词语拈连。其他如"滚散在回忆的每一个角落"的贴切形象，如"有始有终"与"贯穿日月"的双关含蓄，意在言外，从中都可以看到诗人玲珑剔透的诗心。《珍珠项链》是一首自由诗，句式长短参差而富于变化，待续句（又称奔行句或跨行句）的运用恰到好处，多样而不呆板，变化而有节度，动人地表现了诗人感情的律动，也丰富了诗的节奏之美。又如"每一粒"这一句式，在诗中共出现四次，但出现的语言环境固然有所不同，其出现的位置也并非千篇一律，而是有所变化，引发读者的不是单调之感而是多样之美的喜悦。

《珍珠项链》之美，还美在普遍情境的创造。诗，当然应该写个人对生活独特的审美经验，没有独特的艺术感受与独特的艺术表现就没有诗。真正的诗，永远是与公式和模式绝缘的。在这个意义上，西方现代美学的"自我表现"论自有它的正确性，但是，诗不仅要表现自我，而且要超越自我，要走向广阔的社会与人生，诗的美学价值，归根结底在于将个人的感受升华，创造为一种艺术化的普遍的情境，以期引起广大读者的共鸣通感，并经受无情的时间的风沙的考验。那些自以为高明而令读者莫名其妙的呓语、谜语与胡语，实在是对诗的误解或者亵渎，而有些津津乐道于"性解放"的所谓爱情诗，也实在是只能说将肉麻当有趣。《珍珠项链》一诗出自曾在西方的大学得到学位并数度讲学欧美的诗人之手，但他继承的是中国古典诗歌"赠内"诗的传统；珍珠项链是诗人和他的夫人之间私相授受的礼物，这当然是相当个人化的题材，但诗人却超越它而表现出一种东方式的海枯石烂此情不渝的恋情，创造出一种具有普遍意义与美学价值的美的情境。读者不可能也不必都去用珍珠项链传情达意，但少男少女固然可以从这首诗中得到美的陶冶，抗拒颓风的侵袭而使灵魂得到净化与升华，白头偕老的老男老女读后，不也可以相视一笑，重温他们温馨的青春之梦么？

大珠小珠落玉盘，余光中的《珍珠项链》，是他捧给我们的晶莹而圆满的诗的珍珠！

一纸诗的控诉状

——读《控诉一支烟囱》

　　1985 年 9 月 10 日夜，诗人余光中向他任教十年之久的香港中文大学挥手告别，乘现代的大鹏而振羽东南飞，去台湾南部高雄市中山大学任文学院院长兼外文研究所所长。年近六十的他，令我想起他评论英国诗人叶芝的文章的题目，"老得好漂亮"。一年多来，他依然诗思如泉，随心喷涌，开出了不少如五彩水花般的诗花。发表在 1986 年 3 月 11 日《中国时报》上的《控诉一支烟囱》，就是其中耀目的一朵。

　　生生不已的原创力，是才华发越的优秀诗人的一个重要标志。余光中从事文学活动四十年，除撰有大量散文、评论、译文和学术著述之外，出版的诗集就有十四本之多。他的诗作题材广泛，体验独到，形式多样，手法善变，语言繁富，充分显示了这位诗人对于生活和语言的敏感，以及诗歌创作的整体成就。台湾著名学者、文艺理论家颜元叔就曾以"诗坛祭酒余光中"为题，称他为台湾诗坛的"祭酒"。《控诉一支烟囱》是他回台后的新作，也是他开拓新的题材领域的佳篇。正如同他在新近出版的诗集《紫荆赋》的后记中所说："改变生活的环境，往往可以开发新的题材。自从去年 9 月定居西子湾以来，自觉新的题材不断向我挑战，要测验我路遥的马力。"《控诉一支烟囱》一诗，证明诗人对生活仍然保持着敏锐的艺术感觉，也仍然在不断扩展自己的视野和题材领域，同时，这首诗虽云"控诉"，却是诗艺高明、诗味浓郁的作品，而不是空泛的口号和枯燥的说教，表明诗人远远没有江郎才尽，他虽然过早地两鬓飞霜，但诗的心灵却仍然青春年少。

现代工业所带来的环境污染，物质文明所带来的对生态平衡的破坏，是当代世界最严重的社会问题之一，是对于人类生存一种潜在的日益巨大的威胁。人类在发展现代工业之时如果不同时注意改善自己生活的环境，对自然资源、生态环境的保护如果不采取高瞻远瞩的对策，实际上是陷自己于绝地。在世界各地，潜在的生态性灾难的信号已频繁显示，环境污染已日益成为社会的公害、人类文明进步的公敌。余光中久居香港中文大学所在地的沙田，这里依山傍海，风景清嘉，山灵水神都助他清新无尘的诗思，而位于台湾岛西南部的高雄，是台湾第二大城市和重要海港，也是南部最大的工业中心，烟囱林立，空气污染严重，诗人越海而来，清丽的沙田和喧嚣的高雄，自然形成了鲜明的对比，给他的感受阈以强烈的刺激，于是他就孕育了这篇诗章。

早在 20 世纪 30 年代初期，留学法国的诗人艾青就曾在《马赛》一诗中写到了"烟囱"："烟囱！你这为资本所奸淫了的女了！头顶上忧郁的流散着弃妇之披发般的黑色的煤烟……"艾青诗作的思想角度不同，他对马赛作的是全景式的描绘，"烟囱"只是其中的一角而已，而余光中却是以"烟囱"作为全诗描绘的主体，写工业污染对于人类、生物和自然环境的危害，自然更为触目惊心。诗人的笔力虽然只是集中在"烟囱"这一特定的对象之上，但是，"从有限中见无限"乃是诗人的创造所遵循的美学规范，以接受美学的观点看来，也是读者的欣赏所应遵循的美学法则。从诗人对"烟囱"的控诉，我们不是可以由此及彼地提升为对有关社会人生问题的普遍性思考么？难怪此诗一出，即在台湾造成不小的影响，高雄市环境保护局的职工竟然也集体创作了一首诗，题为《天空的微笑》，发表在台湾最大的报纸《联合报》上。

诗歌，是创造的艺术。平庸的诗作者的思维是习常性与封闭性的思维，他们无法摆脱习常性、封闭性的思维程式的束缚，往往只是重复他人和自己已经运用过的形象与手法，其作品以重复和模仿为特征，不能给人以耳目一新的美感，而优秀诗人的思维则是创造性的艺术思维，这是一种开放性、求异性思维，它的长处就在于独特和创新。独特，就是有属于自己的艺术感受和艺术发现，具有"抗压性"，不与他人或习以为常的"常态模式"重复，对于前人已经作出过的艺术表现具有"抗压"反应；创新，即突破习惯性的思路和常规，力求有新颖的不同于他人也不重复自己的艺术表现，这种思维具有"自变性"，即自觉的自我变化，显示出生生不已的原创力。以"烟囱"而论，艾青将烟囱比喻成"为资本所奸淫的女子"，而余光中则将其比喻为"毒瘾深重的大烟客"，艾青所描绘的"烟囱"是诗中的单一意象，余光中诗的"烟囱"则是全诗的整体意象，"烟客"这一比喻直接出现在全诗的中部，前呼后应，以此构成全诗的整体构架，形成了全诗的"比喻结构"。如果取消了这一比喻结构，全诗就不复存在，就像一座建筑，如果抽掉了它的主体构架就要坍塌一样。从这里，可以看到诗人不同的创造力，也可以看到余光中作为后来者的诗的智慧。

余光中这首诗的题目是"控诉一支烟囱"，一提到"控诉"，读者也许会想到"声色俱厉"或"声泪俱下"的情态，果真如此，那么这首诗也许就会成为法庭中直白式的讼状了，然而，余光中却出之以纵横变化的词法、长短参差的句法和风趣横生的富于幽默感的语言，使人在对丑的事物的批判中获得美的享受与愉悦。

诗的开篇，诗人即勾勒了烟囱的"蛮不讲理"的外部形象，以人拟物，恰到好处，"翘向"二字也颇为传神，和"明媚的青空"构成强烈的不和谐的反差。"像一个流氓对着女童／喷吐你满肚子不堪的脏话"，本为"烟客"，此时又兼作"流氓"，这是双重结构的比喻，可谓绝妙好辞。"破坏名誉"一般是对人而言，但诗人却一反常态地将它与"朝霞和晚云"组合在一起，可见污染之烈，也令人顿觉妙语生风。"陌生化"，是俄国形式主义批评的重要用语，俄国形式主义批评学派的代表人物施克洛夫斯基就曾认为："艺术的技巧就是使形式陌生。"从上述和下面将要引证的一些诗句可以看到，变常为新，化熟为生，去腐朽为神奇的语言组合，正是给读者的感受以新异而强烈刺激的"陌生化"手法的运用。

如果说，前文是描写白天的"烟囱"，那么晚上呢？诗人以"有时，还装出戒烟的样子／却躲在，哼，夜色的暗处／向我恶梦的窗口／偷偷地吞吐"，作了穷形尽相而令人莞尔的描绘。不仅如此，动物的"麻雀"都因不堪忍受而"被迫搬了家"，植物的"树"在"咳嗽"，自然界的"风"竟然也"哮喘"起来，而大烟客却仍那样"目中无人，不肯罢手"，诗人以古已有之而现代艺术更常见的"变形"手法，继续作了精彩的表现，"还随意掸着烟屑，把整个城市／当做你私有的一只烟灰碟。"前面，已经说这位烟客戒烟是"装出"的了，这里再次点明它"假装看不见"。诗人先写全城人的"肺叶"，"被你熏成了黑恹恹的蝴蝶／在碟里蠕蠕地爬动／半开半闭"——这又是颖异不凡的比喻，难怪英国诗人雪莱要说"诗的语言基础是比喻性，诗的语言所揭示的，是还没有任何人觉察的事物的关系，并使其为人永志不忘"（《诗学》）；而美国当代学者勃鲁克斯与华伦合著的《现代修辞学》，则辟有专章论比喻并力陈比喻的重要性。继之再写全城人的"矇矇的眼瞳"，"正绝望地

仰向 / 连风筝也透不过气来的灰空。"余光中如果出之以"正绝望地仰向灰空",那就无以显示他变化多方的想象力了,而这灰空竟然是"连风筝也透不过气来的",这才不愧是才人手笔,一片灵心妙思。从英美"新批评"的观点看来,全诗结句的"仰向"与"灰空",不仅与开篇的"翘向"与"青空"构成呼应与对比,有助于全诗内部结构的严密性与外部结构的完整性,同时,如同音乐中的重锤,好似绘画中的异彩,它给读者的视觉与心理更平添一种厚重的灰暗色调,有力地完成了对烟囱的"控诉"。

1972 年 6 月,联合国在斯德哥尔摩召开人类环境会议,发布了《人类环境宣言》。然而,宣言并不是诗,而余光中的《控诉一支烟囱》,是对丑的发人警醒的批判,是对美的引人向往的渴望,是一纸用高明诗艺写成的控诉状。

元洛兄：

　　九月間三湘之行，蒙你全程相陪，並多場精彩「伴奏」，非但壯我行色，抑且光我講壇，誠為一程文化甘旅。事後又有大文追述其盛況，更為此行留下珍貴紀念，值得回味。只可惜我一回台，即陷入諸多雜務，加上兩門課（其一為翻譯，每週均須批改作業），又值剛 〃 搬家，還而未定，新居開車去學校有半小時路程，致湘行遊記及記遊之詩未能動筆。

　　但是湖南經視台錄贈的岳麓書院演講情況，經轉錄之後，頗有可觀，不但雨景甚美，而且你的朗誦也很清晰。此帶我已多次放給同事同學觀賞，甚得好評。題詠三湘之詩文當陸續撰寫，但急不來。附上近作一首，乃應聯副之請為迎千禧年而作。匆此並祝

　　近佳

　　　　　　　　　　　光中 1999. 11. 23

1999 年 11 月 23 日余光中致李元洛函

144

诗，不朽之盛事
——析《白玉苦瓜》

似醒似睡，缓缓的柔光里
似悠悠醒自千年的大寐
一只瓜从从容容在成熟
一只苦瓜，不再是涩苦
日磨月磋琢出深孕的清莹
看茎须缭绕，叶掌抚抱
哪一年的丰收像一口要吸尽
古中国喂了又喂的乳浆
完满的圆腻啊酣然而饱
那触角，不断向外膨胀
充实每一粒酪白的葡萄
直到瓜尖，仍翘着当日的新鲜

茫茫九州只缩成一张舆图
小时候不知道将它叠起
一任摊开那无穷无尽
硕大似记忆母亲，她的胸脯
你便向那片肥沃匍匐

用蒂用根索她的恩液
苦心的慈悲苦苦哺出
不幸呢还是大幸这婴孩
钟整个大陆的爱在一只苦瓜
皮靴踩过，马蹄踩过，
重吨战车的履带踩过
一丝伤痕也不曾留下

只留下隔玻璃这奇迹难信
犹带着后土依依的祝福
在时光以外奇异的光中
熟着，一个自足的宇宙
饱满而不虞腐烂，一只仙果
不产在仙山，产在人间
久朽了，你的前身，唉，久朽
为你换胎的那手，那巧腕
千睨万睐巧将你引渡
笑对灵魂在白玉里流转
一首歌，咏生命曾经是瓜而苦
被永恒引渡，成果而甘

一、《白玉苦瓜》和《希腊古瓶歌》

《白玉苦瓜》这象征，透剔晶莹得几乎只像个单纯的隐喻。它所象喻的是诗：是人类写了几千年的诗，是中国从《诗经》时期到现代的诗，也是余光中自己的诗。此诗分为三节，每节十二行。

首节描状成熟中的白玉苦瓜，次节回顾它从前孕育成长的历史，末节则言其永恒不朽，成了诗艺的正果。全诗体式整齐，结构谨严，一望而觉深得古典之美。

余光中的文学修养兼通中西，作品中用典极为繁富。近期的诗作则返璞归真，歌谣风味尤其浓郁。《白玉苦瓜》不属于歌谣体，在用典隶事上，却与民歌、童谣同样朴素无华。不过，明显的用典虽然没有，与前人作品暗合和偶合之处，却有迹可循。以白玉苦瓜来象征诗之不朽，固然是余光中的新创；诗之不朽这主题则为旧调。用一件艺术品以象征诗之不朽的吟咏，亦屡见不鲜。此诗首三行：

似醒似睡，缓缓的柔光里
似悠悠醒自千年的大寐
一只瓜从从容容在成熟

即与济慈（John Keats）《希腊古瓶歌》（*Ode on a Grecian Urn*）的起首遥相呼应：

Thou still unravished bride of quietness,
Thou foster child of silence and slow time,
（你这迄自娴静的新娘，完美无瑕，
你这沉默的义子，悠悠缓缓；）

济慈所题咏的古瓶，上面有酒神狄奥尼索斯式男女追逐狂欢的浮雕，故事采自古希腊神话，有两千多年的历史。年代久远之物，都难免有龙钟悠缓之态，济慈的古瓶如此，余光中的白玉苦瓜，"似醒似睡"，好像睡过一场千年的大寐，也是如此。这开始也令人想起麦克雷殊（Archibald MacLeih）《诗艺》（*Art Poetica*）的首数行：

A poem should be palpable and mute
As a globed fruit,
Dumb
As old medallions to thumb,
（诗宜可触不可咏
硕果浑圆见本性
缄口莫吟哦
勋徽千载任摩挲　　　——陈颖译）

麦氏没有说明是什么果，而且全诗也非以果为主题发展下去，所以这里点到即止。不过《诗艺》是名诗，且甚富禅机，不妨顺此一提，也可藉此知道诗之不朽的咏叹，古今中外都有。

千岁遐龄，龙钟悠缓固属理之当然。另一方面，则老态之外，还有新貌，此所以古瓶有若"新娘"，而白玉苦瓜则"仍翘着当日的新鲜"（首节末行）。传说中，人若得道升仙，即能返老还童。古瓶和白玉苦瓜，成了不朽的艺术正果，所以也古而弥新。

古瓶上刻画着男女追逐求爱的场面，是典型的狄奥尼索斯式生活。不过，它也有宁谧平和的一面，就是那虔诚的郊祭部分。《希腊古瓶歌》最后断言古瓶不朽，而且"美即真，真即美"，成为英国浪漫主义诗中有数的名句。酒神式的生活，乃浪漫主义者所渴望和追求的。济慈这浪漫时期的诗人，对这种美感生活，力加礼赞，实属自然，我们也可由此见到英国浪漫主义诗背后的传说。余光中《白玉苦瓜》所歌咏的，却不是这样一回事。古瓶有的是男欢女爱，苦瓜则为慈母之爱；古瓶上呈现的是狂欢，苦瓜中蕴藏的则为苦难；《希腊古瓶歌》是西方的，《白玉苦瓜》则为中国的。

二、白玉苦瓜的中国性

本诗首节描写白玉苦瓜的饱满圆浑，说它像吮吸了"古中国喂了又喂的乳浆"；次节回头补述生长过程，说它是大地之母（"后土"）的"恩液"哺育出来的。这大地之母，就是"茫茫九州"，就是"整个大陆"，就是中国。在成长的过程中，苦瓜被"皮靴踩过，马蹄踩过／重吨战车的履带踩过"，所受的重重苦难（一踩二踩以至三踩，可见其惨重），是几千年来中国人民所受的苦难。余光中作品中常写抗日战争给人民带来的苦难，所以，这两行也可说专指近代中国的战乱（自然以抗日为最），因为皮靴和马蹄，古今都用，而"重吨战车的履带"，则非近代的武器莫属。

这样看来，《白玉苦瓜》的母爱、受难和中国的意义，就彰彰明甚了。即使撇开诗的内容不说，单就诗题而言，也可发现地道的中国性。苦瓜是中国人才爱吃的，西方大概没有多少人会欣赏它那苦而后甘的味外之味。余光中像一般汉英字典的编者一样，把苦瓜翻成 bitter gourd；此词普通的英文字典根本没有。苦瓜的学名是 momordica charantia，一般的英文字典亦付阙如，可见外国人根本不知苦瓜为何物。

玉的中国性更具渊源。远古以来，玉一直被视为至宝，这种晶莹坚润的宝石，人见人爱。《诗经》和《楚辞》里，"佩玉将将"，"鸣玉鸾之啾啾"，声音早就清脆悦耳；进而"美如玉"、"有女如玉"、"温其如玉",则已经是美是德的形容了。贵人君子,买得起琼琚为装饰,"佩玉将将",走起路来,好不威风。清贫之士,对宝玉可望而不可即,退而求其次,只好于想象中得之:"望瑶台之偃蹇兮"——多么瑰丽的景象!《礼记·聘义》记子贡问玉于孔子,何以君子贵之,孔子一口气列举出玉的优点,凡十有一项,计为仁、知、义、礼、乐、忠、信、天、地、德、道,几乎包罗了儒家所有的伦理德目:

夫昔者君子比德于玉焉:温润而泽,仁也;缜密以栗,知也;廉而不刿,义也;垂之如队,礼也;叩之其声清越以长,其终诎然,乐也;瑕不掩瑜,瑜不掩瑕,忠也;孚尹旁达,信也;气如白虹,天也;精神见于山川,地也;圭璋特达,德也;天下莫不贵者,道也。《诗》云:"言念君子,温其如玉",故君子贵之也。

既经圣人"鉴定",宝玉的声价益高。完璧归赵,大概是第一个以玉为国宝的历史故事。秦始皇首先以玉为天子印,玉玺之名,于此开始。继《诗经》、《楚辞》之后,我国文学作品中真是宝玉纷陈,琳琅满目。据杜诗索引所示,玉字于杜诗中出现了近二百次;若把琼、瑕、璋等字也计算在内,更不止此数。杜甫诗中,天地山川、人物宫室、文采风流,莫不可以与玉联缀而成。李贺一句"昆山玉碎凤凰叫",闻者凄厉欲绝;义山那行"蓝田日暖玉生烟",观者凝睇茫然。金是西方最贵重的珍宝。中国非不重金,可是相比之下,玉无疑高占上品而为最珍贵的宝物。《红楼梦》最重要的角色宝玉和黛玉,名中有玉;前者出生时,口中衔玉,更是玉名玉质。可见玉之受国人珍惜,几千年来如一。文中有玉,文之美者也是玉。"字字珠玑飞玉屑"。然则，句句珠玑，篇篇珠玑，便该是"连城璧"了；元好问《论诗绝句》即以此称少陵诗。李商隐写的《李长吉小传》，说李贺死时，有使者引他升天，因为"帝成白玉楼，立召君为记"。白玉楼乃艺术之宫，应是李贺意中乐土。

上面提到诗人论诗，以为诗可不朽的，古今中外都有。李白以为"屈平辞赋悬日月，楚王台榭空山丘"，和莎士比亚第五十五首《商籁》的

Not marble, nor the gilded monuments

Of princes, shall outlive this powerful rhyme;

（王侯公子的大理石和镶金碑座

都比不上这有力的诗篇长寿）

旨意极近。不过，李白用日月长明不灭写永恒之意，以与台榭之颓朽对比，意象鲜明；比莎翁只用抽象的"有力"二字为况，实在有力得多。英国有很多诗人都以碑座来形容诗文的不朽，莎翁之后，罗塞蒂（D.G. Rossetti）在《生命殿堂》（House of Life）中写道："一阕商籁乃瞬间的碑座"（A sonnet is a moment's monument）；行末二字，形音都似，堪称妙绝。叶芝（W. B. Yeats）在《航向拜占庭》（Sailing to Byzantium）中，非常向往古时拜占庭的文采风流，以为在"长生不老的才智碑座"（monuments of unaging intellect）里，可找到永恒。

碑座之为物，用以纪念伟功盛业，以垂不朽。把碑座用来形容诗之不朽，自然可以。不过，碑座只是一种代表，本身并无伟功盛业可言。所以，以喻诗艺之不朽，当然比不上用古瓶或白玉苦瓜精

当，因为二者本身都是艺术品，本身即是价值的所在。以日月为喻，其弊相似。（上引李白诗，日月乃用以对比台榭，故不能只就这比喻的精当与否而论断李白诗之优劣。）古瓶上生动的浮绘，白玉苦瓜传神的雕琢，都非艺不办。诗为艺术之一，无才无艺的人写诗，休想传世。英美现代诗的大宗师艾略特，标举"意之象"（objective correlative）之说，认为艺术上表情达意的方法，端在寻出与此情意相关的事象，然后将之表现出来。世人对此说景从附和，奉为写诗和评诗的圭臬。以喻诗艺之不朽，古瓶和白玉苦瓜之所以优于碑座和日月，关键即在"相关"（correlative）二字。

就其同者而观之，《希腊古瓶歌》和《白玉苦瓜》都象征了诗艺的不朽；此主题可无分中外，不论古今。就其异者而观之，则前者的西方性见于瓶上的爱情和宗教及其浓厚的希腊色彩，而希腊文化正是西方文化的一大支柱。后者的中国性，则完全由玉和苦瓜二者显彰出来。除了上面论之颇详的这第二层象征意义外，二者还有第三层的意义：《希腊古瓶歌》透露了济慈的诗观和诗艺，《白玉苦瓜》则成为余光中自己的象征。

在济慈眼中，美与真是和谐如一的。他的一封书牍有云："紧凝（intensity）是每种艺术的极致；能紧凝，则一切杂沓可厌之物，皆烟消云散，而与美和真接壤。"另一封则谓："我必须清清楚楚见到美后，才能确切感到它的真。"所以，诗中的"美即真，真即美"，乃济慈的诗观和哲学观，也是他诗艺所致力的目标。白玉苦瓜则是余光中，或者说，余光中的诗；而此诗表现这一题旨的手法，却一点不落言筌。

三、白玉苦瓜和余光中

本诗次节述白玉苦瓜的滋养，来自"母亲"，这母亲即大地之母，亦即"茫茫九州"、"整个大陆"，而这茫茫九州又可以一"缩"而"成一张舆图"，一若作者余光中可以摇身一变而成为诗中的白玉苦瓜。这话怎么说呢？——白玉苦瓜是母亲、整个大陆、茫茫九州、舆图的"婴孩"，原来余光中也是母亲、整个大陆、茫茫九州、舆图的婴孩，所以，根据代数"代入"的原理，余光中就是白玉苦瓜。

余光中是她母亲的婴孩，这话谁不会说，所以说了等于白说。我们要注意的是本节中从茫茫九州到诗人的母亲这一巧妙的转接，特别要注意第四行的"硕人"二字：

茫茫九州只缩成一张舆图
小时候不知道将它叠起
一任摊开那穷无尽
硕大似记忆母亲，她的胸脯

"硕大"承上启下，既形容穷无尽的九州，也形容母亲和她的胸脯。这里的妙处在于母亲所指的，既是硕大的大地之母（本节的"向那片肥沃匍匐"和末节的"后土"），也是诗人的母亲。《白玉苦瓜》脱稿于1974年2月，当时诗人已进入四十五岁的中年，母亲已辞世十多载。即使她还健在，用硕大来形容上了年纪的妇女，自非智者所应为。因此，一如诗中所说的，硕大乃状写对母亲的"记忆"。余光中爱母至深，诗文中母亲常常出现：《圆通寺》、《母亲的墓》等诗，是专为亡母而作的。中国历史文化意识极强的他，且尝于《地图》一文中作个比喻说，"旧大陆（即中国大陆）是他的母亲"。《诗经·蓼莪》篇，"昊天罔极"，写父母的深恩，诗人怀念曾在抗日战火中庇护自己的亡母，昔日慈颜的影子，愈来愈大，以至于硕大如大地之母，如茫茫九州，是很合理的夸张笔法。另一方面，硕大可能是个很早的印象，得自诗人呱呱待哺时期。那时，婴孩吮吸的是"乳浆"、"恩液"，"醋然而饱"后，便呼呼"大寐"。这时期，据弗洛伊德所说，乃人类混沌初开、破题儿第一遭的"口福"时期（oral phase）；除母亲的胸脯外，小小的婴孩别无所求，也别无所见。母亲"是我记忆中最早的形象"，诗人在《母亲的墓》中如是说。如果苦瓜只纯粹是这种植物的果实，那么诗人实在不必用"记忆"、"舆图"、"小时候"等字眼去描述茫茫九州这后土。

诗人也是舆图的婴孩，又何所据而云呢？本诗次节说他小时候不知道将中国的地图叠起，而一任它摊开着，地图上的山河大地，遂尽收眼帘。原来诗人的一个嗜好，便是地图：他爱读地图、爱画地图、爱对着地图出神，以至在中学时如何捉刀替女同学画地图，凡此种种，尽见于他那篇自传性的抒情散文《地图》中。第二行中"不知道"二字可圈可点，乃极言入神而至痴迷之状，也许与"商女不知亡国恨，隔江犹唱后庭花"的"不知"相近；《白玉苦瓜》一书的自序里，诗人便又说到他小时"怔怔"地对着地图出神的情景。所以，余光中是在地图上长大的。他第二度赴美（1964—1966），四处讲学时，"密歇根的雪夜，盖提斯堡的花季，他常常展视那张残缺的'中国'地图，像凝视亡母的旧照片。"《当我死时》一诗的下半部也说出地图对他的意义：

从前，一个中国的青年曾经

在冰冻的密歇根向西瞭望

想望透黑夜看中国的黎明

用十七年未餍中国的眼睛

饕餮地图，从西湖到太湖

到多鹧鸪的重庆，代替回乡

至于说诗人是中国的婴孩，这一点任何稍为涉猎过余光中作品的读者，必会首肯。《敲打乐》无疑是他中国感情表现得最激越的：

中国中国你是条辫子

商标一样你吊在背后 [略]

中国中国你跟我开的玩笑不算小

你是一个问题，悬在中国通的雪茄烟雾里

他们说你已经丧失贞操

服过量的安眠药说你不名誉

被人遗弃被人出卖侮辱

被人强奸轮奸轮奸

中国啊中国你逼我发狂 [略]

我们有流放诗人的最早纪录

早于雨果早于马耶可夫斯基及其他

可是，尽管如此，

我的血管是黄河的支流

中国是我我是中国

所以，《当我死时》一诗这样写道：

当我死时，葬我，在长江与黄河
之间，枕我的头颅，白发盖着黑土
在中国，最美最母亲的国度

所以，他的朋友诗人痖弦去国，这中国的"婴孩"劝他：

带一把泥土去
生我们又葬我们的
中国的泥土

白玉苦瓜是大地之母、舆图、中国的婴孩，余光中也是母亲、舆图、中国的婴孩；于是，我们可以放心在白玉苦瓜和余光中之间，画下等号，"日磨月磋"、"清莹"、"完美"的白玉苦瓜，已成"仙果"，"永恒"不朽（见末节）。等号另一端的余光中，或者说，余光中的诗，亦应如是！

四、不朽的萦心之念

余光中非常自负，自信其作品可以不朽。远在 1957 年，当时他诗龄尚浅，便已兴起了因诗不朽的念头。在《创造》一诗中，他认为美的创造者：

给平凡的时代一个名字；
给苍白的历史一点颜色；

给冷落的星系一缕歌声。

在字的巷中遇见了永恒；
在句的转弯处意外地拾到
进入不朽的国度的护照。

1961 年，他这"狂诗人"如是说：

已向西敏寺大教堂预约
一个角落，
作我的永久地址
我的狂吟并没有根据
偶然的笔误
使两派学者吵白了头

写于三年后的散文《逍遥游》有下面这一段：

只要你愿意，你便立在历史的中流。在战争之上，你应举起自
己的笔，在饥馑在黑死病之上。星裔罗列，虚悬于永恒的一顶皇冠，
多少克拉多少克拉的荣耀，可以为智者为勇者加冕，为你加冕。

文中的"你"，其实是作者自己。又过了五年，在另一篇散文
《蒲公英的岁月》里，他预言死后"人们还会咀嚼他的名字，像一
枚清香的橄榄"。"升起"是他作品中时常出现的动作。余光中要
升起，就像中国的现代诗要升起，中国要升起（见《有一个孕妇》）
一样。那时，"中国是我我是中国"（见《敲打乐》），互相辉映。

《蒲》文在这样的高潮中结束："他以中国的名字为荣。有一天，中国亦将以他的名字为荣。"多么自信、自豪以至于自大！《白玉苦瓜》集中的《积木》、《守夜人》、《预言》、《诗人》、《自嘲》以及本文所论的《白玉苦瓜》，都对自己的屹立传后充满信心，可说是同一主题的反复变奏。在《谁是大诗人？》一文中，余光中对伟大略作解释，说："伟大是一种品质，一种不腐烂的成熟，……一种整体的饱满感。"而"饱满而不虞腐烂"，正是他用以形容白玉苦瓜的。这是他自信的又一例证。

不朽，不朽，实在已成了余光中的萦心之念。1976年夏，诗人游西敏寺，在寺中诗人之隅沉思良久，不朽之念，又油然萌生。事实上，他把这次沉思的经验写成散文，题目即为《不朽，是一堆顽石？》，他说：

一切乱象与噪音，纷繁无定，在诗人之隅的永寂里，都已沉淀。留给他的，是一个透明的信念：坚信一首诗的沉默比所有的扩音器加起来更清晰，比机枪的口才野炮的雄辩更持久。坚信文字的冰库能冷藏最烫的激情最新鲜的想象。时间，你带得走歌者带不走歌。

文末再强调此一信念：

这世界，来时她送我两件礼物，一件是肉身，一件是语文。走时，这两件都要还她。一件，已被我用坏，连她自己也认不出来；另一件我愈用愈好，还她时比领来时更活更新。纵我做她的孩子有千般不是，最后我或许会被宽恕，欣然被认做她的孩子。

究竟余光中是个自大狂者，他之所说，是"狂诗人"的胡言乱语？抑或他是个头脑清醒、眼光锐利的诗人兼批评家，以先知的姿态，自信地预言自己的不朽，所谓"文章千古事，得失寸心知"？进一步的问题是：怎样才能不朽？大诗人大概就能不朽了。可是，怎样才算是大诗人？

艾略特论丁尼生的《悼念篇》(*In Memorium*) 时，开首即谓："丁尼生是大诗人，道理十分清楚。他的作品内容丰富，变化无穷，技艺精绝。这三种质量，我们在最伟大的诗人们的作品中，才能悉数看到。"据此，则内容丰富、变化无穷、技艺精绝是大诗人的条件。另一现代诗人奥登 (W. H. Auden) 认为大诗人至少必须具备下面五个条件中的三个半：多产、广度、深度、技巧、蜕变。艾略特和奥登所述，十分接近。二人所列的条件，中外所有的批评家，纵使不一定绝对同意，相信不会绝对不同意吧！至少这些条件，比安诺德的试金石 (the touch-stone)、严羽的兴趣、袁枚的性灵诸说，具体且落实多了。杜诗、莎剧之伟大，不易用试金石、兴趣、性灵来衡量。用艾略特和奥登的标准来评判，则不难把杜诗、莎剧这些公认的一流作品及其作者，从次等的作品作者中析离出来。余光中到底是先知，还是自大狂者，艾略特和奥登所设的标准，我们可借来一用，以求取答案。

［原文这里接下去讨论余光中作品的成就，大意如下：三十年来写诗不辍的余光中，作品内容丰富，技巧精绝，风格多变，是五四以来极少数成就最大的诗人之一。他的散文以诗为之，博丽多姿，气势雄伟，最具创造性，是中国历代散文史上璀璨的奇葩。这部分字数在一万左右，现在删略了，因为《火浴的凤凰》一书的导言和其他多篇文章，对余氏的成就，有颇详尽的探讨。］

五、诗，不朽之盛事

最后，说回《白玉苦瓜》这篇作品。此诗主题严肃，技巧上乘。可是，诗之不朽这题材并非最普遍的经验。所以，此诗不能引起最多读者的共鸣。非熟悉余氏作品的读者，更不能彻底了解此诗的意义。换言之，此诗不是余氏最能惹人好感的作品，但其重要性却是毫无疑问的。

二十年前，夏济安先生指出：余光中的语体文是"雅俗兼收、古今并包、中西合璧"的文体。最近何怀硕有长文《论中文现代化》，认为现代化的中文，取的是古今中西的长处，观点和夏济安的一样。综览余光中的作品，我们乃知道他已美丽地完成了中文的现代化。文章，已很难说是什么经国之大业了。可是，文化有赖于文字的记录。文字是一国的衣冠，也反映了这个国家的精神。余光中创作了三十年，未来的时日还多，却已经有如此超卓的表现——把中文锻炼得"更活更新"。1939 年叶芝去世，翌年艾略特在纪念演说中，认为这位爱尔兰大诗人昭示世人："一位艺术家／在十分诚恳地为其艺术工作时，即等于尽力为其国家与全世界服务了。"余光中对国家和世界的贡献即在其语言的艺术。"文章千古事，得失寸心知。"文章又是不朽之盛事。受日月精华、山川灵气孕育的白玉苦瓜，曾经民族之苦、生命之苦和诗之苦，最后，"被永恒引渡，成果而甘"，活在"奇异的光中"——就是余光中的"光中"。

2017 年 6 月 19 日余光中夫妇与黄维樑家人在高雄

星云呼应余光中《行路难》

一、《行路难》（余光中作）

欲去江东
却无颜面对父老
问子弟而今安在

欲去江北
却无鹤可以乘载
况腰间万贯何来

欲去江南
暮春却已过三月
追不上杂花生树

欲去江西
唉，别把我考倒了
谁解得那些典故

2012 年 12 月 13 日

二、《呼应余光中先生〈行路难〉》（星云大师作）

今日江东
未曾改变大汉雄风
大汉名声如雷贯耳
茱萸宝莲遥遥相望
汉唐子嗣　今朝可望
楚汉子弟引首顾盼　望早归乡

江南紫金山　孙中山先生声望仍隆
两岸人民　寄予尊重
春有牛首　秋有栖霞
雨花红叶　回首难忘

欲去江西
一花五叶
禅门五宗的文化
至今人人都向往
江西得道的马祖
洞庭湖的石头（石头希迁禅师）
多少人在"江湖"来往
江湖一词
生活的榜样
临济儿孙满天下

庐山的景光迷蒙
何愁江西无望

汉朝淮阴侯
现代周恩来
人文荟萃的地方
江北盐城是丹顶鹤的故乡
扬州仙女庙　鉴真图书馆
与镇江金焦二山隔江相望
扬子江风光依旧
扬子江的母亲
思念云水天下的游子
回乡探望

2013 年 1 月 25 日

【今晨（1月25日），学生们读报纸给我听，报导余光中先生《行路难》一诗，一时雅兴，以诗句和应余光中先生。】

三、余光中行路难？

世途艰难，人生失意，古人乃有《行路难》之作。唐朝就有卢照邻、李白、柳宗元等以此为题的诗篇，李白的尤其著名："欲渡黄河冰塞川，将登太行雪满山……行路难！行路难！……"

余光中的近作《行路难》写他"行路难"？

无颜面见江东父老的是四面楚歌、终于乌江自刎的项羽（最近内地电视台正热播楚汉相争的连续剧）。欲乘鹤去江北而不得的大概是李白吧，他连题咏黄鹤楼都没有勇气了。写出"杂花生树，群莺乱飞"的是丘迟，他劝陈伯之投降。

余光中名满华文世界，江东、江北、江南、江西处处邀他演讲、朗诵、题写胜迹，他"五行无阻"，绝无四面楚歌、对楼无咏、春花不遇的情事。江西确多典故，如陶渊明、王勃、欧阳修、王安石、文天祥、汤显祖等江西人，够历代文人脱胎换骨、点铁成金地用典了，而余光中不是学贯中西吗，何难解典故之有？

《行路难》写的不是余光中自己。中西诗歌都有戏题、戏拟之作，杜甫的诗题就有多首有戏字。文学有时是一种文雅的文字游戏。江西去不成，因为解不了那些典故？但此诗一、二、三节都有典故。一、二、三节与第四节构成矛盾，此诗用的是"新批评"（The New Criticism）学派说的"矛盾语法"。我加上几个字：轻松戏谑的矛盾语法。诗翁现在八十四岁，严肃多了，久了，要老顽童一番，东北南西乱游一番。他写新诗仍然颇为老派："在"、"载"、"来"押韵；"树"、"故"押韵；而且三行一节，整整齐齐的。其实他的戏谑诗颇多，陈幸蕙就出版过一本《余光中幽默诗选》。

四、星云大师与余光中先生的文学缘

才写下了《余光中行路难？》一短文，便读到星云大师响应余光中先生的《行路难》，真是有因缘。星云法师弘扬"人间佛教"，建树遍天下，世人尊之为大师。在诸般大建树、大建设中，有台湾佛光大学。我应佛光大学创校校长龚鹏程教授之邀，曾任该校文学系教授多年，更应称创办人做大师。佛光大学的翁玲玲教授，曾在一个盛大的典礼中，引用创办人星云大师的名言"有佛法，就有办法"；诚然，有佛法，就有办法。中国人有行路难之叹。1950年代杰克·凯鲁亚克（Jack Kerouac）的名著《在路上》（*On the Road*）国东、国西、国南、国北的美国行，既是逍遥游，也是行路难——主要是心灵上的寻寻觅觅。星云大师有佛法，不觉行路难；法眼中，江东、江南、江西、江北山水瑰丽、人文荟萃，到处都是佛教的名刹。"江东"一节的茱萸、宝莲二寺，都在徐州市。"江南"一节的牛首山寺院多，栖霞寺更是中国四大名刹之一。"江北"一节的扬州、镇江可说是佛教之都，扬州的大明寺旁有新建的鉴真图书馆，更是"佛光山"出资兴建、经营的，而佛光山的开山宗长星云大师就是扬州人。在宗派上，他属"江西"一节所说的临济宗；"临济儿孙满天下"一句所说，是实情——世界各地都有佛光山的信众。这一节说的"禅门五宗"，应略为交代。高僧虚云和尚兼承曹洞宗、临济宗等禅门五宗，佛教电视剧集《百年虚云》曾在佛光山属下的电视台"人间卫视"黄金时段播映。

星云大师已高寿八十五岁，不良于行，但即使是现在，他也没有行路难之叹。不论人去江东、江南、江西、江北，处处都受欢迎，处处都人杰地灵。他呼吁"思念云水天下的游子回乡探望"。

近年星云大师及佛光山的大功业，是高雄市"佛陀纪念馆"建成启用，以及"星云传媒奖"、"星云文学奖"的设立。余光中两年前获得第一届星云文学奖，奖金和奖座由设奖人亲自颁予受奖人。星云大师是和尚，也是作家，诗、文、小说、歌词、剧本数量极多，佛光大学图书馆放满一架。星云文学奖得主余光中有新诗发表，设奖人"新诗听罢也长吟"（杜甫诗有"新诗改罢自长吟"之句），而有此应和之作，正显示这位大师的雅兴，而这雅兴与其"人间佛教"的三好"存好心，做好事，说好话"有关。何止"江南好，风景旧曾谙……"，江西、江东、江北都好，是四好。

166

余光中写其轻松、戏谑的《行路难》，星云严肃而又高兴地道出长江四方之美好。文学本就丰富多元，如长江滔滔长流，卷起千堆雪万朵花。星云大师写此诗，目的不在对垒余光中，不在PK余光中，而在以"风"以"方"以"望"以"乡"这些诗韵，唱和余光中。

数年前星云大师创办的《人间福报》大篇幅专题报道余光中，说到余氏也喜读佛经。我与余先生结缘四十多年。大概二十年前，范止安先生趁星云大师到香港弘法之便，安排聚会，一厅之内我与星云大师交谈了几句，近年更曾在佛光大学教书。现在我略抒读诗的感想，记下的是余光中与星云大师的因缘，也顺便记下我与他们二位之缘。都是文学因缘。

安慰落选的大象
——析《慰一位落选人》

（一）

蹙眉瘪嘴，宽宽的额头竟无光
萤光幕上，看，你神色何黯澹
涕泪的边缘你强忍着[1]
那么一头大象[2]竟然被哽着
被南方小小一粒花生米[3]
被彻骨的酸疼，倦困，和舌底
失败者一腔涩苦的滋味

（二）

认了吧，你原非驯骡[4]的高手
进门跌跤，出门就撞头[5]
两百周年的烟花正照你
华丽的庆典你点燃[6]，随风已飘散
波多马克的河边[7]天天簇千树
樱花明年为谁而灿烂？[8]

（三）

这样出宫[9]，或非最坏的结局

168

换一个国家，失败的代价

该是罪名猬集，箭垛一身

要承天下的不是，你的罪名

是狄克的同谋，水门案的从犯 [10]

是捷克，波兰，立陶宛

当感恩的火鸡误送给俄都 [11]

是万里长城的雉堞上散步

和一个胖胖的老敌人握手

一杯威士忌对一杯茅台

或许放你去乔治亚州

去平原镇的圣地花生种百亩 [12]

背林肯的语录 [13]，诵吉米的自传 [14]

写千页的自白书——哪一年

你阴谋颠覆民主党 [15]，哪一年

你私通古巴 [16]。或许从此你失踪

谣传你充军去阿拉斯加 [17]

茫茫雪地，与海鸥海豹为伍

不然你远谪夏威夷，不，关岛 [18]

加油站上罚你做工人

（四）

你败了，你的不幸该庆幸

可幸象背宽厚非虎背，象，会下跪

会让你从容下背来，不滚落尘埃

不忧骡蹄从背后踹来 [19]

骡僮象仆，明年樱花开

169

千墙万壁他们将取下你照片

如当日挂你，取下你前任 [20]

但不是被人践踏，唉，不是

被打叉，被涂成象鬼骡神

1976 年 11 月 4 日

余光中《慰一位落选人》这首诗，文字精练、事义妥帖、形象生动、取譬巧妙、结构谨严，运用春秋史笔，作讽谕褒贬，尖刻庄重，兼而有之，是一篇杰作。

落笔"蹙眉瘪嘴"四字，把落选人的沮丧神态表露无遗。蹙、瘪为入声字，嘴为上声字。声调配合内容，这三个仄声字给人一种英雄气短之感。（入声的特色是"短促急收藏"。）以下至"失败者一腔涩苦的滋味"，续写落选人的黯淡困顿。开始这七行是第一段，笔锋带着同情心。原诗没有分段，为了方便说明，笔者把它分为四段。

第二段自"认了吧，你原非驯骡的高手"至"樱花明年为谁而灿烂？"六行，语气先则从上面的同情转为讥讽，继则从讥讽转为叹惜。不过，讥讽在第一段已经伏下了。"大象竟然被哽着／被南方小小一粒花生米"，有大而无当的嘲讽意味。至此第二段，"进门跌跤，出门就撞头"，写失败者笨手笨脚，用的是漫画式的滑稽笔法。这里的揶揄是很明显的，同时又呼应了第一段，把"大笨象"的拙而不灵，生动地表现出来。到了"波多马克的河边夭夭簇千树／樱花明年为谁而灿烂？"笔锋又一转，讥笑的声音消失了，凄艳的樱花簇现在读者眼前。可惜樱花依旧，人面已非。娇艳的花朵，予人无限凄凉之感。"樱花明年为谁而灿烂"脱胎

170

自17世纪英国作家邓恩的名句"丧钟为谁而鸣",这出处的上文,有"每个人都不是一座孤岛"另一名句。善于联想的读者,自然在凄凉之外,还感到一阵孤寂。

第三段最长,从"这样出宫,或非最坏的结局"到"加油站上罚你做工人",共二十行。起首二段,虽有层层转折,但变化的幅度不大。第二段与第三段之间,则为大转折。起首二段是"起"和"承",这段则是"转"。在这第三段中,诗人设想失败者在某"一个国家"的遭遇。所谓罪名,都是虚构出来的。福特并非"狄克的同谋,水门案的从犯",因为至少直到目前为止,还没有人能够证明福特与水门丑闻有涉。福特和卡特在电视上辩论美国外交政策时,曾经失言,谓东欧不在苏联控制之下,但事后随即更正过来。所以说把"捷克,波兰,立陶宛/当感恩的火鸡误送给俄都",这罪名是不成立的。至于在"万里长城的雉堞上散步/和一个胖胖的老敌人握手/一杯威士忌对一杯茅台",则确有其事。然而希望两个国家修好促进世界和平(至少双方都持此堂皇的理由),总不算犯了政策上的错误吧!说到结局,在这某一个国家中,失败者要被充军,被罚做工人;更要背语录,诵自传,写自白书。然而,事实上,福特的结局并非如此。报载福特决定卸任后回母校密歇根大学教书(此可谓仕而退则学也),曾戏谓不会教东欧史。总统大权一夜之间得来,也在一夜之间失去。事前事后,从从容容,没有政变,也没有批斗,因为他处身于自己的祖国里。

末段是"合",点出题目中的慰字。翌年樱花开时,失败的记忆可能仍在,不过骡蹄不会从后面踢来,自己的照片不会被人打叉涂成鬼怪,失败者的"不幸该庆幸"。诗人好好安慰了他一番。

全首诗没有一个褒词,没有一个贬语,可是诗人要赞美的和要批判的,读者一看就明白。夏志清先生所说的中国现代文学中感时忧国的精神，诗人这里用曲笔，通过对比和讽刺，深沉地表现出来。五四初期和30年代的文学作品，多的是这种感时忧国的精神，但很多作者如郭沫若、郁达夫、艾青、田间等，用的是直陈的手法，词拙意露，虚张声势，给予读者的，是一大堆空洞的呼号。余光中这首诗，像杜甫的作品一样，语语有本，字字有据。此诗写物叙事，具体到不能再具体，落实到不能再落实。具体和落实，是《红楼梦》成功的一个重要因素，也是许多其他文学作品成功的一个重要因素。

同为新诗，且多少表现出感时忧国的精神的，郭沫若的《凤凰涅槃》、艾青的《大堰河》、田间的《给战斗者》等，和余光中本篇（以及其他作品）比较，前三者浅露直陈，后者沉郁圆熟，诗艺的落差很大。大体上，五四以来新文学的语言，是与时俱进的，观此可信。余氏此诗修辞造句，功力深厚，不故作惊人语，文笔畅达有如散文，但却不是散文。谁有本领用散文的句法，用与此诗同样的字数，把此诗的意思完全表达出来？这篇作品在畅达中不失其诗的节奏和精纯。所以，它略近散文而实非散文。诗和散文的区别，也可借此得到说明。

余光中向来善用比喻，于此诗亦然。　象　骡贯彻首尾："大象"、"驯骡"、"象背"、"骡蹄"、"骡僮象仆"、"象鬼骡神"，变化中有呼应，妙到毫巅。篇中充满了各类动物，象、骡之外，还有猬、火鸡、海鸥、海豹和虎，蔚然有万牲园之概。动物并非本诗吟咏的对象，有关动物的笔墨，在整首诗中只属小节。但诗人小处也不放过，以收统一连贯之效。因小见大，乃知余氏对诗艺的苦心经营。此诗称福特为"失败者"，又说"失败的代价"、"你败了"，因为作者写的正是福特的失败，兼写另一种失败者。诗题则把他正名为"落选人"，这里选字的意义特别重大——美国的总统是根据宪法，由全民投票选出来的，而非斗争后成者王败者寇地夺过来的。高手下笔，的确字字恰到好处。

【评者对原诗的注释】

1. 1976 年 11 月初美国全民投票选举总统，共和党的现任总统福特和民主党的总统候选人卡特角逐。卡特获胜。选票算得七七八八，胜负形势已明朗时，福特及其家人在电视上出现，由福特夫人发言，承认落选了。福特本人在竞选运动的最后阶段中，奔波劳碌，以致上电视时喉咙沙哑不成声，故由夫人代为发言。电视上，福特神色非常黯淡沮丧。

2. 美国两大政党之一的共和党，用象作为象征。福特身材健硕，故以大象喻之。

3. 获选者卡特为美国南方乔治亚州（又译佐治亚州）平原镇人，经营花生农场。卡特身躯比福特矮小，故以花生米喻之。

4. 卡特所属的民主党，用骡作为象征。

5. 福特于 1974 年 8 月出任总统后不久，有一次在飞机舱口梯级失足跌倒，又曾于滑雪时跌跤。

6. 1976 年是美国立国二百周年，福特主持庆祝大典。

7. 美国首都华盛顿市郊，有河名波多马克（Potomac），历来总统常喜在河上游览风光。尼克松 1974 年夏天四面楚歌时，即曾于此河上饮酒食蟹，苦中寻乐。

8. 华盛顿以樱花名。此句脱胎自英国 17 世纪诗人约翰·邓恩（John Donne）散文中名言"丧钟为谁而鸣"（for whom the bell tolls）。海明威用此作为其小说书名，中译一般作《战地钟声》。

9. 宫，指白宫（The White House），为美国总统府。

10. 福特上一任总统尼克松的原名是 Richard M.Nixon。Dick

（狄克）是 Richard 的昵称。尼克松因水门丑闻，被迫辞去总统职位。福特是由尼氏委任当副总统，尼氏退位后，补上出任总统的。

11. 捷克、波兰、立陶宛位于东欧。福特与卡特竞选，二人在电视上辩论外交政策时，福特曾谓东欧诸国不在苏联控制之下。此次失言，据说使他失了很多选票。又美国人 11 月的感恩节，以火鸡为主要食物。

12. 见注 2。

13. 林肯为美国的杰出总统之一，属民主党。林肯解放黑奴，主张自由平等，留下名言隽语颇多。

14. 卡特即吉米·卡特（Jimmy Carter）。Jimmy 是 James 的昵称，因卡特平易可亲，所以人以其昵名称之，他自己亦用此名。卡特写了一本自传，记述奋斗经过，有中译。

15. 民主党和共和党，彼此间不免勾心斗角，争取领导地位。水门事件即为一例。

16. 古巴是共产主义国家，是美国南邻。二国不睦。

17. 阿拉斯加是美国最北的一州，冰天雪地，远离美国本土。

18. 夏威夷是美国在中太平洋的一州，远离本土。关岛在西太平洋，是美国军事基地，离本土甚远。

19. 此句典出成语"黔驴之技"（源于柳宗元的《三戒》），但与其意义无关。

20. 美国政府机构，墙壁悬挂总统照片。旧总统卸任后其照片被取下，换上新任的。

散文篇

2014 年 4 月余光中与黄维樑在澳门

最出色最具风格的散文家

一、余光中的散文观

第一个把崇高的评价给予同代同辈作家的批评家，必须具有过人的勇气。因为不当的赞誉，显示出批评家的无知和低能。幸好我并不是批评家，又与余光中只同代而不同辈；因此，即使过誉他，也不必愧赧。何况，我更不是推崇他的先锋。

余光中是一个最出色最具风格的散文家。将来文学史上的评语中应有如下一句：他尝试从各方面表现中国文字的性能和优点，且成功了。

他的散文观，也就是他的散文风格，主要是所谓密度。密度指内容的分量占文字篇幅间的比例（见《望乡的牧神》中的《六千个日子》）。密度高的散文，才是至精至纯的散文。密度既指句法，也指内容思想，"不到一 cc 的思想竟兑上十加仑的文字"，是他所唾弃的。此所以他指斥胡适但求"流利痛快"的散文观肤浅而且误人；讥讽林语堂的散文，"仍在单调而僵硬的句法中，跳怪凄凉的八佾舞"。

所谓有密度的句法，主要指比、兴和象征的修辞法，这种修辞法舍弃直叙和白描，是诗中常用的技巧。余光中以这种修辞法，普遍地、大量地应用到散文上，成为他散文的最重要风格。

《左手的缪斯》后记里，他写道："从指端，我的粉笔灰像一阵濛濛的白雨落下来，落湿了六间大学的讲台。"

这里，他用比（比喻）的方法，把他教书的动作，形象地具现出来；更把教书的生涯，通过间接的方式，也表现出来了。教书动作是短的，作者捕捉的只是粉笔灰落下的刹那情景；教书生涯是长的，"落湿了六间大学的讲台"写粉笔灰之多，由数量之多，我们知道时间之长。

不过，上引两句并不是特别出色的句子，因为它们并没有什么"与众迥异的字汇"。（粉笔生涯一词是十分常见的。）我之所以举出，目的在说明作者对这种修辞法的普遍使用：序跋这种应用文学中，他如此普遍地使用；评论性文章中，余氏也不放过机会。在《楚歌四面谈文学》里，他写道："某种学问的权威，在另一种学问面前，可能是个学童。在这一行可以杜国杜朝，在另一行也许只够青梅竹马。""青梅竹马"四字巧妙极了，这四个已差不多成为陈腔滥调的字，在他的"指挥杖"下，被赋予了活泼新鲜的生命。

二、《九张床》

余光中是个文字的魔术师。他魔术棒下的花巧，往往令人目眩。中国传统载道味甚重的文学观，是颇为排斥文学中的技巧成分的。例如我国六朝时代的文学批评家刘勰，尽管他主张文学除情理外，还应兼具文采、声律，又要注重修饰、剪裁等功夫；对于他当世那种"俪采百字之偶、争价一句之奇"的"穷力追新"的文风，却大有微词。宋代理学家那些明道载道的"文学"理论更不必说了。在对技巧有歧见的人眼中，余光中的作品是奇巧的，而奇巧二字寓有贬意。

其实，技巧是艺术的要素之一。徒有气质，而无技巧，则钢琴家不成其钢琴家，小提琴家不成其小提琴家。任何受过中等以上教育的，都有以文字表达自己情志的能力；从事文学创作的人，假若缺乏超乎常人的文字驾驭能力，就不成其文学创作者。认识了这个观念后，我们就不得不赞赏魔术家的妙技了。

用以说明余光中的文字技巧，《九张床》是很好的范本。

1965 年春，余光中在美国讲学时，写了《九张床》，记述他如何从西雅图穿过美国中部，经爱荷华、密歇根以至目的地葛底斯堡学院。旅次中，或投宿旅店，孤枕独眠；或碰到故旧，促膝夜谈。没有可惊可喜的特殊遭遇。作者也不企图着力描写沿途的风物，不过把一些零思断想记下来而已。这些零思断想大多与宇宙人生的大道理无涉；作者可能随写随忘，读者也可能随读随忘。然而，作者却能使读者在阅读的过程中，产生联想、扩展想象力，从而获得一些美感或非美感的东西。作者的魔力在此。

分析《九张床》的技巧，可从题目、句法、意象、用典等各方面入手。

"零思断想"一词，与今日的术语"意识流"大抵同义。旅人经过一日跋涉，躺到床上，入睡之前，不免异国故土、游子故人，思前想后一番。《九张床》的零思断想，率多由床引发出来；以床为题，恰能与内文吻合。其次，羁留之地不同，床乃随之而异，《九张床》暗喻了旅次的频扑。余光中下笔为文之际，有"语不惊人死不休"的念头。他作品的题目，也是经过再三推敲而得的。这点，在《论题目的现代化》一文，他已表明了态度。说到题目，他往往在经典上和声律上花心思。散文集《掌上雨》，即摘自崔颢的诗句"仙人掌上雨初晴"。《逍遥游》则除了是《庄子》的篇名外，"逍"、"遥"二字叠韵，"遥"、"游"二字双声，其富于音乐性之美，使作者欣然采用。

篇幅所限，下次才能够尝试把《九张床》"拆开又拼拢，折来且叠去"，而揭开魔术家的面罩。

三、典雅

"典雅"是中国文学批评的常用术语。最早提出典雅一辞并给它下定义的，大概是《文心雕龙》了。《文心雕龙》把文学的风格分为八类，第一类就是典雅；典雅的定义为："镕式经诰，方轨儒门。"意即模拟和镕铸经典，且是儒家的经典。刘勰的文学观直接渊源于儒家思想，所以他主张模拟和镕铸儒家的经典是理所当然的。撇开这种又方又正（"雅"有"正"的意思）、亦步亦趋（"轨"也）的思想不说，刘勰的所谓"镕〔镕铸〕式〔模拟〕经诰"，确能把握"典"字的意义。至于"雅"字，刘勰所指的自然是儒家的彬彬驯雅。（唐代司空图的《诗品》，所释的"典雅"则是一种闲适恬淡的境界。我以为司空图对雅的解释是可取的，对典的着墨却远远不够了。）

记得在本栏中，我曾以"典雅清丽"形容余光中的作品。现在，让我继续以余光中的《九张床》为例，分析下去。

余氏的作品，用典之多，知识味道之浓，几乎是空前的。有时，我们会发觉所读的，不仅是"抒情性的散文"（余氏自称《逍遥游》等多篇，是"自传式的抒情散文"），而是知识性的散文。中外古今，举凡文学的，或与文学有关，种种事象典故，都给他镕铸了。杜甫的诗，无一字无来历；贺铸的词，把人家"云想衣裳花想容"（李白句）、"十年一觉扬州梦"（杜牧句）照抄不误；

叶芝（Yeats）和艾略特（T. S. Eliot），诗中大量引用西方文学中的神话与传说。余光中也这样——《九张床》的"今人不见古时月，今月曾经照古人"（李白句），《逍遥游》的"吾所以有大患者，为吾有身"（老子句），"栩栩然蝴蝶，蘧蘧然庄周"（庄子句）等等，余氏将之嵌镶在作品中，而不加引号。而"日暖。春田。玉也也烟"则是李商隐《锦瑟》诗句的变奏。此外，余光中这诗的专家，单在《九张床》一篇中，就已把宋玉、李白以至叶珊、黄用、王尔德、魏尔伦以至弗罗斯特、安格尔等名字，用了又用。

上面寥寥所引，已可见他用典之一斑。说到雅，诗的职业本来就是雅的职业。余氏作品中，有一种很巧妙的修辞法，就是把庸俗的事物雅化了。《九张床》中，记述作者一次与叶珊（不是女子）共榻，"正当我卧莲观禅之际，他忽然在梦中翻过身来，将我抱住"。这个"我"——作者——怎样反应呢？"我既非王尔德，他也不是魏尔伦，因此这种拥抱，可以想见的，甚不愉快。"原本这是个尴尬的场面，可是，经作者的声明，我们便只感到一种风趣。不过，我们必须先知道，王尔德和魏尔伦都是有同性恋癖的；否则，读到这里，便丈二金刚，索然无味了。

余氏这种典雅，自然不是刘勰那种"征圣"、"宗经"的典雅，观此可明。《逍遥游》集中，《塔》一文有语曰："但此刻，天上地下，只剩下他一人……剩下他，血液闲着，精液闲着……。"最末一句，颇为含蓄，你说它够"雅"吗？

四、炫弄学问？

人们常说，天才与疯子，相差不过一线；艺术与色情，分别只得一点。这里无意于比较和讨论这些问题。不过，读余光中的作品，亦面临这种需要鉴别的景况：究竟他只在炫耀和卖弄博学和技巧？抑或他的博学和技巧，已融入他的真情，而成为作品生命的一部分？

当我最近右手承着《掌上雨》，左手执着《左手的缪斯》，伴着《望乡的牧神》，双目纵恣，作"逍遥游"时，我再一次惊讶于作者不可羁勒的想象力和挥洒自如的驾驭力。他把最古典的和最现代的材料合成无缝的天衣；他把科学王国的大使，邀到文学帝国的宫殿，与之高谈阔论；他把中国的古文当作新郎，把五四的白话文当作新娘，牵到乐声悠扬的礼堂，让欧化文作证婚人。假如你手握一管红笔，四出侦骑，把书阖上后，你会发现文星版深黄色封面内，夹满了千条万条的红丝。真的这样多佳句警语？你可能会怀疑自己是否太偏心、太情有独钟了。

艾略特说："诗人就得有广博惊人的知识。"刘勰对诗人的要求亦如此：《文心雕龙》说要"积学以储宝"，又说要"博览以精阅"。不过，艾略特进一步说："结果就非得走上'炫弄学问'那条路不可。"到底"炫弄学问"是不是好事呢？被誉为20世纪一代诗宗的艾略特跟着肯定地告诉我们："学问广博适足以僵化诗情，败坏诗意。"（"Much learning deadens or perverts poetic sensibility"）这又与一千五百多年前刘勰"言隐〔于〕荣华"，"翠纶桂饵，反所以失鱼"的声音遥相呼应了。

到底炫弄学问好不好？这是很难回答的。屈原的《离骚》、《天问》等作品，就引用了许多古代神话的典故，又借用了兰荃香草等种种名目；而借用庄子那句"言隐于荣华"以提醒后人的刘勰，却把楚辞推崇备至，说楚辞"气往轹古，辞来切今，惊采绝艳，难与并能"。艾略特虽断言"学问广博适足以僵化诗情，败坏诗意"，却仍埋头写他那首炫弄学问、深奥难懂的《荒原》。（上引艾略特语见于《传统与个人才具》一文，此文发表于 1917 年；《荒原》则在 1922 年出版。)

其实，炫耀所长，正是人的本性。美丽的女郎，不会让面纱长罩花容，不会让又宽又厚的衣服掩蔽娇躯。球艺超群的男学生，不会不驰骋球场，以吸引女同学。长久浸淫在文艺世界的诗人，又怎能忍得住，不把自己的学问，向知识界的读者炫弄呢？

读了余光中的作品，我觉得他或有炫耀学问之嫌；不过，有一点非注意不可的是：他的左采右撷，正表征了他那特殊的想象世界。

五、辽阔的想象世界

余光中对诗的热情，恐怕古今少见。他是名副其实的诗的专家。对于写诗、读诗、编诗、译诗、教诗，"五马分尸"，他感到不亦乐乎。他的想象世界几乎全被诗和与诗有关的统治了。他写起评论文章时，如手持缪斯的天秤的法官；而更多时候，他表现出赤子之心——

当他欣逢美国的老诗人弗洛斯特，便像香港的工厂小姐遇到陈宝珠一样，要弗氏签名留念，又与他拍照，更要剪存他的银发："俯视他的满头银发，有一种皎白的可爱的光辉，我忽生奇想，想用旁边几上的剪刀偷剪几缕下来，回国时赠蓝星的诗人们各一根，但一时人多眼杂，苦无机会下手。"（见《左手的缪斯》）那时，余光中已是过了三十岁的大孩子了，却比宝珠迷还天真顽皮！

美国总统肯尼迪在演说中推崇弗洛斯特，他感慨万千，说："在肯尼迪和弗洛斯特合照的相片中，他们并肩而立，顶同样的天，立同样的地，花岗石的人格面对花岗石的人格。"又谓诗人与总统

同等，都具有不朽的力量。（见《逍遥游》中的《不朽的P》）

他又老爱与莎士比亚开玩笑，要捋他的须。一面亲昵地唤他做 Bill（Bill 是 William 的昵称），祝他生日快乐；一面又说他没有学位，台湾的学院是不会请他来教书的，因而有人建议他"写一篇万字的论文，叫《哈姆雷特脚有鸡眼考》"。

他的男婴夭折了，他伤痛得要学生与他一起读莎士比亚的挽歌 *Fear No More*，然后对学生说："哪怕你是金童玉女，是 Anthony Perkins 或者 Sandra Dee，到时候也不免像烟囱扫帚一样，去拥抱泥土。"（见《逍遥游》中的《鬼雨》）

我们可以说，余氏生活在诗中，他的全副精神投入于文学的想象世界。这个想象世界，广阔无比，古往今来，上下四方，靡不包容。古今人事，似乎与余氏连在一起：李白、李贺、莎士比亚、艾略特固然常常相伴；海明威式的梦，梵谷的毛边草帽，也是他所熟识的；面对马尼拉的塔尔湖时，他"想的是高更的木屐和史蒂文森的安魂曲，以及土人究竟用哪种刀杀死麦哲伦"。（以上俱见《左手的缪斯》）

他的想象世界广阔极了，写作范围也不算太狭——他写诗、诗评、画评、散文等。可是，比起其他文化人（最著名的自然要数罗素、萨特等），余光中的言论圈子却是很小的。余氏所熟知的诗人中，庞德与史班德皆曾参与政治，史班德且加入过共产党。而余光中，则颇像叶芝一首诗所说的：闭起嘴来，别管闲事，因为没有能力纠正政治家。叶芝那首《有人要我写战争的诗》是这样的：

我想在我们这时代，一个诗人
最好将自己的嘴闭起，事实上，

我们也无能将政治家纠正；

诗人管别的事已够多，又想

讨好少女，在她困人的青春

又想取悦老叟，在冬日的晚上。

（引自余光中译文，见《英美现代诗选》）

六、诗人之路

叶芝此诗中表现的不过问、不卷入政治，代表了一条道路。（其实，叶芝参加过爱尔兰独立运动，后来又出任参议员，他并不像此诗所说的出世。）屈原的忠言极谏，但丁的活跃政界，终遭放逐，以至史班德的加入共产党，最后因希望幻灭而毅然脱离，所代表的是另一条道路。选择走第一条路的作家，大概都服膺一句话："一个艺术家，在十分诚恳地为其艺术工作时，即等于为其国家与全世界服务了。"（艾略特语）

无疑，余光中已选定了以诗为终身职业了。创作与批评，如从前一样，是他今后的生命。《六千个日子》是他自我的宣言，扼要说明了他的创作历程和分期，他的文学观，和他以后的写作计划。看来，他走的是叶芝和艾略特的路。叶芝有旺盛的创作力，他的诗作可分数期，而以浪漫主义的诗风开始；余氏亦然。艾略特是权威的文学批评家，他重新评判前代作家，几乎改写了半部英国文学史；余氏今日的声名不及艾略特显赫（但听说在台湾，他十分受欢迎），由于他致力译介英美的现代诗，耗在我国作家身上的时间不多，重新判定的前代作家，似乎只有李贺（不过，李贺也不是由他一人单独"救"出来的）。然而，无论如何，就我读过的文学批评，没有人及得上他的。

其实，叶芝和艾略特的诗，我读得很少；余光中的诗也读得不多。评论叶、艾二氏，甚或加上余氏，鼎足而三，实在有待于批评家，我是没有资格的。我之所以将余氏与叶、艾拉在一起，不过因为想到了这一个问题。

余光中怎样选择他今后的创作道路？去年，他说："现代诗目前所面临的问题，不是追求纯粹性，而是拓宽接触面，扩大生存的空间。现代诗如果不甘做文学中的孤城，而坐视疆土日减，就应该和小说、戏剧竞争一下。现在已经到了走出象牙塔，去拥抱'你'和'他'的时候了。"（见《放下这面镜子》，《幼狮文艺》，1968年6月）

冲出象牙塔，走上十字街头？

这是多少人空喊过的口号！以余氏来说，他以前的岁月，虽曾足迹遍我国海峡两岸与美国，但他的生活圈子是狭小的；正如他有阔旷的想象世界，但言论范围却异常局限。如要"拓宽接触面，扩大生存的空间"，则他必须起码放弃诗专家的一半身份，则他计划中的著述不能全部完成；不过，最重要的，还在于他的气质和性情，以及四十一岁这年龄，是否适合走到十字街头。否则，他只能像叶芝一样，形而上地去建构个人的神话系统。而这是一个创作者（不是宗教思想家）的危险倾向。

行路難

欲去江東
卻無顏面對父老
問子弟而今安在

欲去江北
卻無鶴可以乘載
況腰間萬貫何來

欲去江南
暮春卻已过三月
追不上雜花生樹

欲去江西
唉，別把我考倒了
誰解得那些典故

余光中诗作《行路难》手迹

听听看看那冷雨
——析评《听听那冷雨》

余氏 1928 年生于南京，1950 年到台湾，1952 年毕业于台湾大学外文系。先后在美国深造及教学，在台湾及香港的多所大学英文系或中文系任教授。《听听那冷雨》写作于 1974 年春分之夜，当时文革高潮已过，而两岸仍隔阂不通。那个时期的余氏诗文，包括本篇，多有忧国怀乡之思。本篇为余氏美文之一，收入多种选集，这里根据的是纯文学版《听听那冷雨》一书。赏析此篇的文章颇多。

春秋四季、天地万物变化，我们受感染、感动，创作的动机来了。《文心雕龙·物色》篇开宗明义就说："春秋代序，阴阳惨舒；物色之动，心亦摇焉。……物色相召，人谁获安？是以献岁发春，悦豫之情畅；滔滔孟夏，郁陶之心凝；天高气清，阴沉之志远；霰雪无垠，矜肃之虑深。"春夏秋冬风雨日月使我们"动"感情、"摇"笔杆。余光中的《听听那冷雨》(以下简称《冷雨》)开头即说："惊蛰一过，春寒加剧。先是料料峭峭，继而雨季开始，时而淋淋漓漓，时而淅淅沥沥，天潮潮地湿湿，……连思想也都是潮润润的。"台北的绵绵春雨使余光中"不安"，雨润湿了他的思想，更润湿了他的笔，于是笔墨淅淅沥沥、淋淋漓漓，一篇《冷雨》洋洋洒洒流逸出来了。

余光中的想象与感情同样丰富。《冷雨》从台北写到厦门、江南、四川、香港以至美国丹佛，从春雨写到秋雨，从太白、东坡的诗韵写到《辞源》《辞海》的霜雪云霞、英文和法文的 rain 与 pluie。《冷雨》里有"傅聪的黑键白键马思聪的跳弓拨弦"，有原始的敲打乐、温柔的灰美人。《冷雨》时空转变人文交迭，就像《文心雕龙·神思》篇说的"形在江海之上，心存魏阙之下，神思之谓也。文之思也，其神远矣"。想象（imagination）低昂远近，意识之流（stream-of-consciousness）时空交错千载万里；《神思》篇说："故寂然凝虑，思接千载；悄焉动容，视通万里。"《冷雨》一忽儿"安东尼奥尼的镜头"，一忽儿"剑门细雨渭城轻尘"，一忽儿落基山簇簇的雪峰，一忽儿米芾云缭烟绕的山水，真是神思之运，"万涂竞萌"。想象这骏马奔来时，《神思》篇说："登山则情满于山，观海则意溢于海。"余光中看雨、听雨，情意满溢于大地山河与文化人生，华夏的乡愁与雨的韵律浑然交集，成为《冷雨》的主体情调。

《文心雕龙·情采》篇说："情者，文之经。"情意，是文学作品的经线。《冷雨》的经线、它的主体，是刚才说的赏雨听雨时对乡土文化的怀念。余光中出生于江南，少儿时曾惶恐于太阳旗的阴影中。他在台湾完成大学教育。其学术生活，直到写《冷雨》时，在台湾和美国度过。在写作《冷雨》前两年，他有《乡愁》之作（目前是名气最大的一首新诗）。透过他的生活和其他作品来理解《冷雨》，我们最能察觉它深挚的乡土文化情怀。

《情采》篇说："圣贤书辞，总称文章，非采而何？"刘勰面对六朝骈俪华美的文坛，虽然抨击"繁采寡情"、"为文造情"的歪风，却始终维护文采的价值，对"精妙"、"藻饰"、"辩丽"予以肯定。刘勰的"情"是情意、情思、情志，是内容思想（是

theme 和 emotion）；"采"是文采、辞采、藻采，是形式技巧（是 form 和 technique）。刘勰情采并重，余光中情采兼之。

刘勰所说的文辞技巧，《文心雕龙》的《比兴》、《夸饰》、《丽辞》、《声律》等篇有详尽的论述。《冷雨》的文字艺术，正正表现于这些比喻、夸饰、丽辞、声律。

《冷雨》把萧萧霏霏凄凄切切雨景中的台北比喻为一部黑白电影，把"滔天的暴雨滂滂沛沛扑来"比喻为"强劲的电琵琶忐忐忑忑忐忐忑忑"（"电琵琶"无疑来自"电吉他"），把屋顶瓦片比喻为灰蝴蝶，而旧式房屋拆了，"千片万片的瓦翻翻，美丽的灰蝴蝶纷纷飞走，飞入历史的记忆。"《冷雨》的比喻纷纷片片，最动人的应该是"灰美人"之喻了。"雨敲在鳞鳞千瓣的瓦上，由远而近，轻轻重重轻轻，夹着一股股的细流沿瓦槽与屋檐潺潺泻下，各种敲击音与滑音密织成网，谁的千指百指在按摩耳轮……"经过这样细腻的描写，雨与音乐已浑然交响，美感中有人呼之欲出（"谁……在按摩耳轮"），终于出场了："温柔的灰美人来了。她冰冰的纤手在屋顶拂弄着无数的黑键啊灰键，把晌午一下子奏成了黄昏。"雨是美丽的女钢琴师，由余光中的语言美学塑造而成。

《文心雕龙》在《比兴》篇后有《夸饰》篇，这使我们联想到亚里士多德在《修辞学》（*Rhetoric*）中论比喻后接着论夸饰。亚氏说："成功的夸饰也是比喻（Successful hyperboles are also metaphors）。"《冷雨》中琴键般的瓦片，数目多至千瓣，以至千亿片，余光中夸大其词，不甘心数学地写实。出身外文系、教授莎士比亚和叶芝（W.B.Yeats）的余光中，一向对中文有热情，即使在冷冷的雨中。《冷雨》热烈地写道："美丽的中文不老，……譬如凭空写一个雨字，点点滴滴滂滂沱沱，淅沥淅沥淅沥，一切云情雨意就宛然其中了。"在字形结构上，雨字有四小点，怎么就

"滂滂沱沱"起来了？《冷雨》又说："翻开一部《辞源》或《辞海》，……一入雨部，古神州的天颜千变万化，便悉在望中，美丽的霜雪云霞，骇人的雷电霹雳，展露的无非是神的好脾气与坏脾气，气象台百读不厌门外汉百思不解的百科全书。"天气被比拟（比拟是比喻的一种）为天神之颜、之脾气，而千变万化、百读百思百科全书是夸饰了。

余光中爱美丽的中文，包括爱她的丽辞。诗、词、曲、赋、骈文、对联、成语以至五四以来的散文，都有对偶也就是丽辞。《文心雕龙》首篇《原道》首段说："日月叠璧，以垂丽天之象；山川焕绮，以铺理地之形。"日对月，山对川，叠璧丽辞，这是对偶，《原道》篇这两句话本身就是对偶。《丽辞》篇发挥《原道》篇的观点，说："造化赋形，支体必双；神理为用，事不孤立。夫心生文辞，运裁百虑，高下相须，自然成对。"《冷雨》从首段的"时而淋淋漓漓，时而淅淅沥沥"，"天潮潮地湿湿"，然后"杏花春雨已不再，牧童遥指已不再"，"剑门细雨渭城轻尘也都不再"，然后"天，蓝似益格鲁－撒克逊人的眼睛；地，红似印第安人的肌肤"。（这两句是对偶句，也是比喻；上面析论《冷雨》的比喻时，本来就无一网打尽之意，当然也就有很多漏网之鱼或者说漏网之喻；余是喻，是比喻大师。）然后，"疏雨滴梧桐"、"骤雨打荷叶"；然后，还有很多对偶，直至《冷雨》末段的"前尘隔海，古屋不再"。

《丽辞》篇指出，丽辞有言对、事对，有正对、反对，而以事对为难，以反对为优。刘勰的说法有相当的道理。《冷雨》以言对、正对为多，而且，其对法没有对联和律诗对仗那样工整，其对法多为英语文学的平行（parallelism）修辞法，而非对比（antithesis）。语意相近、语法相同的两个或以上的词组、句子，是谓"平行"；

191

这样的词组、句子，数目如有三个或以上，在中国现代的修辞学定义中，是"排比"了。《冷雨》中，"听听，那冷雨。看看，那冷雨。嗅嗅闻闻，那冷雨。舔舔吧，那冷雨。"自然是排比句，但余光中让文字在整齐中有参差，拒绝机械化："饶你多少豪情侠气，怕也经不起三番五次的风吹雨打。一打少年听雨，红烛昏沉。二打中年听雨，客舟中，江阔云低。三打白头听雨在僧庐下。"这是从蒋捷《虞美人》变奏而来的，余光中与刘勰同调，知道用典用事可为文章增色增彩。一打二打三打的排比，仍然是整齐中有参差。到了雨的演奏，"轻轻地奏吧沉沉地弹，徐徐地叩吧挞挞地打"，这既是对偶又是排比，可称为上面说的"平行"了。

《冷雨》是语言技艺的汇演，比喻、夸饰、丽辞之外，还有叠字，而最大宗的是叠字。"关关雎鸠，在河之洲。""昔我往矣，杨柳依依；今我来思，雨雪霏霏。"《诗经》早就有叠字。《原道》篇有"叠璧"，可惜《文心雕龙》丰硕的修辞论述中，少了叠字一个项目，我们在这里乃缺了理论根据。"雨雪霏霏"，雨淋淋漓漓、淅淅沥沥、点点滴滴、滂滂沱沱、绵绵潇潇、凉凉甜甜……《冷雨》成为了叠字世界。李清照《声声慢》的"寻寻觅觅冷冷清清凄凄惨惨戚戚"，其叠字虽多，却只是小品。《冷雨》由"结"到"解"，由"开头"到"中间"到"结束"（以上为亚里士多德《诗学》论结构时说的），它"起承转合"（这是华夏的说法）、"首尾一体"（《文心雕龙·章句》篇语）地叠叠缠绵不尽，《冷雨》是叠叠不休的大块文章。

字词叠叠不休，乡土情人文意缠缠绵绵，《冷雨》的行文运笔，是否因此而复叠夹缠不清呢？《文心雕龙》重视结构，在理论上，可能是中国古典"结构"主义（这可不能和20世纪的"结构主义"Structuralism混同）的开山之祖；《熔裁》、《章句》、《附会》诸篇，是其宣言。《熔裁》篇认为作品的始、中、终必须妥善安排，为文者必须删掉浮词赘语，这样才能"首尾圆和，条贯统序"；《章句》篇指出词句段篇必须次序明晰，以"外文绮交，内义脉注，跗萼相衔，首尾一体"为其理想；《附会》篇强调"总文理，统首尾"的重要，其"首尾周密，表里一体"之说，简直就是西方"有机统一体"（organic unity）的理论。《附会》篇说，作品"弥纶"（即组织结构之意）得好，内容即使繁杂，却仍然有层次；"群言虽多，而无棼丝之乱。"

　　《冷雨》洋洋洒洒四千余字，雨丝纷纷，因而纷纷乱乱？《冷雨》不是周敦颐《爱莲说》那样的掌上小品，更不是五七言律绝，它不可能字字珠玑，增一词一句则太多，减一词一句则太少。然而，它有组织有脉络。《冷雨》开始于台北之雨（第一段），雨丝语丝由台湾而到大陆，由中国的土地到中国的文化（第二、三、四段）；场景回到台湾，然后荡开一笔，写美国西部之干旱来和台湾之多雨对比（第五、六段）。跟着《冷雨》的主旋律奏起："雨不但可嗅，可观，更可听，听听那冷雨"（第七段）。雨打在屋瓦上最好听，可爱的"温柔的灰美人"登场；雨有春雨、夏雨、秋雨，尽是音乐，尽是人生的回忆（第八、九、十、十一、十二段）。台北的旧式房屋拆了，瓦的音乐成了绝响；想起"撑一把雨伞在雨中仍不失古典的韵味"（第十四段）；再驰骋想象，"湿湿的灰雨冻成干干爽爽的白雨"（白雨就是雪）。"二十五年，没有受故乡白雨的祝福"，只有头发上的白霜。乡愁与人生感喟，见于"前尘隔海，古屋不再。听听那冷雨"的结语中（第十五段即最后一段）。《章句》篇说："绝笔之言，追媵前句之旨"（结束时的话，承接前文的旨意），《冷雨》的结尾就是这样。这或可比诸奏鸣曲（sonata）的曲式：最后的乐章（movement）有"概括"（recapitulation）的作用。《冷雨》全文因此可比诸一阕奏鸣曲甚或交响曲。

叠字、对偶、排比的修辞，节奏起伏跌宕，最具音乐性，是《文心雕龙》所说的"声律"——虽然，《声律》篇涉及的平仄抑扬、双声叠韵，如要用来对《冷雨》全篇细加分析，可能不尽适合，也不尽切实：《冷雨》不是诗，而且，它四千余字的长度，平平仄仄声声韵韵分析起来该用多少篇幅？

【附录】用《文心雕龙》"六观"法简析《听听那冷雨》

朱栋霖教授主编《中国现代文学经典》（精编版，北京大学出版社，2011 年），每篇作品都附有导读，他请我为余光中《听听那冷雨》写一篇，我试用《文心雕龙·知音》篇的"六观"法为之，乃有下面的数百字短文。关于"六观"法，可参考黄维樑《从文心雕龙到人间词话》（北京大学出版社，2013 年）一书。

一观"体"，即体裁、主题、结构、风格。《听听那冷雨》是散文。写作于 1974 年春分之夜，当时大陆的"文革"高潮已过，而两岸仍隔阂不通。在台北，余光中看雨、听雨，情意满溢于大地山河与文化人生，华夏的乡愁与雨的韵律浑然交集，成为本文的主体情调。文中不同时空交错出现，似是意识随便流荡，实则有其脉络，有其前后呼应。本文想象富赡、言辞典丽、音调铿锵。

二观"事义"，即作品所写的人事物及其涵义。作者从台北写到厦门、江南、四川、香港以至美国丹佛，从春雨写到秋雨，从太白、东坡的诗韵写到《辞源》《辞海》的霜雪云霞，英文和法文的 rain 与 pluie，在在显示作者宽广的生活经验和文化关怀。

三观"置辞"，即作品之修辞。用比喻、对偶、叠词、典故是本文修辞的主要特色。雨是"温柔的灰美人"，雨"轻轻地奏吧沉沉地弹，徐徐地叩吧挞挞地打"；"花春雨"、"牧童遥指"、"剑门细雨渭城轻尘都不再"的典故则透露了作者的腹笥，也抒发了他的文化乡愁。

四观"宫商"，即作品的音乐性。题目是《听听那冷雨》，文中拟声词和叠词极多，正为了在音乐性方面与绵绵的雨声配合。

五观"奇正"，即作品风格之新奇或正统。五四以来冰心、朱自清等名家散文所提供的美感经验，余光中并不满足；他开拓散文的疆域，乃有《逍遥游》和本文等想象纵横、修辞新巧的"现代散文"。

六观"通变"，即作品的继承与创新。余氏积学储宝、取熔经意（包括李清照"寻寻觅觅冷冷清清"的叠词运用）、自铸新辞，乃有本文等"余体散文"的佳章杰构。

眺不到长安
——析《逍遥游》

　　《尚书》说，商代的帝王盘庚把首都从河北迁到河南，"民不适有居"——老百姓不安适于新居。到了战国时代，楚国的屈原目睹"民离散而相失兮，方仲春而东迁；去故乡而就远兮，遵江夏以流亡"。这些是中国最古老的迁徙、流放、离散。这等情事，在中国人的历史中，千秋百世，莫之难免。王粲"遭纷浊而迁徙兮"，悲吟《登楼赋》；江淹哀感远适"绝国"，"黯然"写其《别赋》。因为战乱，杜甫"支离东北风尘际，漂泊西南天地间"。到了20世纪初期，郁达夫笔下的留日学生在离散中"沉沦"，要跳海结束悲凉的生命。20世纪中期，白先勇笔下的吴汉魂，在芝加哥郁郁寡欢，这个汉人之魂，将沉于密歇根湖底，响起一阕离散的哀曲。

　　"离散"一词虽然已有二千年的历史，却是近年才在中华学术界流行的术语，是西方文学文化理论 diaspora 的中译。Diaspora 源自希腊文 diasperien，原来指的是犹太人离开巴勒斯坦后流亡散居在外国这事，及其离散的处境。离散的犹太人，有其离散的文学、文化，由此引生离散的研究和离散的理论。20世纪战争频仍，世上多个殖民地纷纷独立，政治难民和跨国移民等人事众多，"离散"的现象更为普遍；在"后现代"、"后殖民"等文化研究大行

196

其道的今天，离散和离散文学的研究，乃成为显学。笔者参加这个研讨会，躬逢其盛罢了。

20 世纪华文文学中的离散叙述，举目可见。本文析论余光中的散文《逍遥游》，只是逍遥地游观离散星空中的一颗星；笔者素来推重余氏诗文，写此文，主要为了研讨会的需要，也可说是余氏研究的一则札记。数年前已有韦佩仪等论及余光中作品中的离散内容，他们有没有提到余光中《逍遥游》一文，目前因为来不及检阅相关资料，而没有答案。

在论述《逍遥游》的离散内容之前，笔者先介绍一些论点，加上若干己见，来进一步解说离散的涵义。Braziel 和 Manner 二氏指出，离散原指离开祖国故乡，散处他地，而有其流放意味、思乡情怀（exilic or nostalgic dislocation from homeland）；不过，在当代，离国散处他方的情况多元化，从旅行到流放（from travel to exile）都是离散经验（李有成似乎也认同此说）。后殖民主义理论家 Stuart Hall 则指出，离散经验必然有其异质性（heterogeneity）与多元性（diversity），有其混杂性（hybridity）。殖民主义的扩张，使殖民者从祖国（宗主国）前往被殖民者之地，这是一种离散经验；被殖民者反对殖民者而离开本国，当然更是。离散与殖民主义甚有关系。外来者与在地者两种文化，此长彼消，或夹杂交融，而有多元、"混杂"现象，是自然不过的事。笔者这里不妨镕铸新词，来一个新的"博士"或"驳（杂之）事"：PhD。P 指 post-colonialism 即后殖民主义，h 指 hybridity 即混杂，D 指 diaspora 即离散。后殖、混杂、离散可以成为三位一体。

笔者还想藉此机会界定离散的几种情形，及其宽狭不同的意义。离开故乡、祖国、原居地到他乡异国外地的情形，可以有四种。

一、旅行：短暂的数天至几个月，是自愿他往的。

二、旅居：一年半载或稍长的时间，也是自愿他往的。

三、移居：赴他乡异国长期居住。有两种情形：一是逃难，二是移民。移民在一些人心目中可能是一种"自我放逐"（self-exile）。

四、被放逐：在外国他乡的时间长短不确定，不知能归国回乡否。

以上四种情况之中，逃难和被放逐是原始意义、严格意义的离散，如前文所说，是源于犹太人的；主要是战争和迫害的结果，其经验大抵都是悲苦的。旅行、旅居、移民，是引申意义、宽松意义的离散；增广见闻、体验异国情调、追求理想生活等目标，导致这样的离散。这经验有其异质、多元、混杂特性，但不应有什么悲苦；因为在理论上，人是不会努力自讨苦吃的。原始、严格意义的离散，其涵义包括在他乡异国居留；这他乡异国与故乡故国的民族、语言、宗教、典章制度等都不同或可能不同。情形如此，则离散所引起的文化冲击、文化认同等问题，很可能存在。

余光中《逍遥游》这篇散文写的是：作为一个中国知识分子，他在将远游美国之际，有感于个人与民族，在行路难与逍遥游之间，观现况思历史，意识流动，最后在精神上为自己定位。文中有多种离散的情境。先对余氏此文背景略加说明。余氏1928年出生于南京，抗日战争时走难，在重庆居住了七年，胜利后回南京。国共内战，南下，在厦门读大学。赴香港，住了一年。1950年到台湾，1952年大学毕业，任编译官，在大学任教。1958至1959年在美国爱荷华大学进修，后回台湾，继续在大学教书。1964年秋至1966年夏，在美国数所大学巡回讲学，或担任客座教席。《逍遥游》写于1964年8月，是余光中离台赴美前写的。当时作者在台中的大度山观星（余氏著名诗句"星空非常希腊"写的就是在大度山东海大学校园观看星象的既古典又浪漫的情怀），《逍遥游》即由此写起，作者的生平经历，中国历史上的强盛与衰弱，中土与外国，天文与人文，都在他逍遥驰骋的神思之中。《文心雕龙·神思》说的"寂然凝虑，思接千载；悄然动容，视通万里"正好用来形容这种情态。《逍遥游》可说是一篇意识流散文。意识流动之中，种种流离分散的小我、大我情状，一一浮现。

在《逍遥游》中，余光中断断续续地回顾近数百年的历史："扬州和嘉定的大屠城"；"阿 Q 的辫子。鸦片的毒氛。租界流满了惨案流满了租界。……我们阅历的，是战国，是军阀，是太阳旗，是弯弯的镰刀如月。"战争等苦难，导致老百姓大量逃亡、流离。国共内战，大陆易帜，众多国人逃亡、迁徙至台湾；台岛与大陆，"浅浅的海峡隔绝如是！"国民党在台湾专政，白色恐怖之中，不少知识分子受害。台湾在政治、经济、文化方面受美国保护、支持、影响；美国这全球首富为众多台湾人民所仰望，到美国留学、居留成为他们的渴求。"龙种流落在海外"，其中很多奔向美国。余光中活用典故，说"留学女生向东北飞，成群的孔雀向东北飞，向新大陆"。

《逍遥游》的题目"逍遥游"与"行路难"二词在文内交相出现。后者是实情，前者多半只是幻想。《逍遥游》写道："曾几何时，五陵少年竟亦洗碟子，端菜盘，背负摩天楼沉重的阴影。"而白先勇《芝加哥之死》中的吴汉魂，在"摩天楼沉重的阴影"中行将纵身一跃，跳入湖中。《逍遥游》写道："那些长安的丽人，不去长堤，便深陷书城之中，将自己的青春编进洋装书的目录。"而白先勇《上摩天楼去》的台湾女留学生，在纽约进修的，正是在书城消磨青春的图书馆学。那个时代台湾报刊登载的，白先勇之外，还有吉铮、於梨华、聂华苓、张系国等的留美小说，也就是离散故事。

很多年轻的留学生，都适应了美国生活；本来喜欢唱《兰花草》和《教我如何不想她》的，现在转而哼起彼得、保罗与玛丽（Peter，Paul and Mary）的《柠檬树》和《离家五百里》来，或者兼爱《兰花草》和《柠檬树》。为了"在地化"，表示对居留地文化的认同，他们的名字改了，"志德"变成"彼得"，"宝国"变成"保罗"，"淑美"变成"玛丽"；这样，哼起流行的阿美利加歌曲来，就更有亲切感了。彼得·白（Peter Pai）、保罗·马（Paul Ma）、玛丽·聂（Mary Nieh）这些名字念起来，洋名加上华姓，有点混杂（hybrid），一听就知道并不纯正；然而，说是中西合璧好了，这样姓名不就显得堂皇起来吗？

设想有一对恋人，在台湾的大学中文系毕业后，男的服兵役，女的赴美留学。这个聂淑美攻读的是英美文学，她把名字改为玛丽，消息传到台湾；玛丽·聂与戴维·安格尔正在谈恋爱，常常出双入对在百老汇欣赏前卫戏剧的消息，也传到台湾。军中这个年轻文人刚写好了一首词《菩萨蛮》，准备寄送给聂淑美的，一想，"怎能送她"呢？不论儿女私情或者国族"公"情，情何以堪？即使这对年轻恋人都在美国留学，女的已由淑美洋化成为玛丽，男的仍然国粹地写其《菩萨蛮》，送给女朋友吗？也有点尴尬吧。"当你的情人已改名玛丽，你怎能送她一首菩萨蛮？"写下这句子的彩笔，意象丰盈、思维敏锐，真是大手笔，中西文化的交汇和交锋都在其中。

"洗碟子，端菜盘"，以及将青春"编进洋装书的目录"，这些是余光中耳闻目睹的留美学生的经验。他自己1958—1959年在爱荷华进修，期间曾游历美国多个州多个城。"曾经，也在密西西比的岸边，一座典型的大学城里，面对无欢的西餐，停杯投叉，不能卒食。"这说的是在异国饮食文化的不能适应。"沧海的彼岸，是雪封的思乡症，是冷冷清清的圣诞，空空洞洞的信箱，和更空洞的学位。"这是在他乡人生境况的冷清虚空；还有的，是思乡。思乡是离散的难免的经验，一如上引 Braziel 和 Manner 所说的，余光中的诗《我的固体化》、《当我死时》，以及其散文《登楼赋》、《望乡的牧神》等，莫不有浓烈的怀乡情绪。"日近，长安远。"他怀念中国的山水、文化，怀念汉唐盛世，他感叹：

曾经，我们也是泱泱的上国，万邦来朝，皓首的苏武典多少属国。长安矗第八世纪的纽约，西来的驼队，风沙的软蹄踏大汉的红尘。

长安这古都具有历史、政治、文化的多重意义。长安之于余光中，就像耶路撒冷即锡安（Zion）之于离散的犹太人。《逍遥游》的怀乡高潮在以下出现。余氏行将赴美，想起五六年前羁留过的爱荷华：

爱奥华的黑土沃原上，所有的瓜该又重又肥了。印第安人的落日熟透时，自摩天楼的窗前滚下。当暝色登高楼的电梯，必有人在楼上忧愁。摩天三十六层楼，我将在哪一层朗吟《登楼赋》？可想到，即使最高的一层，也眺不到长安？当我怀乡，我怀的是大陆的母体，啊，《诗经》中的北国，《楚辞》中的南方！当我死时，愿江南的春泥覆盖在我的身上，当我死时。

即使在最高的一层，"也眺不到长安"！身在异国，怀念故国故乡，异乡人可能经历过逃亡、流放；逃亡、流放往往肇因于战乱。"事物分崩离析，中心不能维系"（"Things fall apart；the center cannot hold"是叶芝的诗句）；人民离乱离散，故国的首都，神牵梦回的中心，在异国登楼登得多高，也是眺不到的。叶芝的诗句，可改为 People falling apart, the center cannot behold。

《逍遥游》的离散情境，可归纳为两大类：战争动乱使国人流离他乡外国；台湾的学生或学者旅居、移居美国。不同的情境，自有其适应、混杂、认同等问题，如上面所述。

在战乱、逃难、离散、不安稳的时代，在不快乐的"Post-Confucian"（后孔子）时代，国家民族应该怎样把乱世转为治世，个人又应该怎样努力奋斗？怎样安身立命？怎样作身份的认同？余光中说："我必须塑造历史。"他不懈地写作，要"狂吟"，"在战争之上，你（余光中）应举起自己的笔，在饥馑在黑死病之上。"余氏没有明白宣示要用笔"经纬区宇，弥纶彝宪，发挥事业"（《文心雕龙·原道》语），即是说，用笔经世济民。余光中只说用笔"塑造历史"；这支笔在"战争之上"，"在饥馑在黑死病之上"。天上众星，将聚成皇冠，可为这支笔的创造成果加冕。余氏在 1964 年之前已出版了多本诗文集，驰誉文坛，如今郑重确认他的人生方向，为自己定位。在行路难的离散年代，他登楼极目，眺不到长安；在逍遥神游之中，他看到"处在历史的中流"、"保持清醒"的自己。1964 年至今，已逾四十载；他早就超越了离散，凝聚生命力，坚毅地创作，五彩之笔丰收，诗文双璧璀璨，塑造了余光中文学的历史。

向山水和圣人致敬
——《山东甘旅》析评

余光中说，他的蓝墨水的上游是汨罗江。光凭这句话，他的民族感情已显得充沛洋溢了。在 20 世纪 50 年代超现实主义于台湾兴起时，余光中写诗吊屈原；在 60 年代艾略特的诗歌和诗论从西方东来时，他撰长文发扬李贺的诗艺。他在美国留学或讲学时，心系五陵少年和长安丽人；在大学小城的图书馆，故国神州远在千里万里之外，美利坚"虽信美而非吾土兮"，他向《纽约时报》的油墨狂嗅古典中国的芬芳。余光中留学美国，在大学里教授英美文学，用舶来的自由诗形式写诗，而他是民族感情浓烈的作家；他在 70 年代写的《乡愁》一诗，传诵于海峡两岸以及海外各地，他成为"乡愁诗人"，也可说是民族诗人。

90 年代以来，余光中经常到中国大陆各地讲学、旅游。南京、厦门、四川等出生地、求学之地，他都去过。汨罗江畔的屈子祠，他馨香顶礼过。他的乡愁已消解了。2001 年的春天，余光中有山东的壮游。登泰山，临黄河，在济南的文化长廊礼拜历代圣人贤人，事后写成《山东甘旅》一文。他的民族精神书写，攀上了新的高度，巍巍然如泰山。

《山东甘旅》分为四章：《春到齐鲁》、《泰山一宿》、《青铜一梦》、《黄河一掬》。《春》章写济南山东大学新校区的春色，他漫游众芳之园，但愿化为蜜蜂，把梨花、海棠、丁香的香泽都亲了。群艳之尤是丁香，七十二岁的诗翁，他的缪斯（Muse）还非常年轻，"亲她、宠她、嗅她、逗她"，成为了花事、乐事。余光中写桃花，古雅浑成，"桃花夭夭，冶艳如点点绛唇"一句，而桃花之美尽在其中，《诗经》（"桃之夭夭"）、宋词（词牌《点绛唇》）之典尽在其中。

更古雅，而且朴厚的，是接下来的松柏之笔。"同为地灵所育，灼灼群芳只争妍一季，堂堂松柏却支撑着千古。"文章于是由柔丽进入苍劲，这古风可掬的对仗句是其过渡。余光中把松柏喻为金刚："从济南的千佛山到灵岩寺，从岱庙到孔庙与孟庙，守护着圣贤典范、英雄侠骨的，正是这一排一队队肃静而魁梧的金刚。"已自称且公认为诗翁了，而其想象力仍然喷涌如泉城（济南）之泉。松柏是金刚，是长老、华胄，余光中这样说。"朝代为古柏纹身，从蟠根到盖顶，顺着挺峻高昂的巨干……"而松柏的分别呢？"古来松柏并称，而体态不同。大致而言，柏树挺拔矗立，松树夭矫回旋。譬之……"

看官，比喻大师的本色又显现了："譬之书法，柏姿庄重如篆隶，松态奔放如草书。泰山上颇有一些奇松，透石穿罅，崩迸而出，顽根宛如牙根，紧咬着岌岌的绝壁……"这里喻中有喻，我们得仔细阅读余氏文字的工笔，在这个一般人匆匆读字的"读图"甚至"图腾"时代："翠针丛丛簇簇，密鳞与浓鬣蔽空，黛柯则槎桠轮囷，能屈能伸，那淋漓恣肆的气象，简直是狂草了。"对篆隶、草书、狂草之喻，祖籍山东的文论家刘勰，我想一定拍案称快。柏如篆隶，松如草书吗？山东人王羲之若闻余光中之喻，会否也挥毫潇洒一番？余光中的山东之旅，至少观赏过上千株古柏，其风骨道貌，"那气象，岂是摄影机小气的格局所能包罗？"这里他崇中华的自然，抑现代的科技，无理而有趣，是其谐谑处。《山东甘旅》的《春》之章，我导游至此，跟着是《泰》之章了。

余光中有他的文学理论。其理论不后现代，也不后殖民，更不解构；或者可说有点"文化研究"（cultural studies）色彩吧：他论游记之美，认为作者下笔时，宜感性与知性并重。具感性，即有艺术；具知性，即有文化。《山东甘旅》是文化之旅，是"吾道一以贯之"的作品。《春》章写丁香，除了其美色外，她的科属以至药用功能都写到了，仿佛一半出自李时珍的手笔。《泰》章写泰山，我们在此读到一堆地理和历史的资料。余光中堆资料、砌资料，把一堆石头切割打磨成为有光泽、有光彩的文学美玉。在《泰》章中，余光中列举了泰山周遭的山名后，说泰山立于平野，天地间"似乎有意腾出一整幅空旷，来陪衬这东岳的孤高，惟我独尊，像纸镇一样镇压着齐鲁"。好喻成双，紧接下去是："又像是一块隆而且重的玉玺，隆重地盖在后土之上，为了印证她是所有帝王的版图：所有帝王，不仅是秦皇与汉武。"泰山是高、重、稳的象征，常见于成语。"占了地利，儒家的至圣与亚圣每当用喻，辄就近取材，你一句'登泰山而小天下'，我一句'挟泰山而超北海'，就把自己的'家山'愈炒愈热。"余光中和"后现代"的Johnny Kong（孔仲尼）先生开玩笑了，说他善于炒作。

这是游记的一种"闲笔"、趣笔而已，泰山当然是要严肃对待的。话说众人清早起床，准备观日出："大家心里都在奢望，从茫茫的雨雾深处，从蓬莱仙岛的方向，徐福带六千童男女一去不返的烟波里，比一切传说更古老一切预测更新的，那太阳，照过秦皇与汉武汉光武，照过唐玄宗与清圣祖，还有……奢望它此刻能排开一重重传说一页页历史，用它火烫的赤金标枪射我们苦盼的眼瞳，给我们永生。"余光中期待着，然而日出终于没能看到。天下也看不见，连泰山也几乎看不见，余光中只能苦笑："孔夫子的豪语变成了空头支票。"日出没看成，希望看到黄河。

《黄》章写余光中一行人从济南北上，奔向黄河。汽车经过鹊山，就是赵孟頫《鹊华秋色》画中的山。济南附近又有开山，徐志摩乘坐的济南号飞机撞的就是此山。余光中赴山东前，先做好功课。他嗜读地图，大山以及小山，大河以及小河，都在他的好奇心范围之内。登过了大山泰山，现在到了大河黄河了，余光中多少篇诗写过的黄河，李白的黄河，《黄河大合唱》的黄河，他自己《民歌》（"传说北方有一首民歌／只有黄河的肺活量能歌唱"）的黄河……黄河，黄河，他来了，他的手"终于半伸进黄河"。刹那间的兴奋，他激扬的感情流滚起这样的文字波涛——既是黄河式的，也是余光中式的：

古老的黄河，从史前的洪荒里已经失踪的星宿海里四千六百里，绕河套、撞龙门、过英雄进进出出的潼关一路朝山东奔来，从斛律金的牧歌李白的乐府里日夜流来，你饮过多少英雄的血难民的泪，改过多少次道啊发过多少次泛涝，二十四史，哪一页没有你汹浪的回声？几曾见天下太平啊让河水终于澄清？流到我手边你已经奔波了几亿年了，那么长的生命我不过触到你一息的脉搏。无论我握得有多紧你都会从我的拳里挣脱。就算如此吧，这一瞬我已经等了七十几年了绝对值得。不到黄河心不死，到了黄河又如何？又如何呢，至少我指隙曾流过黄河。至少我已经拜过了黄河，黄河也终于亲认过我。

黄河是中华民族的象征，余光中墨水的上游是汨罗江，也是长江，是黄河。现在他拜过了黄河。40年代离开后土时，他"风吹黑发"，90年代回乡时"雪满白颜"。在黄河边，"乡愁诗人"的眼睛湿了。诗人的鞋底粘着黄河的湿泥，他就穿着泥鞋登机。《黄》章在上引文字的昂扬激越乐章之后，以夜曲般的舒缓调结束："回到高雄，我才把干土刮尽，珍藏在一个名片盒里。从此每到深夜，书房里就传出隐隐的水声。"

青黄相接。《青》章写济南市中心泉城广场的文化长廊，广场在1999年建成，其文化长廊是余光中"在山东所见最有深意最为动人的现代建筑"："三层楼高的空阔廊道上，每隔十米供着一尊山东圣贤的青铜塑像，连像座有二人之高。十二尊塑像由南而北，依年代的顺序排列。"这十二位圣贤是：大舜、管仲、孔丘、孙武、墨翟、孟轲、诸葛亮、王羲之、贾思勰、李清照、戚继光、蒲松龄。每尊铜像都有余光中数百字的描写、议论、抒怀。学识广博的余光中，在贾思勰像前，坦率承认："真是惭愧，这名字我从未见过。"贾思勰是农业家、《齐民要术》的作者。

70年代余光中游历伦敦，在西敏寺的诗人之隅（Poets'Corner）对着莎士比亚、弥尔顿、拜伦的塑像和魂魄，大发思英国古人的幽情。诗歌不朽，云石的雕塑至少可矗立数十年数百年。诗是余家事，余光中和缪斯，签了终生盟约，誓言白头偕老，他自然希望诗人生前身后都得到善待礼遇。他羡慕那些无韵体（blank verse）和十四行诗（sonnet）的作者，铿锵的节奏、丰盈的意象凝铸成生动的塑像。余光中当时联想翩翩，发而为文，文坛的敌人竟说他希望死后也被供奉于此。这自然是误读。余光中不是早写过，《当我死时》，白发盖着黑土，长卧在长江与黄河之间吗？如今他正在长江与黄河之间，在泰山不远处，在乡愁诗人民族文化之乡的中心，表达他对民族文化英雄的孺慕、景仰之情。

面对圣贤，余光中夹描夹叙夹议，把古代人杰的成就，作了若干现代论述（discourse）。管仲治齐，"通货积财，与俗同好恶"；余光中说：用现代的话语，就是"发展经济，顺应民心"；其"仓廪实而后知礼节"等语，强调民生重于一切，实为今天大陆的"硬道理"。在王羲之铜像前，余光中神往于《兰亭集序》的情景，而且和书圣风趣起来："眼前的铜像宽袂长带，临风飘然，是永和九年水上吹来的惠风吗？书圣举着右手，五指似握笔之状，头则向左微昂，不知是在仰观宇宙，还是想起了晚餐有肥鹅。其实雕塑家何不让饕餮客抱一只鹅呢？"这样的书写，使一千六百多岁的王羲之活起来了，书圣变为饕餮客，与肥鹅连在一起，圣者的形象被幽默地"颠覆"了。用较为传统的文论"话语"来说：余光中用了戏笔，于是辞章乃摇曳生姿。

余光中的多元思路和笔路，在戚继光像前又显露出来。他不再开玩笑，而是肃穆地称颂他——"可称最早的抗日英雄"。曾经抗战之苦的诗人，回顾民族的痛史，悲慨地说，"倭寇的后人屠杀了戚继光的子孙"。祖籍山东的刘勰千多年前说："物色之动，心亦摇焉。"诚然，敏感善应的朝圣者（用语或太重了，改为朝贤者吧）余光中，其心潮就因为诸圣诸贤的时代风云和个人际遇而起起伏伏。在最后一尊铜像蒲松龄之前，他一眼就觉察到《聊斋志异》作者"面容清苦，额多皱纹"。这位穷书生一生"只教私塾，到七十一岁才举贡生"。

《青》章写蒲松龄，近千言，可独立成一篇文论小品，甚为佳妙。余光中从塑像的主体，写到铜像脚底的金狐狸。何以是金色的？他用悬疑笔法，先问后答。由狐狸到狐仙，《聊斋》的鬼故事来了。寒士在寒窗苦读，苦闷引生幻想，幻见绝色佳人，这不像西方歌德笔下"浮士德心动而魔鬼出现么"？余光中这几句话中西并观，大可铺陈成为一篇比较文学论文。余氏手握五彩璀璨之笔，用黑色笔来写文学批评。《浮士德》、《聊斋》的比较之后，余氏概述《聊斋》内容与语言特色，说它在诸经典说部之外，"为中国小说探得新境，自成一家"。他又简要地把《聊斋》和《楚辞》、李贺诗相提并论，加以比较。这里没有20世纪的各种"主义"（-isms）、"后学"（post-）文评的时髦术语，然而评论家的功力具现无遗。接下去余夫子自道中学时耽读《聊斋》，故事曲折，语言雅洁，他"想入非非……难怪我就变成狐迷了"。有了比较文学的观照，以及文学史论的透视，到了这里，余光中的经验交代，是"读者反应"的范畴了。日间游览时闲聊《聊斋》，狐仙仿佛，当晚可有异事异象可志？余光中写道："那天晚上，狐狸倒没有来找我，若非蒲翁喝止，便是因为我这书生太老了。"自言妙思（Muse）仍然年轻的余翁，这里说自己太老了。自我调侃，读者乃能增加阅读情趣，而作者娱人亦娱己，应能延年益寿吧！

读了十二位圣贤豪杰、十二种成就和十二副笔墨，或庄或谐，读者乃知作者论述中的文化，在严肃的历史感之外，还有活泼的生命力。余光中礼拜"这些伟大的、睿智的、威武的、多情的魂魄"，且和他们对话，因为他是这些圣贤的子孙，血管中有这些中华民族彤彤的细胞。从大舜到蒲松龄，余光中说："不仅山东人以他们为傲，所有的中国人都以他们为荣。"登泰山，临黄河，朝拜山东省的也是全中国的十二位圣贤。"一山一水一圣人"？是，也不是。山东何止孔子一个圣贤者？余光中向一山一水众圣贤致敬，向中国的千山万水众圣贤致敬。向来恋国怀乡、往往尊洋而不忘崇华的余光中，到了山东，写了《山东甘旅》，他的民族文化深情、豪情，也登上高峰，涌现成大河。

余光中的《山东甘旅》，是余体散文的新近成品。余体散文总是知性感性兼备，语言现代而又典雅，情理之外常见风趣；新颖比喻这最见想象力的文学表现，总不匮不乏。《山东甘旅》在余体散文的艺术性方面，并没有突破，不同寻常的是其民族文化感情的特别昂扬。多年前某某电影公司有宣传语句曰："某某出品，必属佳片。"余氏散文，不写则已，一写必属佳作，属 20 世纪中国散文的一流作品。他的优秀是有"质量保证"的。

　　笔者夹叙夹议《山东甘旅》，甘于做这篇游记的导游、导赏，提纲挈领地指出这篇散文的文采。余光中对中华民族的感情，包括对中文方块字表现能力的高度赞扬。中文十分美丽，他一生致力于发挥中文的高强性能，创造了无数诗文的杰作鸿篇，他用这个方式对中华民族做出了贡献。评论余光中的作品，如果不顾及他的修辞艺术，就好像观看孔雀而不欣赏到它的彩屏。他的诗文在海峡两岸与香港备受推崇，近年在神州大地的知音愈来愈多。中华文学自然应得中华民族的认同、赏识，不管是在宝岛台湾、福地香港，还是神州大陆。余光中向生他、育他、润他、扬他的大地致意，向其山水和圣人致敬，我们也应向这位无愧于中华民族的大作家致敬。这就是中华民族精神的一种体现。

博雅之人，吐纳英华
——析《何以解忧》

一、学者散文释义

这个会议研讨的对象是学院作家的作品。学院为高等学问传授之所，从古希腊的 academy 到中国古代的太学、书院以至源于欧洲的现代大学（university）、学院（college），都是学院。作家指创作诗、散文、小说、戏剧或有文采有个性的评论的人。这个研讨会题目中的"学院作家"，我的理解是任教于大学（学院）而又从事文学创作的人。海峡两岸，以至其他华人地区的学院作家，人数众多。本文析论的是台湾学院作家余光中的一篇学者散文《何以解忧》。以下释学者散文。

在学院任教的人，理论上都是学者（scholar）。《韦氏新世界大学辞典》对 scholar 的解释是：有学问的人；某门学问的专家，尤指人文学科的。照此定义，不一定要在学院教书的人，才能称为学者。

依照上面的解说，学者散文就是有学问的人写的散文。不过，这个说法并不能作为学者散文稳妥的定义。我们以文论文，可以这样解释学者散文：表现出相当密度的知识（尤其是人文学科的学问）、并且有思想性、最好有文采（包括机智）的散文，是为学者散文。有学问的人写出来的散文，不一定具有这些特色，所以把学者散文定义为"有学问的人写的散文"并不准确。我们不宜以人论文。数十年来对学者散文有种种解说，这里为学者散文所下的定义，是概括、斟酌这些说法而来的。

在 1963 年发表的一篇文章里，余光中把散文分为四型，其一为学者散文。它"包括抒情小品、幽默小品、游记、传记、序文、书评、论文等，尤以融合情趣、智能和学问的文章为主。它反映一个文化背景深厚的心灵，往往令读者心旷神怡，既美且敬"。1981 年梁锡华在其题为《学者的散文》的一篇力作中，引录了上述余光中的话，并指出王力、钱锺书、梁实秋的"作品属于学者散文中的幽默小品，都能'融合情趣、智慧、和学问'"。梁锡华强调学者散文中的幽默讽刺成分，对他来说，"博识和机智"是学者散文的特色。

在台湾的学者余光中、香港的学者梁锡华之后，大陆的学者喻大翔也论述了学者散文。他在 1999 年撰成博士论文《用生命拥抱文化——中华 20 世纪学者散文的文化精神》，2002 年修订后出版。喻氏说："本书所谓学者散文，主要指百年来各门学科中专业学者创作的，具有现代思维特征、价值取向、理性精神、知识理想、心理内容等质素的，各种类型与文体风格的散文作品。"在90 年代范培松、曹惠民、朱寿桐、吴俊等也曾就当代的学者散文分别发表评论。张振金在其《中国当代散文史》中，论及梁实秋、陈之藩、林文月等台湾的学者散文作家，并说他们是"一个突出的散文群体"。在朱栋霖等主编的《中国现代文学史 1917—2000》里，学者散文成为一个文学史的名词。本书在论述 1980 年代的香港散文时，相关章节的撰写者方忠指出"学者散文的勃兴"，并以学者散文家梁锡华和董桥的作品为重点评论对象。同书相关章节撰写者丁晓原在宏观 90 年代大陆散文时，强调"文化散文"的重大成就，而"学者散文是文化散文中一种重要的存在"。方、丁在说明学者散文的特色时，都指出书卷气、理性和趣味是其特色。

在中国当代文学史定了名、定了位的学者散文，在西方当代文学论述中，却无名无位。夏志清在 1975 年论《镜花缘》的文章中，用 scholar-novel（学者小说、文人小说）形容李汝珍这部长篇小说；但夏氏没有提及任何西方的学者小说，或学者小说家。西方文学史家或批评家的论著中，似乎也没有学者散文一词。波士顿大学新闻系教授、哈佛大学英语兼任教授伦斯·莫罗（Lance Morrow），曾为《时代》（Time）杂志撰写多篇时人时事评论，其文章知识密集、思想深刻、辞采斐然，笔者认为是当行本色的学者散文，对其特写"十年风云人物"戈尔巴乔夫（Gorbachev）那一篇，尤其欣赏。然而，莫罗在美国并没有学者散文家这一称谓。古罗马的西塞罗，以及法国的蒙田，其散文的学识与理趣兼之，就如同苏轼的《前赤壁赋》一样，也可称为学者散文。不过，西方古代似乎也没有这个名目。美国学者伦汉穆（R.A. Lanham）剖析散文这一文体时，辨识了高、中、低三种风格，其高风格（high style）者有重视修辞、文学性强、多用拉丁化词汇等特色。高风格散文较为接近本文所论述的学者散文。

西方的情形大概如此，我们暂时就以学者散文为中国文学的专有名词吧。当代中国文学学术界瞻仰西方理论的马首，很多人都是"后现代主义"、"后殖民主义"等的"后学"。在这样的环境中，我们不妨更"唯我独尊"一下，不看"马首"而回顾"龙头"：以《文心雕龙》的言说（不用西式的 discourse 即"话语"一词）来说明学者散文的特色。

刘勰推崇儒家，论文论人以典雅为尚。《文心雕龙·通变》篇和《神思》篇强调作家要"宗经诰",要"积学以储宝,酌理以富才"。《诸子》篇认为"大夫处世,怀宝挺秀;辨雕万物,智周宇宙"(大丈夫在世上,学问广博如怀抱珍宝,出类拔萃;论述、剖析万事万物,用智慧认识整个宇宙)。可见对知识、智能之重视。《杂文》篇开宗明义把扬雄、曹植等几种文体(即"杂文")的作者,称为"智术之子,博雅之人";这正好借来形容今日的学者。《体性》篇说作者为文,风格如何,与其性情相关,有"吐纳英华,莫非情性"之语。摘取这里"吐纳英华"一语,和上面的"博雅之人"联接在一起,我们可以说,表现"博学高雅的人""出众的思想和文采"的散文,就是学者散文。

博雅即博学、文雅;有人用博雅二字来翻译英文的 liberal arts 一词。《韦氏新世界大学辞典》这样解释 liberal arts:现代大学里的一类课程,包括文学、哲学、语言、历史,以及科学概论等,以别于职业性技术性课程。这里所举的几个科目,主要就是中文说的"文史哲"。美国和香港都有以 liberal arts 为主的学院,中译为博雅学院。

二、《何以解忧》的解忧五策

余光中数十年间所写的散文,基本上可用学者散文来概括。他四十岁前后那些驰骋想象、变化句法词法、"余风"最著的"大块文章"或"大品散文",也还是学者散文——是浪漫的、变奏的学者散文。本文只论其"古典"的、"正统"的学者散文,以《何以解忧》为代表。

《何以解忧》长近万言,写于 1985 年 3 月,余光中五十七岁,在香港中文大学中文系任教,距离返回台湾任高雄中山大学教授有半年的时间。当时余氏中年已过，处于"后中年"或"初老年"的阶段——如果用笔者的委婉说法（euphimism）则是已生华发、风华仍茂的"华年"。《何以解忧》开头说："人到中年，情感就多波折，乃有'哀乐中年'之说。不过……所谓哀乐中年恐怕也没有多少乐可言吧。……然则，何以解忧？"《何以解忧》即回答这个人生的大问题。

"何以解忧？"这问题一出来，博雅或近乎博雅的人，大概都会条件反射地答道："唯有杜康！"答对了，余光中正是这样引述一代枭雄曹操的回答。不过，余氏对以酒解忧表示怀疑。"忧与愁，都在心底，所以字典里都归心部。酒落在胃里，只能烧起一片壮烈的幻觉，岂能到心？"酒不能，那么纵情于色、财、气可以解忧了？黑泽明导演的电影《流芳颂》里，主角发现自己患了癌症，时日无多，忧患愁苦占据了他心灵的全部。何以解忧？他尝试杜康后发现不能，下一步呢？且按下不说，先回到余氏的《何以解忧》。原来他的解忧之道，不是酒也不是色、财、气，而是"纵情朗诵"诗歌，是"牙牙学语"新学一种外文，是翻译，是观星象"神游天外"，是旅行。是为余氏五策。

第一策。余光中"最尽兴"、"最私己的解忧方式"是"独吟起伏跌宕的古风如'弃我去者昨日之日不可留'，或'人生千里与万里'，……每到慷慨激昂的高潮，真有一股豪情贯通今古，太过瘾了"。

第二策。余氏自学西班牙文，希望进窥意大利文甚至葡萄牙文，这"美丽的远景"使他狂，"狂，正所以解忧"。余氏又把西班牙文当作懂英文的人的外遇；他又发现"英文的禁区"被西班牙文所解放。他学西班牙文，"把中文妈妈和英文太太都抛在背后，把烦恼也抛在背后"。

第三策。批评家"神游杰作之间而记其胜";余氏说:翻译是"神游杰作之间而传其胜。神游,固然可以忘忧。"余氏译《梵谷传》,因担传主之忧而忘己之忧;他译王尔德的《不可儿戏》,则"更能取乐了"。

第四策。余光中观看星象,"仰观宇宙之大":"我们的地球在太阳家里更是一粒不起眼的小丸,在近乎真空的太空里,简直是无处可寻的一点灰尘。然则我们这五尺几寸,一百多磅的欲望与烦恼,又有什么值得大惊小怪呢?""仰望星空,总令人心胸旷达。"

第五策。旅行的目的,可以是"增长见闻,恢宏胸襟"。旅行如能做到柳宗元那样"心凝形释,与万化冥合",其"游兴到了这个地步,也真可以忘忧了"。余光中在结伴同游与独游之间,倾向于独游。独游时,"旅人把习惯之茧咬破,飞到外面的世界去,大大小小的烦恼,一股脑儿都留在自己的城里"。人在外,常常忘记时日,"而遗忘时间也就是忘忧"。人在"旅行的前后都受到相当愉快的波动,几乎说得上是精神上的换血,可以解忧"。旅行这部分在《何以解忧》中所占篇幅有全文的十分之三;旅行之可以解忧,列出的理由也最多。然而,旅人终会归家;"然则出门旅行,也不过像醉酒一样,解忧的时效终归有限,而宿醒醒来,是同样的惘惘"。

以上是《何以解忧》的内容梗概。笔者曾誉余光中的书写来自其"璀璨的五彩笔":紫色笔写诗,金色笔写散文,黑色笔写评论,红色笔用作编辑,蓝色笔做翻译。余氏有诗名为《五行无阻》:"颂金德之坚贞,颂木德之纷繁,颂水德之温婉,颂火德之刚烈,颂土德之浑然。"《何以解忧》则有余氏五策。五成为余氏的幸运数字。五策解忧生乐,带来五福。

三、《何以解忧》的"博雅"

要实证地说明《何以解忧》这篇学者散文如何学问密集，只有机械式一途，把相关资料罗列出来，如下。

在酒的部分。余氏所引，当然不"唯有杜康"。他还提到曹操、范仲淹、刘伶、陶潜、李白，这些是中国的酒仙、酒贤——时人有党名为"酒党"，设酒圣、酒仙、酒贤等名目。余光中兼通中西文学，外国的豪斯曼、弥尔顿、狄奥尼索斯也应邀来共襄盛举，为这篇《何以解忧》增华。要读者诸君注意的是，众多中西贤哲在此排名不分先后，而以在余文中出现先后为序。作者引了名人，当然也引了其名句或述其行事，这些恕不在此录出。（古代饮者留其名，今人也应余光中之请作"友情演出"，登上《何以解忧》此文的舞台。他们是：刘绍铭、戴天、梁锡华、杨牧等。举列今人这部分不算是学问，只是作者的交游，乃纳入括号里，以资识别。）至于酒的学问，余氏举了红酒、白酒、白兰地、啤酒、花雕加饭、竹叶青、清酒、法酒、嘉士伯、土波等，名目不少；不过如果有酒党成员来读，一定会觉得酒意犹未尽。

在诵诗的部分。余光中的诗学造诣远高于酒学，谈诗时大可"獭祭"一番。不过，这里像他喝酒一样，甚有节制，只举了中外诗人雪莱、李白、纳许、洛尔卡、苏轼五人及其篇名、诗句，浅"赏"即止。《何以解忧》说余氏诵诗时所用的语言有国语、粤语、闽南语、川语、英语、西班牙语。比较一下香港常说的两文（中文、英文）三语（粤语、普通话、英语），余光中这里用的是三文六语：六语中，前四语皆属中文。

翻译的部分。与话题相关的是画家梵谷和爱尔兰作家王尔德，又提到法国的法郎士，和中国古代的"武陵人"、刘子骥。余光中诗、文双璧，且是翻译大家，这部分他大可根据其实际翻译经验和理论而罗列大量知识，但他点到即止。

观星象、神游天外的部分。天文学的知识，在这里大可星罗棋布般出现，而余氏只选列了天文学家海姆霍慈、哈雷、侯慈布伦、伽利略和天文学书籍作者阿西莫夫。好奇地问天的屈原，有名句"仰观宇宙之大"的王羲之，是一世之雄而今安在的拿破仑——宇宙当然长在——也被余氏征召来此做配角。这部分的主角是天上的群星，包括恒星太阳及其系内诸星，其他恒星如人马座一号，以及银河系等等。小世界、小千世界、中千世界、大千世界这些比喻星与星系的佛家语，还有《圣经》等等，也出现了。此外，是一串名副其实的天文数字，如"25兆英里"、"47亿年"、"820亿年"，后二者分别是地球和宇宙的芳龄。大概三十年前，美国的天文学教授萨根（Carl Sagan）在电视片集《宇宙》（The Cosmos）里介绍天文学，有点像当今学者名嘴评点《三国演义》和《论语》之类。读《何以解忧》的天文这一部分，使人想到萨根的片集。片集的内容当然比《何以解忧》这个片段丰富得多，但余氏也比萨根文采斐然得多。文采是本文的后语，且按下不表。

旅行的部分。前面说过，这部分在《何以解忧》中，十分篇幅有其三；此为解忧五策的压阵之作，出现的相关学问也最多。壮游者、周游者、恣游者、独游者如中国的孔子、司马迁、潘耒、柳宗元、苏辙、陆游、徐文长，如西方的弥尔顿、培根、格瑞、拜伦、杰斐逊、史蒂文森、吉普林等等，以至不游者康德、叔本华，都榜上有名。至于旅游之地，则亚欧美各大洲的众多名山大川大城小镇，都在《何以解忧》这部分的迷你（mini）文学地图上。

古代左思的《三都赋》使洛阳纸贵，原因据说是家家户户传抄这篇鸿文,把它密集的学问当作辞典的数据来参考。《何以解忧》涉及的学问,其密度当然不及《三都赋》之类的"超级学者有韵散文",却已非常可观,应可当得上"博"的形容了。"雅"呢?雅与俗相反,但要辨清文艺作品的雅与俗实在不容易。《何以解忧》不涉及粗鄙恶俗的人事物及其相关语言(包括直露无深意的"下半身写作"),相反来说,它列述的古今中外人物,大多是文化上的贤能才哲之辈,其非俗物可知。诵诗部分充耳都是中诗、英诗、西班牙诗,所说的更是风雅的人或事物。《何以解忧》以典雅风雅的人事物为题材,而语言与题材配合;这篇散文的语言是"雅言",相当于前引伦汉穆说的"高风格"语言。笔者探讨翻译之道时,用过雅译一词:把 Itheca 译为"绮色佳",把 Coca Cola 译为"可口可乐",把 reading room 译为"丽典室"等等,谓之雅译。《何以解忧》中,余光中把匈牙利酒 Pieroth 译为"碧叶萝丝",把法国酒 Cognac 译为"可昵雅客",就是雅译。雅文中有雅译,这就使《何以解忧》更"雅"了。

四、《何以解忧》的"英华"

博雅之人,吐纳英华。《何以解忧》这篇博雅之文的作者余光中这博雅之人,一生吸纳的是中华文学、英国以及其他多国文学的精华;他笔下表现了这些"英""华"。余光中的散文,有高超的语言艺术,英锐有创意,华彩灿然,更是当代散文中的"英华"。

修辞之灵巧精美者,即是文章的华彩,简称文采。精巧修辞的荦荦大端,是用比喻、用夸张法、用典、用对比或对仗、讲结构,是声情配合的音乐性,是其他匠心独运的字词语句安排。《文心雕龙》的《比兴》、《夸饰》、《事类》、《丽辞》、《附会》、《章句》、

《声律》等篇，论的就是文学作品的修辞。《何以解忧》学问密集，包含了中外很多典故；上面已胪列过其学问，所以这里对其用典略去不论。

余光中是比喻大师，他下笔简直到了无诗不喻、无文不喻的境界。比喻使他的书写从凡鸟变成孔雀、凤凰。《何以解忧》的首段感慨中年人之哀，这样用比喻："年轻的时候，大概可以躲在家庭的保护伞下，不容易受伤。到了中年，你自己就是那把伞了，八方风雨都躲不掉。""余"道一以贯之，通至末段："写到这里，夜，已经深如古水，不如且斟半杯白兰地浇一下寒肠。然后便去睡吧，一枕如舟，解开了愁乡之缆。"夜凉如水是历史悠久的比喻，余氏点拨一下，变成夜"深如古水"，马上新颖起来。另一喻自然是"一枕如舟"，有舟乃有"缆"。他又写道："对我而言，学西班牙文就像学英文的人有了'外遇'。"学外语这本来有益的事，马上有趣起来。余者，喻也。余光中有富裕的想象力，他言志抒情叙事说理之际，游刃有余地创造比喻。撇除"隔靴搔痒"、"黄金一般的沉默"的比喻成语不计，《何以解忧》一文的比喻至少有三十个。下面重点分析观星象和旅行两策的部分比喻。

观星象，读天文学书籍，乃知"我们世世代代扎根的这个老家，不过是漂泊太空的蕞尔浪子"，"而太阳系，其实是居无定所的游牧民族。""太阳，在星群之中不过是一个不很起眼的常人。""我们的地球在太阳家里更是一粒不起眼的小丸，在近乎真空的太阳里，简直是无处可寻的一点尘灰。"这里比喻云集，成为星云。余光中把天文知识作拟人化或者说"人性化"处理，顿然增加了阅读的趣味。

旅行前、旅行中、旅行后几个阶段都可使人忘忧。旅行后，"刚回家的几天，抚弄着带回来的纪念品像抚弄战利品，翻阅着冲洗出来的照片像检阅得意的战绩，血液里似乎还流着旅途的动感。""所以旅行的前后都受到相当愉快的波动，几乎说得上是精神上的换血，可以解忧。""出门旅行，也不过像醉酒一样，解忧的时效终归有限，而宿醒醒来，是同样的惘惘。""像醉酒一样……"等语，已到了《何以解忧》的尾声。此语接下去的"且斟半杯白兰地浇一下寒肠"，酒的事物又来了——来作结了。这正是《文心雕龙·熔裁》说的"首尾圆合"。《何以解忧》末尾用了"解忧"、"惘惘"、"乡愁"等语词，这正是《文心雕龙·附会》说的"贞百虑于一致"。《何以解忧》的行文，从忧到酒到诗到翻译到星象天文到旅行，都针线绵密，常用顶真之法，其写文章如"缝缉"、"裁衣"（也是《文心雕龙·附会》语），显然可见。

余光中出身外文系，研习、讲授英国文学，而始终热爱母语——美丽的中文。他用现代汉语写作散文，而对骈文式语言乐用不疲。《何以解忧》的对仗语句甚多，如"悲哀因分担而减轻，喜悦因共享而加强"。他把英国谚语 A rolling stone gathers no moss 翻译为四字成语式的"滚石无苔"，因为这样在语法上可以和上半句的"流水不腐"成双成对。"滚石无苔"的声调是仄仄平平，这正是中国成语的一个常见声调格式。此式胜在平仄相间，读起来起伏有致。《何以解忧》中余氏把豪斯曼的两行诗中译为"要解释天道何以作弄人，一杯老酒比弥尔顿胜任"，每行十个音节，押韵，具见其对声律的讲究。略析过《何以解忧》的"宫商"即音乐性后，返回对仗这个议题。在旅行的部分，在论独游好处的一段文字里，对仗式的词组或语句更成群出现：

"只要忍受一点寂寞，便换来莫大的自由。"

"浩荡的景物在窗外变幻，繁富的遐想在心中起伏。"

"内外交感，虚实相应。"

"从灰晓一直弛到黄昏。"

骈俪骈俪，俪词予人华丽之感，这也是文采。

既有思想内涵，文字又运用得巧妙有趣，就形成机智（wit）。梁锡华论学者散文时强调机智，他本身的文字，即以机智著称。70和80年代有好几年，香港沙田的大学校园，风云际会聚集了余光中、梁锡华、黄国彬等学院作家，他们正是"大学才智之士（university wits）"，近乎《文心雕龙·杂文》说的"智术之子"。机智是余光中散文的一个特色，《何以解忧》并不例外。

饮酒难以解忧，"可见杜康发明的特效药不怎样有效"。在曹操眼中，唯有杜康能解忧，因此余光中颇为机巧地把酒喻为特效药。特效药而无效，这样说等于把酒"解构"（而非解忧）了。特效变为无效，其机智在此。

余氏不豪饮，不醉酒。"楼高风寒之夜，读书到更深，有时饮半盅'可昵雅客'（Cognac），是为祛寒。"在这里，这法国酒真是可以亲昵的雅客，为主人带来温暖。这个雅译甚有情趣。

阅读天文书，仰观星象，乃知身之所居的地球，在太空里"简直是无处可寻的一点尘灰"；"然则我们这五尺几寸，一百多磅的欲望与烦恼，又有什么值得大惊小怪呢？问460光年外的参宿七拿破仑是谁，它最多眨一下冷眼，只一眨，便已经从明朝到了现今"。圣贤豪杰、凡夫俗子都只是一团"欲望与烦恼"而已，是莎剧《哈姆雷特》所说最后剩下的那副骷髅骨而已。不管欲望多热切，烦恼多令人焦虑，人——即使是和曹操一样的一世之雄拿破仑——在无穷太空中只能获得星星的冷眼一眨而已，而这一"冷睐"还不是马上的反应，要等四百多年的。欲望对比冷眼，嘲讽意味尽在其中。

机智性是余光中散文的一项特色。与余氏众多其他散文相比，《何以解忧》的机智性不算浓烈；以酒为喻，其程度大概只如浅尝

222

之后的微醺。而这正好用来说明前述学者散文的一个特色：机智不是学者散文的必需条件；它是学者散文的锦上之花。

五、文化修养的提升

学者散文之为学者散文，其学问和思想是最重要的元素。《何以解忧》的学问，上文已作了近乎机械式的分析、罗列。思想呢？古人说"学而不思则惘"，这是对学者而言的。对读者而言，空有学问知识罗列与堆砌的文本，何尝不使他迷惘：究竟这些罗列与堆砌，要表达的是什么道理？其思想何在？

《何以解忧》表达了作者余光中的思想，包括他的人生观。人生多忧苦；佛家有四苦甚至八苦之说；叔本华等悲观哲学家，认为人生就等于悲苦。怎样解忧脱苦？余光中认为不是靠杜康。《何以解忧》没有提到色、财、气，这表示余光中认为色、财、气也靠不住。电影《流芳颂》那个患了癌症的公务员，靠饮酒解不了大忧；跟着纵情于声色，也不能。他悟到积极发挥自己的力量以帮助人可以解忧——就是谚语说的"助人为快乐之本"。他以生命里最后数个月的时间，真的"拼了老命"为市民修建一座小公园，工程完毕，他含笑而逝。《何以解忧》并没有说作者为人民服务以解忧，但他自有一股积极的精神。诵诗可散发激情，浑然忘我，也即是忘忧。观星象而悟宇宙无穷，人生的得失因而不足挂齿。这样解忧似乎带点"消极"。然而学外语、做翻译是学术文化的自我增值，且可直接或间接地惠及社会。这是君子自强不息的表现，是积极人生"活到老，学到老"说的实践。学外语、做翻译使他乐以忘忧。在余氏心目中，旅游固然是乐事，而旅游之可以看清周围的世界，可以"深入民间、深入自然"，何尝不是个人文化修养的提升？不过，余光中不是肤浅的乐观主义者，不简单地说教。他知道人生有忧患，他知道我们要解忧，他也知道——他更知道——"解忧的时效终归有限，而宿醒醒来，是同样的惘惘"。然则他和古人一样，知道人生终是"忧与忧其相接"，因为人生自有千古万古之忧愁。以酒色财气解忧，忧仍在；以余氏五策解忧，忧不能尽去，但这五策除了有非终极式解忧的效用外，还为他自己甚至为他人提升了文化修养。依着《何以解忧》这篇学者散文的五策去解忧，不博雅的人可望博雅，博雅之人将更为博雅了。

余光中最具创意的散文，是《逍遥游》、《鬼雨》、《咦呵西部》、《听听那冷雨》等那些大块、大品文章。这些文章建立了余氏的文标（请容许笔者铸一新词，即从 trademark 商标、landmark 地标而来的 literary mark 文标）。一如上文说的，这些是他学者散文的浪漫的变奏，是余风最著，在文学史上最为赫赫醒目的；《何以解忧》、《催魂铃》、《开卷如开芝麻门》、《横行的洋文》、《饶了我的耳朵吧，音乐》等篇则为当行本色的学者散文，他要求于学者散文的"融合情趣、智能和学问"的质素，都具备了。此文文采灿然——文采是余光中散文的重要标记：改用宋代陈骙论比喻时说的"文之作也，可无喻乎"一语，我们可以说"余之作也，可无文采乎！"孙绍振论周作人的学者散文时说，"像周作人晚期的散文，主要是以知识的丰富见长的，未免有一点枯燥"。这是余光中—还有钱锺书、梁锡华、李元洛、陈耀南、张晓风、黄国彬等——与周作人的分别。

博雅之人吐纳英华的学者散文，不一定比不博雅、不英华的普通散文更能感动人；但其有益（to instruct）以至有趣（to entertain），一定胜于普通散文。学者散文因其博雅与英华，与一般散文相比，无疑是较为难得的品种。人生多忧患，博雅或不博雅的人都这样。何以解忧？可读像《何以解忧》的学者散文。

综合篇

黄维樑著编书二种评论余光中

植根东土　旁采西域
——关于散文创作的对话

缘起：2003 年 9 月，福建省举行"2003 年海峡诗会"，以"余光中诗歌研讨"为主旨，我应邀忝列。《都市美文》主编古耜兄嘱我就散文创作的有关问题，与余光中先生对话并请教，我从四个方面拟就提纲借电传先行飞越海峡。余光中祖籍福建永春，初次到福州并返乡祭祖，盛况空前，无法从各种讲学、座谈、聚会、参观、游览、采访所筑成的重围中突围而出。9 月 16 日上午，他婉辞了原定之游览活动，于武夷山中的青竹宾馆和我对谈，谈非悠闲的十日而系匆促的半天，原拟的话题只好打个对折，仅就"中国当代散文与古典散文的关系"、"中国当代散文与西方散文的关系"两个问题展开。时日匆忙，光阴金贵，短语长情，双方均言不尽意。我不懂"录音"等现代科技，全靠笔记与心记，事后整理成文，当时有窗外旁听的山神为证。

李：在中国当代文坛，你自称以右手写诗，以左手写散文，而人道是双管齐挥，诗文双绝。香港学者兼作家黄维樑，更形象地说你手握璀璨的五色之笔，用蓝色笔翻译，用红色笔编辑文学作品，用黑色笔写评论，用金色笔写散文，用紫色笔写诗。你的散文之名不亚于诗名，有些偏爱的读者与论者，甚至认为你的散文成就更超乎于诗之上。不过，伯仲之间，双飞比翼，概称"诗文双绝"也堪称允当。一条澎湃的江河，必然有它最早的源头，一株参天的大树，当然有它深广的根系，你的散文创作取得如斯成就，我以为和你深厚的古典文学根基，包括古典诗词歌赋与古典散文的修养分不开。当代的散文作家，如果没有这种"段位"的修养，没有年少时修炼而成的"童子功"，要取得远非一般的成就，那是不可想象的。不知你以为如何？可否请你蓦然回首，略说当年？

余：我相信一个人的中文根柢，必须深固于中学时代，如果等到读大学再来补救，亡羊补牢，未免为时太晚。抗战时期，从十一岁时起我的中学六年在四川重庆嘉陵江畔的乡间度过。稚小的我不但得以亲近蜀中山水，更有缘亲炙中国古典文学。这与我的家庭背景有关，我一进初中，父亲（余超英）、母亲（孙秀君）便开始教我诵习古典散文，如魏徵的《谏太宗十思疏》，骆宾王的《代李敬业传檄天下文》，王勃的《滕王阁序》，李白的《春夜宴诸从弟桃李园序》、《与韩荆州书》，李华的《吊古战场文》，刘禹锡的《陋室铭》，杜牧的《阿房宫赋》等等。父母在讲解之余，还分别用闽南调或常州腔（母亲是常州人）带我诵读，让古典的情操从乡音深处将我召唤。我习诵上述文章，呼吸历史，体认前贤，涵泳文化，少年之心惊叹于骈文的工整典丽，散文的开阖自如。后来我在诗文中表现的古典风格与艺术精神，正是以当年桐油灯下高吟低咏的夜读为其源头。

应该提到的还有我的二舅孙有孚先生。他藏书颇丰，喜欢美文，在娓娓释义之余，也教我哦哦诵读陶渊明的《桃花源记》、欧阳修的《醉翁亭记》和《秋声赋》，以及苏东坡的前后《赤壁赋》，那是更合我少年情志与抒情心境的文章。庄骚李杜韩柳欧苏是古典之葩，《西游》、《水浒》、《三国》、《红楼》则是民俗之根，我还从舅舅的藏书中读到线装的《聊斋志异》，对于上述中国古典小说名著当然也如醉如痴。

我还十分感念中学的老师。1940 年我进初一，在由南京迁往重庆嘉陵江边的青年会中学就读。前清的拔贡戴伯琼先生和川大毕业的陈梦家先生教语文，他们的学问和口才都十分出众。我作文时曾主动试写文言，找到对于文言的感觉。课外读孔稚珪的《北山移文》，就曾蒙戴先生耳提面命。记得戴先生教周敦颐的《爱莲说》，用川腔吟诵，一唱三叹，对于我体味古文和诗词的意境，身临其境，深领其情，最具功效。可惜即使在今日的中文系，学生也只会以国语来默读或朗诵，而不能心醉神驰地吟诵或吟哦了，真是可惜！数十年来，乃至老年的今日，我只要高吟低唱李白、苏轼之诗文，就顿觉李白、东坡就在肘边，一股豪气上通唐宋。

李：像你们这一辈的许多老作家，或承家学，或幼时就受到良好的完整的教育，自然学殖深厚，厚积薄发。而一些青年甚至中年作家，因为时代和个人的原因（姑不论其学历，因为自学可以成才，而即使出自中文系也难免名实不副），他们许多人在古典文学方面缺乏深厚素养或准备不足，所以就难成大家气象。尤其是散文，写到一定的程度就难以提升或超升，有的人甚至包括某些所谓名家的作品，竟不免时见硬伤而贻笑大方。当然，有了较深厚的国学根基，也不一定能写出优秀的散文，否则大学的古典文学教师教授都能翰墨风流，但要成为真正的散文大家，没有坚实的中国古典诗文的根基，那就纯粹是空中楼阁，如同火箭升空，飞船遨游，需要多种强大的推动力。学者型作家，对于一般的学者他有才气，对于一般的作家他有学问。这和诗歌创作一样，涉及传统与现代的关系以及传统的创造性转化问题。请你谈谈对中国古典散文的看法，以及自己如何从中取法？

余：在中国，诗（主要是抒情诗，叙事诗不太发达）与散文是最早的两种主要文体，可谓源远流长，这种情况和外国不大一样，例如希腊文学，一开始就是史诗与悲剧。

中国早期也即先秦两汉时期，散文是广义的，为散文而散文是后来的事。当时的散文都不是散文家的散文，如《左传》、《国语》、《战国策》以及汉代司马迁的《史记》，那是史学家的散文，而《论语》、《孟子》、《老子》、《庄子》以及汉代贾谊、晁错等人的政论性散文，则都是思想家的散文。他们并未想到要写所谓"美文"，"美文"是散文后来发展到繁荣成熟时期的产物，也是后人一种回顾性的看法和称谓。

散文和诗联姻而产生了赋。汉代的辞赋以及魏晋唐宋的抒情小赋，包括骈文，介于韵文与散文之间，内容像散文，而形式则向美文发展，重在抒情，讲究节奏，注重语言。散文中之"美文"多受赋体的影响，所以《古文观止》这部古代散文选集，对辞赋也酌情收录。

经历了魏晋南北朝的文学自觉时代，中国古代散文到唐宋之时，也像诗词一样臻于"一览众山小"的绝顶，而唐宋八大家就是"会当凌绝顶"的杰出人物。除了他们，还有其他作家写了许多杰构佳篇。乃至明清时代，公安、竟陵派的张扬主体与个性的散文，以及一时之盛的游记文、笔记文、小品文，如徐霞客的《徐霞客游记》，张岱的《陶庵梦忆》与《西湖梦寻》，张潮的《幽梦影》等等，都是古典散文的宝贵财富，今人绝不可以视而不见或轻率否定，那就等于藏金于室而自甘冻馁。幸好在散文的天地里，还没有像诗界一样总是有不分青红皂白地"反传统"的盲音与嚣声。

从五四时代到现在的学者散文，多受孟子、庄子以及明清笔记和小品的影响，笔记还影响了杂文（思想家的散文）。郦道元的《水经注》和徐霞客的《徐霞客游记》，则影响了今天的抒情写景散文。今日的青年散文作者，许多未能熟读古典，他们受到的影响多是间接的，就是五四以来新文学的影响，以及通过译本而来的西方文学的影响。至于我自己，当然深受中国古典散文的熏陶。我的偏于"知性"的散文，多承古代哲理思辨散文的余泽，而我的偏于"感性"的散文，则多得到唐宋八大家的教益。

早在 1962 年，我就在《古董店与委托行之间》一文中说过："传统至大至深，我国的古典传统尤其如此。对于一位作者，它简直是土壤加上气候。"（见《掌上雨》一书）1964 年，我在诗集《莲的联想》的"后记"中也说过："有深厚'古典'背景的'现代'，和受过'现代'洗礼的'古典'一样，往往加倍的繁富而且具有弹性。"华夏的河山、人民、文化、历史，这些都是我与生俱来的家当，怎么当也当不掉的。我以身为中国人而自豪，更以能使用中文为幸。

李：如同河流的上游与下游，中国的古典散文，确实是中国当代散文其源有自的优秀传统。我们今日所说的"现代"与"创新"，都应该立足于这一传统之上，因为否定传统的"现代"与"创新"，是无源之水，无本之木，何况传统绝不是一团化石仅供观赏和考古，也不是水月镜花可以随意否定。从哲学的"过程转化"的规律而言，传统是继承物也是创造物，是一个开放的动态系统，是一个流动的美学范畴，是一个不断现代的历史与现实的进程。保守主义与虚无主义是对待传统的两个极端。当代诗坛，一些人守旧不化，头脑冬烘，排拒新鲜事物，一些人却主张全盘西化，彻底否定传统，所幸散文界似乎还没有这种无妄之灾。中国的古典散文，至少有四个方面值得今日的作者继承与发扬：时代使命感与社会责任感，对国家命运和民族前途的热切关注；重主体性的天人合一、情景交融的美学情趣与美学规范；力求创新的艺术精神和丰富多彩的艺术技巧；自由灵活的汉语表达方式与精湛高明的语言艺术。不知你以为如何？

余：你概括得相当全面而有自己的见地。我以前曾倡言"蓝墨水的上游是汨罗江"，"要做屈原和李白的传人"，"我的血管中有一条黄河的支流"，"真正的诗人应知道什么是关心时代，什么是追随时尚"，近年也说过"烧我成灰，我的汉魂唐魄仍然萦绕着那一片后土"，就是表示一个当代中国作家的民族感与归属感。不久前看到大陆报刊上的文章，有的人否定岳飞是民族英雄，有的人认为范仲淹的"先忧后乐"是忠君而不可取。我以为不应以千年后的道德标准与政治标准来厚责前贤，如果那样，屈原杜甫都可以否定，历史还留下了些什么呢？历史上还有些什么人可以肯定呢？何况范仲淹所说的"天下"，很大程度上是说社稷苍生，而这正是中国文人的人文精神，心香一脉。

散文作品整体上应该表现时代与社会，以及作者相应的感悟和思考，但有些作品不见得有什么微言大义，有多少厚重的社会内容，但对生活与生命却有独特的感悟和发现，艺术上又很高明，那往往也是佳作。如苏轼的前后《赤壁赋》，由感性而理性，知性的内容，感性的比喻，个人感受，天人合一，表达的是对茫茫宇宙短短人生的哲理思考，不是通常意义上所谓的"言之有物"，同样也是千古不朽的佳作。

李：我这里还要提一个"文学语言"的问题。文学语言，并非过去某些文艺理论所主张的只是表达的工具，内容的载体。我以为语言既是文学的载体，更是文学的本体，是文学的审美对象，是文学根本的也是最终的存在。驱遣语言的功力的高下，应该是衡量作家作品高下的一个最重要的尺度，至少是最重要的尺度之一。你的散文语言有口皆碑，许多论者从诸多方面发表了他们的研究心得和意见。老作家柯灵生前读到你的作品，曾说"得开眼界，因此锐意搜索耽读，以为暮年一乐"，这位对语言极为讲究也颇见功力的前辈，欣赏的当然包括你那"精新、郁趣、博丽、豪雄"（黄维樑语）的语言。我个人读你的散文之后，对你的文字深为折服，所谓取法乎上，或谓曾经沧海，再来看某些作家甚至名家的散文，尽管有人吹得天花乱坠，或是撰文来与你比较与比美，虽说见仁见智，但我总以为相距不可以道里计，文字一入眼，高下就立判了。

余：谢谢，过奖了。我们常说"文学是语言的艺术"，其实，语言对文学的重要，我们往往还是认识不够。我们要思考中国文字的现在和未来。有些作者与译者本来就先天既不足，后天又失调。在欧风美雨的强势文化侵袭之下，一方面是漫无边际的全球化，一方面是日趋狭隘的本土化（如台湾），众人和整个社会的中文程度越来越差，这就是作家面临的困境，在这种语境中成长起来的学者和作家，不少人中文都有问题。1979 年，我在《从西而不化到西而化之》一文中，认为优秀作品的现代中文，应有"文言的简洁浑成，西语的井然条理，口语的亲切自然"（见《分水岭上》一书），今天，我仍然坚持这一看法。不过，现在我还想就散文中的"音调"和"气"的问题，和你交换意见。

散文中的音调也就是声音节奏。韵文讲求平仄协调，适当押韵，注意四声搭配和双声叠韵，今日的白话散文至少也应注意平仄交错之道。无论是写什么诗什么散文，平仄协调是汉文字的美学基因，而许多人写作就是昧于这种基因。诗或文章写好之后再加修改，除了"意思"之外，修改的就是音调。音调原则上就是平仄交错与整散和谐（涉及"对仗之美"），二者构成了错综之致与均衡之姿。运用之妙，在乎一心。例如范文正公的《严先生祠堂记》，结尾四句本来是"云山苍苍，江水泱泱；先生之德，山高水长"，他听从了朋友李太伯的意见，将"德"字改为"风"字，原因是从音韵而言，"德"字声音暗哑迫促，没有"风"字那么舒缓响亮。

李：你的看法和朱光潜先生一脉相承。散文的声音与节奏，新文学作家和评论者研究者似乎都很少注意。朱光潜在《论文学》一书中就曾专撰"散文的声音与节奏"一节。记得他说过"咬文嚼字应从意义与声音两个方面着眼"，"有人认为讲究声音是行文的最重要的功夫"。除了你所说的《严先生祠堂记》这一范例，据说欧阳修作《昼锦堂记》，文稿已交来人带走，他忽然想到开篇的"仕宦至将相，衣锦归故乡"，应分别加"而"字变为"仕宦而至将相，衣锦而归故乡"。那时没有手机、电话或电传，只好立刻派人快马急追，将"而"字补上。如此一来，文句便舒缓而有转折，抑扬而有顿挫，韵味自是不同，真乃一字千金。

余：这就是"文章千古事，得失寸心知"啊！声音节奏之道，当代散文作家有的是有意识而自觉为之，有的是凭感觉不知而行，有的则懵然而茫然。这需要学问，需要才气，同时也需要艺术的自觉与自律。又如"气"与"文气"，这也是当代论者很少研究的问题。孟子早就说过"我善养吾浩然之气"，韩愈也说"气盛则言之短长，声之高下，皆宜"，直至晚清，贵省的曾国藩还说要"文气不断"、"文气滂沛"，这些都是颇有道理的。我素有一个看法，英文用标点，是为了"文法"，中文用标点，则是为了"文气"。行文确实要文气流转，吞吐自然，生生不息，有机发展。现在有的人写散文，可说常常只见喘气，断气，乱写一气。

李：中国当代的散文作家，既要植根本土，向中国古典文学吸收传统的精髓，也应旁采西域，撷取西方文学的精华。你先后就读金陵大学、厦门大学和台湾大学外文系，又是中译英、英译中的双栖翻译家，而且长期教授英美文学，请你谈谈对西方散文的看法。

余：西方散文与中国散文当然可以作一番比较性的研究，但是说来话长。单纯从文体而言，西方也有历史散文，哲学与政论散文，抒情美文和记叙文，或者说，偏于知性的散文与偏于感性的散文。

就历史散文而言，公元 1 世纪希腊历史学家普鲁塔克所写的《希腊罗马名人传》大约相当于我国司马迁《史记》中的人物列传。写过《致友人书》的西塞罗，是古罗马的重要作家，而意大利马基雅维利的《君王论》一书，也是最早的有影响的散文著作。至于《圣经》，近乎宗教散文，其间有文化、传统与历史，成为欧洲思想文化的重要源头，对欧洲后世的作家有非常重要的影响。总之，西方较早出现的是历史散文，活跃在文史哲没有分家的泛文学时代，它是后来诸多文类的母体，也是后代诸多叙事文类得以产生的温床。

从 15 世纪欧洲的"文艺复兴"到 18 世纪之末，西方的散文有了长足的发展。16 世纪法国蒙田的《随笔集》，17 世纪英国培根的《人生论》，有人认为是西方散文真正的开端，为西方近现代散文奠定了基础；此外，英国兰姆的《伊利亚随笔》，也是一部重要的散文著作；19 世纪初爱尔兰文豪卡莱尔的历史散文，也可圈可点，19 世纪美国的爱默生，林肯曾称他为"美国的孔子"、"美国精神的先知"，其散文作品极具知性与哲理，他是西方近代的散文大家。总之，西方的散文特别是英国和法国的散文，对五四以来的散文颇有影响，从周作人、梁实秋、朱自清等人的作品中，都可以看到欧风美雨的留痕。

当代的西方，英美是一世界，英美之外是另一世界。散文作为一个文学门类，在现当代的英美不太发达，写散文的人虽然不算很少，但已经没有大师出现了，当然就更没有影响广泛的作品。西方的写作大约可以分为两类，一类是虚构的，如小说，这是主流文类，一类是非虚构的，如散文，成了次文类。在台湾，评诗、评小说的文章很多，评散文的则很少，散文的"受评率"远远低于以上两类。当代从事文学评论的博士、教授，他们的观念与理论大都受到西方的影响，运用的多是西方的话语和套路，不是评小说就是评诗，很少光顾散文。

李：你觉得西方散文哪些方面值得我们取法？你的写作受到西方散文什么影响？

余：我最喜欢 17、18 世纪英国散文作家的作品。培根、约翰生那些知性和充满哲理思考的散文，教会我要努力高瞻远瞩，并深入探索人生、生命和宇宙的底蕴。而我那种比较细腻的个人化的散文，倒反而更多受到西方诗的影响。因为我翻译了约三百首英美诗，其中的诗艺我心领神会，而且因为由英译中，对短兵相接学来的各派招式，体认更是深入一层，不仅惠及我的诗创作，也成了我散文创作的他山之助。

英文是西方语文中的主要语种，现代的中文深受其影响。我很早就提出过"善性西化"与"恶性西化"的问题，1976 年，我在《哀中文之式微》一文中说："不纯的中文，在文白夹杂的大难之外，更面临西化的浩劫。"（见《青青边愁》一书）1979 年，我连续写了三篇文章：《论中文之西化》、《早期作家笔下的西化中文》、《从西而不化到西而化之》，收入我的《掌上雨》一书，至今已有二十五年。1996年，我的《论的的不休——中文大学翻译学术会议主题演说》，收入《蓝墨水的下游》一书，也是旧议重提，陈见新说。简而言之，使中文更为丰富和生动的西化，就是"善性西化"，而使中文臃肿、笨拙的西化，就是"恶性西化"。在五四以来的作家中，有的人旁采西方，但仍是地道的中文，如刚才你提到的朱光潜先生，他的《给青年的十二封信》和《给青年的十三封信》，既是文艺欣赏的入门之书，又是很好的知性散文，我高中时即通读数遍，奉为入门指南，且当成文字流畅、音调圆融、比喻生动的散文来学习，日后我写知性散文，注意言之有物，更知道要讲究节奏与布局，正是始于孟实先生的启蒙。至于"恶性西化"，在五四以来某些作家的诗文中已屡见不鲜，而生硬的翻译，新文艺腔的创作，买办的公文体，高等华人的谈吐，西化的学术论著，这一切，都是恶性西化的"功臣"。有的译者之外文远未登堂入室，中国古典文学的根基又比较浅薄，他们的译文词汇贫乏、词组冗长，滥用副词词尾与被动语气，盲目搬用英文句法，以致文句繁复别扭，一般的作者不能读原文而读此种译文，他们下笔时其文字早经"恶性西化"之病传染了。

李：你曾主张文句的适度欧化，认为西文中紧凑的有机组织和伸缩自如的节奏值得效法，而文中插句和更活泼的倒装句法，可使中国文字更加鲜活。用我们当下的语言，就是文学创作也要改革开放，与时俱进，而"善性西化"的范例，在你的散文作品尤其是早期试验性探索性文本中比比皆是，如《登楼赋》、《逍遥游》、《咦呵西部》、《听听那冷雨》等篇章。同时我还认为，从古希腊以来，西方就有相对独立的学术传统与思想传统，创作者的主体与个体在散文中也颇为张扬，作家们推崇独立的精神，自由的思考，批判的立场，理性的探求，例如前面提到的蒙田的《随笔集》、培根的《人生论》，还有法国帕斯卡尔的《思想录》，都是极具个性与理性之作，被誉为"西方三大经典哲理散文"。中国的散文强调社会责任，偏重人生感受和灵性顿悟的抒写，当今之世，中国的当代散文或许可对西方散文的上述长处多所取法，只可惜大部分作者都不能读一手的原著，而只能啃二手的译文，但原著如同本色地道的美味佳肴，经过他国厨师的翻炒，就难保原汁原味，在这一方面，光中兄你是有美食家之福了。

余：你这样说，倒使我不免回首当年。我小学四年级开始学习英文，我的中文与英文的底子，都是在中学时代打结实的。我感激金陵大学毕业的英文教师孙良骥先生，他英语漂亮，教学认真，对学生严谨而又关切，循循善诱，我受益良多。中学时我已自修《莎氏乐府本事》，试译拜伦《海罗德公子游记》的一些章节。高一时参加校内语文竞赛，曾一举夺得英文作文第一名，中文作文第二名，英语演讲第三名。我后来之所以读外文系，与孙先生教我英语密切相关。我可以亲炙原文，和西方文坛的前贤时彦的灵魂对话，对我的散文创作与诗创作当然有所助益。同时，我在外文系教书，涉猎英美文学，也总是考虑对中国文学、中国文化有何帮助。

李：当代散文创作和其他文体的创作，恐怕都得植根东土，旁采西域。你国学修养深厚，能从悠久灿烂的传统承传魔法的精华，你对西学入而复出，如同唐僧从西方探知并取来炼金之术，加上生活的经历和阅历，加上不可多得的艺术才情与创造力，才能蔚然而成一代诗和散文的大家。

余：谢谢。来去匆匆，喷气机在飞机场上喊我们。君向潇湘我向秦，言不尽意，希望他日再聚而重与细论文。

海阔天空夜论诗
——余光中访问记

  喷气式飞机在启德机场等他。1985年9月10日夜，任教于香港中文大学中文系十年之久的余光中教授，这位台湾的名诗人兼学者，就要一飞冲天而横绝海峡，应高雄中山大学之聘去就任该校文学院院长兼外文研究所所长。青鸟衔来一纸书，我因香港中文大学中文系邀请赴港作学术交流而驱车南下，9月8日下午，位于沙田的中文大学依山临海风光如画的校园已尽收眼底。人生不相见，动如参与商，在这"你有你的、我有我的方向"的擦肩而过的时刻，我提议和余光中先生作一次诗的长谈。他的日程都被匆匆行色塞满了，我只能像钉子钉进质地严密的物体中去一样，将约请钉进9月9日夜9时半。宴罢归来，余光中如约而至，在中文大学中文系黄维樑博士的客厅。客厅高踞五楼，视界极宽，控长天而引连海的吐露港。是夜，星斗临窗旁听，涛声在远处奏着即兴吟成的夜曲。我们三人虽采取三国鼎立的姿态而坐，但由于我耳背，故挨近余光中，把他置于我的发问音程和有效听力范围之内；黄维樑博士是"文学的沙田"的护旗大将，他和余光中的交谊很深，彼此十分熟悉，所以他把发问权全部转让给我，只在旁边微笑而插话助兴。于是，我便向诗人发出了第一个问题——

"你认为什么是诗？"

　　我首先提出这一问题，是出于如下的动机：一是因为"什么是诗"或"诗是什么"，是诗学的基本问题，如同对任何事物作定性分析一样，无论从理论研究、具体批评或实际创作的角度，都需要对此有比较准确的理解，而古今中外的诗人和诗论家众说纷纭，都只能提供近似的解答，而美国当代大诗人佛罗斯特甚至说"诗是无法可下定义的"，以致这一问题竟成了诗歌王国中的"司芬克斯之谜"。其次，近几年来我国诗歌界强调诗的革新，新的诗潮和诗风的潮头所至与风向所指，确实使诗坛出现了前所未有的新的景象，但也颇不乏晦涩难懂与故弄玄虚之作，它们还得到了许多人的喝彩，这样，有的诗的读者乃至作者，或目迷五色而无所适从，或陷入迷魂阵中无法夺围而出，因而发出"不知什么是诗，更不知什么是好诗"之叹。此外，余光中是台湾的学者、诗人、散文家、评论家、翻译家一身而五任焉的人物，至今为止，他出版了近四十本著作与译作，仅诗集就有十五本之多。他的诗与散文曾多次在台湾获奖，台湾的诗刊《阳光小集》从意象塑造、创造、音乐性、想象力、语言驾驭、使命感、现代感、思想性、现实性、影响力等十个方面，以"青年心目中的十大诗人"为题让读者投票评分，结果是余光中摘取了那令人欣羡的青青桂冠。基于以上原因，我便把这一道难题推给了余光中，看他怎样越过古今诗人和诗论家都感到难以轻松超越的关口。

　　余光中莞尔一笑，以平静舒缓的语调侃侃而谈："这个问题涉及的层面很广，可以分几个方面来看。有人强调内容，例如'诗言志'就是，这种观点强调内心感情的表达，强调对社会、对国家和民族的一种责任感，个人的一种抱负，广义上讲是儒者的胸怀，道家的思想，有一类诗评家是强调这一方面的；另一类批评家认为不如从体裁和形式上来认识，如认为诗歌要有韵，甚至要有平仄和对仗，要用最经济的语言表达情思，也就是从外在的形式解释诗是什么。有人说'有韵为诗，无韵为文'，如英国诗人雪莱就认为'诗是用节奏来创造美'，他强调音调。"

听到这里，我想到不少人也试图从散文与诗的异同来解释诗，余光中在《论朱自清的散文》一文中，就曾说过："一般说来，诗主感性，散文主知性，诗重顿悟，散文重理解，诗用暗示与象征，散文用直陈与明说，诗多比兴，散文多赋体，诗往往因小见大，以简驭繁，故浓缩，散文往往有头有尾，一五一十，因果关系交待得明明白白，故庞杂。"我刚将话头提出，满脸和善的维樑彬彬有礼地插话道："元洛兄，你记得余先生关于诗与散文的区别那一番妙喻吗？他在《缪斯的左右手》一文中说：'诗像是情人，可以专门谈情。散文像是妻子，当然也可以谈情说爱，但是家务太重太难了，实在难以分身，而相距太近了，毕竟不够刺激。'"维樑对余氏武库如数家珍，如果有时间，他也许还会引述余光中"散文是一切文体之根，诗是一切文体之花，散文，是一切作家的身份证，诗，是一切艺术的入场券"等警言隽语呢。

"我想折中地讲，换一个方式说明好诗要具备什么条件吧。"余光中继续他的议论，眼睛在镜片后闪着智慧的光，"第一，有思想性，即知性。但是，哲学也有思想性，与诗有什么不同？诗是用形象思维，用具体的事物呈现抽象的思想，在内涵上它要有深沉的感情，'情思'一语把二者都包括了，诗人对世界、人生、社会的看法不仅仅是与众不同，而且应该是深刻的看法，比别人新颖、深刻和曲折；第二，在语言上，能有高强的控制和组织语言的能力，能把思想和感情用最有效的方式呈现出来。一首好诗好在哪里？总起来说，诗人的思想和感受与别人不同，有独创性，非常独特，写法和别人不同，非常独特。好诗，要做到内在的情思和外在的语言以及表达方式的和谐统一，对于人生、世界提供一种独到的看法，一种特殊的感受，增加读者对人生的了解，丰富他们对人生的体会，同时以独特的方式给他们以美的感受。"

壁上的挂钟指到了 10 点，但挂钟长短针的交错并没有剪断余光中的话语："一首诗看法独特，表现平易，还是有可取之处；表现独特，方式新鲜，思想一般，也有正面价值；如果想得又妙，写得又妙，那就是一首好诗了。什么东西不是诗或不是好诗呢？对人生没有深刻的体验，对本国语言没有巧妙的把握和经营，就算不得好诗，一些青年诗人对这两者都有欠缺，他那支笔没有锻炼，或平直，或政治化，思想如同口号一样表现，那自然不是好诗了。"

余光中是多产高质的作家，他的作品当然也不可能篇篇俱胜，有如同一株树上，也不免有结疤或虫蛀的果实一样。但是，他的《乡愁》、《乡愁四韵》、《寻李白》、《白玉苦瓜》、《摇摇民谣》、《碧潭》等作品，曾分别在《人民日报》、《诗刊》、《名作欣赏》、《台湾诗选》、《台港文学选刊》中转载过，还有其他许多作品，确实都可称"想"与"写"二美兼擅之作。今夕复何夕？共此灯烛光！面对海湾，听潮声如诉，我不禁想起余光中的近作《漂水花》。台湾诗人罗门到港，余光中和他同游海滨，两位年近花甲的诗人童心勃发，以石子打水漂漂为戏，相约以《漂水花》为题作诗。新加坡作家、评论家周粲，在 1985 年 7 月出版的《蓝星》诗刊发表文章题为《诗人竞技》，赞美他们的二重唱。他们的诗分别是："我们蹲下来 / 天空与山也蹲下来 / 看我们用石片 / 对准海平面 / 削去半个世纪 / 一座五十层高的岁月 / 倒在远去的炮声里 / 沉下去 /

六岁的童年 / 跳着水花来 / 找到我们 / 不停的说 / 石片是鸟翅 / 不是弹片 / 要把海与我们 / 都飞起来 / 一路飞回去。"（罗门）"在清浅的水滨俯寻石片 / 你说，这一块最扁 / 那撮小胡子下面 / 绽开了得意的微笑 / 忽然一弯腰 / 把它削向水上的童年 / 害得闪也闪不及的海 / 连跳了六、七、八跳 / 你拍手大叫 / 摇晃未定的风景里 / 一只白鹭贴水 / 拍翅而去。"（余光中）真所谓"高手一出招，便知妙不妙"，无足为奇的平凡生活小景，似乎并无深意的日常镜头，但遇到锦心绣笔的诗人，却可以化为"想得又妙，写得又妙"的上乘小品。于是，我请教诗人说："你写格律诗，也写自由诗，《漂水花》是自由诗，你对于这两种诗体的看法如何？"

余光中的回答，万变仍不离"什么是诗"或"什么是好诗"之宗，他说："现代诗人大半是写自由诗，但对这个'自由'往往有一种误解，以为可以自由得完全随心所欲，不要艺术的节制。实际上自由诗比格律诗更难写，格律诗还有个架子撑住。有人认为写诗必写自由诗，有人认为非格律诗不行，我以为这两者都可以写出好诗，如果有格律诗的自我锻炼和约束，就会有把握一些，或者说多一层把握，比如说浓缩、精练、文字上作特殊安排，有格律诗的训练就会有很大的帮助，许多诗写得拖沓、累赘，就是由于'自由'误人。好像不要任何形式和约束，那是消极的自由，很多青年作者有些误会，其实写自由诗没有这么简单。"

箭矢一发而射中诗的红心，余光中论诗使我产生了这种比喻之想。我平日读到的大陆和台湾的诗作，有不少就是自由而无节制的，散漫冗长，水分很多，但是，有些比较格律化的诗，是否面容偏于一律，一举手一投足是否过于整齐而像"仪仗队"出身呢？

"前人说过，游戏有规则，打球有界线，但光遵守规则不行，还得巧于变化。我对格律诗作者也有意见，这种诗体在 20 年代兴起，只求整齐而拙于变化，如每段四行，双行押韵，单数行长，双数行短等等。做到整齐不难，更高一层是整齐之中有变化，这就是格律诗的艺术。杜甫的律诗成就很大，他也是整齐中求变化的。我总爱想，以唐朝而言，李白是自由诗人，长处是腾挪飞扬，不是以整齐见长，最李白化、最兴会淋漓的是他的古风和歌行，杜甫则是格律诗人，在七个字的空间中回旋，回天转地，求其变化。写自由诗的作者心目中不妨有个李白，写格律诗的作者不妨有个杜甫。李白天马行空，自由洒脱，但不散不乱，杜甫讲究严谨，诗律精深，但他不是机械地对仗，他不刻板单调，例如《登高》中的'无边落木萧萧下，不尽长江滚滚来'，前一句讲生命，后一句说永恒，'无边'句与结束的'艰难苦恨繁霜鬓'之间，'不尽'句与'潦倒新停浊酒杯'之间，有潜意识的呼应。可以看到，中国古典诗歌逸兴遄飞，最喜把最长的时间和最大的空间来作背景，专有名词和地名在诗中用得很好。西方诗好玄想，好脱离时间，爱情诗是秀才人情，往往不太落实。中国诗的空间感和时间感更强，更鲜明，西方诗是很少见的。"余光中就我的想法，谈了他在这一方面的见解。也许他认为第一个问题可以暂时打上一个休止符了，丁是他强调说：

"新诗的好，或者说好的新诗，只用新诗本身的传统去看是不够的，要摆在古往今来的好诗中去衡量才可以确定它和它的作者的地位。北岛、舒婷、顾城是有创新的，有些诗和诗的意象不错，但西方人未免操之过急，过于强调新的一代了。诗和诗人，都要时间等待，也要时间考验。"

我赞成余光中这种历史的透视和登高望远的鸟瞰式的眼光，但作壁上观的时钟发出警告，已经快11点了，于是我赶紧提出第二个问题——

"你认为中国的新诗将怎样发展？"

　　20世纪50年代前期，台湾成立了三个著名的诗社，以纪弦为掌门人的现代派诗社，以洛夫、张默、痖弦为旗手的创世纪诗社，以覃子豪、钟鼎文、余光中为盟主的蓝星诗社，而余光中至今仍是赓续不断的《蓝星》诗刊的发行人。由于种种外在的以及台湾文学本身内在的原因，由50年代后期至60年代末期，晦涩、虚无、恶性西化的极端现代派的狂潮，在台湾诗坛翻波涌浪整整十年。从1959年起，台湾诗坛内外就"现代诗"的种种问题展开了几次激烈论战。余光中针对全盘否定台湾现代诗的观点，写了《诗人何罪》一文。他在大陆读书时发表诗作，承续的是二三十年代闻一多等人格律诗的流风余韵，去台湾后他也一度在西化的路上驰驱，从他的诗中，可以见到他西游的行踪。然而，问君西游何时还？他很快就回到了正确的轨道，在几次论战中扮演了主要的角色，他既批评了思想保守、株守遗产而不思开拓的"孝子"，也批评了否定传统、一心向西天取经而不回归家园的"浪子"，他戏称自己是"回头的浪子"。他强调和谐地处理中国与西方、传统与现代、继承与革新、个人与时代之间的关系，他的一系列文章，见于他的评论文集《分水岭上》、《掌上雨》以及《逍遥游》、《望乡的牧神》等散文与评论的合集之中。台湾诗坛极端现代主义的狂潮在70年代之初开始告退，代之而起的主流则是乡土诗歌，这一诗潮主张面向乡土、人生和时代，反对极端现代主义诗歌的晦涩虚无，但许多作品又不免流于浅白直露，缺少诗质和诗味。余光中主张台湾文学是中国文学的一部分，同时，他是从事诗歌创作三十余年并且活力不衰的诗人，是台湾现代诗三十年来变迁史的参与者和见证人，他认为台湾的现代诗走了很多年的弯路，走得太远了，希望国内的现代新诗要有节制，不要走得太远，因此我过去已发表过《望远镜中的隔海诗魂——余光中诗观遥测》、《前车之鉴——从台湾诗坛看现代派》两篇文章（收入拙著《李元洛文学评论选》，湖南人民出版社1983年出版），粗略地描述过台湾新诗发展的轨迹，也大致介绍过余光中的诗观，现在，当面请他表述对"中国新诗将怎样发展"这一问题的见解，我想会有助于我们某些人神志清明，而不致过于主观自是，自以为众人皆昏而我独醒，众人皆保守而我独先进，至少，从前行者的脚印，我们可以得到某些有益的借鉴和教训。

对我的问题稍一沉思之后，客厅里又响起余光中从容不迫的语声，我想他在课堂里也是这样一派学者之风的："照我看来，内地的诗人由于开放，对外国和港台的诗表现了相当强烈的兴趣，这是可以理解的，同时，三十多年的时间过去了，从文学运动的发展看，也应该有一个新的格局。下一代要反上一代是自然的事，许多国家的文学史的许多篇章就是这样书写的，'后浪'来了，作为上一代的'前浪'也不能成为不让路的凝固的波浪。但是，是否能反掉也是对上一代的考验，真正美的东西是反不掉的，李白、杜甫能反得掉吗？反不掉的！以前大陆的诗强调民族形式、强调民歌，但不少人写来是固定的套套和格律，形式也变化不多，所以新一代诗人喜欢写一些新的题材和主题，喜欢写自由诗，在形式技巧方面求新的发展，这是一种自然的反弹。诗的生命在于灵活多变，违反或损害了它则不是诗的福气，中年和老年的好诗人，也还都是在求发展、求变化的。"

洗耳恭听已久的维樑毕竟不甘寂寞，这位年轻的学者著述颇丰，十分勤奋，还曾编著《火浴的凤凰——余光中作品评论集》

一书。他插言说：“余先生自己的诗就是灵活多变的，三十多年来可以分为几个阶段，变化而不凝固，丰富而不单调。例如他写李白就有《戏李白》、《寻李白》、《梦李白》，写法，形式和风格各不相同，他写伞就写了六种，六首诗分别咏六种伞，总题为《六把雨伞》，内地诗人流沙河曾经发表过评赏文章。余先生前后写了好几首表现‘乡愁’的诗，就如最近的《心血来潮》吧，较之以前的《乡愁》、《乡愁四韵》等篇，就是新的变奏。”维樑大约是诗兴来潮，他以略带广东口音的普通话背诵起来，并说：“余先生的心血与潮水二而一，一而二，乡愁浓郁构思新妙。不知元洛兄以为如何？”

我还来不及赞一辞，余光中早就接过了话头：“在台湾诗坛，善变而有才华的诗人之中，洛夫就是一位，他是你的湖南同乡，1949年在湖南大学外文系念过书。他前期的一些诗相当晦涩，后来变了，将西方诗的优点和传统诗的长处结合起来，意象常常创新出奇，他虽是老诗人，却仍然有新力。”饮了几口茶，算是在我长时间的“拷问”之后略事休养生息，诗人转而谈到台湾诗坛的现状：“目前台湾青年诗人对大陆三十年代的诗作初次接触，他们反觉新鲜，那时的新诗强调载道，侧重反映社会现实的主题，台湾青年诗人觉得这种诗风和写法很新鲜。海峡两岸有些时空颠倒，大陆诗力求现代化，台湾诗却追求30年代的优秀传统，以前一提‘传统’就认为是贬义词，现在转过来了，主张群体性，大众化，认同社会，与大陆许多人倾心于自我表现不同。台湾现代诗从总的倾向看，对晦涩、虚无、恶性西化作了反省与否定，认识到要面向时代、社会和人生，从前是走西化的路，现在是走民族的路，而且比较富于社会性，但又要防止浅白直露缺乏诗味的倾向。晦涩的诗正变成明朗化，但在明朗方面还要加工，变成既明朗而又味道很深就好了。文坛的风气总是这样，扶得东来西又倒，有自己的定见和追求，不随风趋时，是不容易的。"

听了余光中这番议论，我深感这是知情人所说的内行话。新诗，既要继承传统，又要借鉴西方；既要表现时代，又要抒写心灵；既要单纯明朗，又要蕴藉耐读；既要求新求变又要雅俗共赏。缪斯所指引的诗的长途，实在也太坎坷难行了，但是，以前历代诗的智者与勇者曾经不绝于途，他们征服艰难，建立了他们时代辉煌的诗的凯旋门，新诗人当然也不会做屈原、李白、杜甫的不肖子孙。诗，和青春订的毕竟是永不相负的盟约，青年是未来中国新诗的希望之所在。于是，我便请教说："余先生，你能谈谈对青年诗人的看法和希望吗？"

"好的。"余光中欣然作答，盛名之下的他，并没有那种飞扬跋扈不知为谁而雄的神气，尔雅温文，语如溪水之潺潺："我认为，年轻诗人要认识艺术家与人生的关系。陶渊明和杜甫都是写人生，但陶渊明不刻意为诗，杜甫常常想到要做一个诗人，他对于诗，有一种自觉和责任，这种态度值得深思。此外，我们不能要求年轻诗人读遍天下的好诗，但我认为初学写诗的人要走一条较宽广的路，阅读的视野越宽越好，不要把自己囚禁在小圈子里。古典诗很重要，外文著作也要看，他们应该有空间感和时间感，知道别的国家和地区在诗上发生了些什么东西。有些诗人受一家或几家影响，他们能入而复出，加以变化发展而继往开来。最重要的是，青年诗人应该具有历史感，如杜甫所说的'文章千古事，得失寸心知'，要对自己在历史上站在什么阶段，在时空中占有什么地位，比较有自知之明，不是绝缘地片面地去接受一种诗潮和诗风，便以为是最后的真理。将来中国任何诗人的成就，都要放在这一代（大陆、港台、新加坡等）全体中国诗人中来比较，要把自己摆在中国诗史上，才能知道自己站在哪里，走到了哪里。"

倾听余光中的诗论，我的思想脱缰而逸，不知怎么"思接千载"起来，和一千多年以前的曹丕神交了片刻。曹丕在《典论·论文》中不是高唱"文章乃经国之大业，不朽之盛事"吗？"经国之大业"不免把文学的社会作用看得过大过重，"不朽之盛事"则庶几近之。但真正屹立在时间之风沙中而不朽者，文学史上能有多少？时间已近午夜，我虽然毫无倦意，但总不能拖着他人陪我肃肃宵征吧，对曹公的高论不及深思，我赶紧提出第三个也是最后一个问题——

"请谈谈你个人对诗的追求"

余光中从 1947 年在厦门大学外文系就读时发表诗作，在诗的园地里勤奋笔耕已有三十余年，尽管我们不必赞扬他的全部诗作与诗论，但作为一个热爱华山夏水及其悠久文化的杰出诗人，他在诗歌艺术方面的努力及成就，也应该是我们研究的对象。台湾的湖南籍学者、文艺评论家颜元叔教授，在 1985 年 10 月 2 日《中国时报》上发表《诗坛祭酒余光中》一文，他说："时报文学奖今年将诗的推荐奖，颁给余光中教授，实至名归……余光中的诗作，经过三十年的积累，质与量，都是现代诗上的一项主要成果。"这代表了台湾的文学批评界对余光中的评价。因此，请他作经验之谈，对大陆的诗歌作者未必不是"他山之助"。

"让我想想吧。"余光中悠然回首，时间之流倒退了二十年，"叶维廉（台湾名学者与诗人——李注）近二十年前有次到我家时，曾经问我：'你写诗有无好好的计划，去捕捉和追求一首诗？'他以为我写诗比较随便，他认为写诗要有计划，有严密的准备，而我觉得诗有追求来的，有些是心有所感，不求自来的，我写诗，等来的则多于追来的。其实，等并不同于守株待兔，对生命、对人生的感触像昆虫的触须，要十分敏感。除了对生命，还要对文字保持敏感，假如内在的生命完结了，也就等不来了。"

"余先生，唐诗人贯休所说'尽日觅不得，有时还自来'，大约就是此之谓也吧？"我说。

"正是。"余光中粲然一笑，"等来的不见得如何深刻、复杂，但很自然，陶渊明的那种诗就很难写。然而，也不能老等，诗人年华老去而能追诗，也是一个考验。我中期写诗也好，写散文也好，比较刻意，有实验性，我想把中国语言推到创造的边缘，看效果能达到什么极限。"

对生活与文字的敏感以及高强的驱遣文字的能力，是建造诗的殿堂的重要支柱。余光中谈到他的散文，我不禁想起最近一期的《香港文学》，该刊发表了老作家柯灵为中国友谊出版公司即将出版的《台湾散文选》所写的序，这位老作家在序中单独标举余光中，对他的散文及其语言备加赞扬，并说："四年前在香港中文大学的一次现代文学研讨会上，有幸认识余光中先生，得开眼界，接触他的作品，自此锐意搜求耽读，以为暮年一乐。"（此序复刊载于 1985 年 11 月 30 日《文艺报》——李注）那光景，如果我不恰当地比喻一下，颇有杜甫晚年在湘江舟中读到苏涣的诗那样动情。是的，"酒入豪肠／七分酿成了月光／余下的三分啸成剑气／绣口一吐就半个盛唐。"（《寻李白》）"白露为封面，清霜作扉页／秋是一册成熟的诗选／翻动时满是瓜香和果香／又月满中秋，菊满重阳。"（《秋兴》）"流浪的岁月，流浪的一代飞扬在风中，风自西来，愈吹离旧大陆愈远。他是最轻最薄的一片，一直吹落到落矶山的另一面，落进一英里高的丹佛城。丹佛城，新西域的大门，寂寞的起点，万嶂砌就的青绿山岳。一位五陵少年将囚在其中，三百六十五个黄昏，在一座红砖楼上，西顾落日而长吟："一片孤城万仞山'。"（《蒲公英的岁月》）"从我的楼上望出去，马鞍山奇拔而峭峻，屏于东方，使朝暾姗姗其来迟。鹿山巍然而逼近，魁梧的肩膂遮去了半壁西天，催黄昏早半小时来临，一个分神，夕阳便落进他的僧袖里去了。一炉晚霞，黄铜烧成赤金又化作紫灰与青烟，壮哉崦嵫的神话，太阳的葬礼。"（《沙田山居》）在余光中这些诗句和散文片段中，不正是跃动着对生命和语言的激情与敏感吗？

"我目前的写作有一个倾向，"余光中未因夜深而迟钝的谈锋割断了我的遐思，他说，"力量不想使尽，没有中期的实验性，这也许是为自己的锐气渐消而解嘲。'藏巧'是一种蛮高的境界，我中期有点'炫富'，现在应该纯朴一点，然而，技巧上纯朴一点，却不是'藏拙'，是希望富有而不炫耀。"

余光中70年代初写过《大诗人的条件》一文，他认为"多产、广度、深度、技巧、蜕变"是大诗人的五个条件，我便问他："余先生，你的作品在题材与主题方面颇多变化，不知你有哪些考虑？"

余光中笑而作答心自闲："主题上我因中期写怀乡、怀古的东西多，希望在此范围外找到新的主题，找到新的主题不容易，对人生的理解和看法不断开拓是很难的，一个人能不能发现新主题，也是一种难得的才气。"

这时，维樑已从书房拿来余光中的文集《听听那冷雨》，其中所收的同名文章，就是为柯灵在前述序言中所激赏的。维樑翻到《大诗人的条件》一文说："余先生在这篇文章中说过：'一个次要诗人的生命，往往是'成'，是'一成不变'。大诗人的生命，则是'生'，是'生生不息'，是'长生不死'。大诗人的生命，恒予人一种流动之感，飞越之势。次要诗人是静态的，无所谓时序。大诗人是动态的，所以有春秋代序。'这段话，可以和余先生刚才

又及：張道穎四月廿九日自台南
来高雄看我。已于今日返美。

維樑：

前致一函，未知收到否？

今日聯合報頭條報導我與近40人向教育部抗議國文課綱「去中國化」，內頁A8又大幅報導我與许倬雲、張曉風表示針对此事抗议之内容。

五月二日凌晨一时半王安忆才和丈夫李章抵高住進西子灣海景賓館。這一週，我会很忙。同时，華中師大院長罗良功，教授聶珍釗亦在中山大学交流。不知他们教过陳婕否？

奉上拙作二首，乞代兑售。其中「招魂」乃為端節活动而作（我们May.28-Jun.5 去開封、洛阳）；「送夢蝶」則悼五月一日病逝之詩友周夢蝶而賦。如此即祝
（開封）

俪安   光中 2014.5.3

余光中 2014 年 5 月 3 日致函黄维樑述近况

说的互相印证发明吧？"

我点头称是，余光中则顾左右而言他："西方诗人很能写第三人称的东西，所以叙事诗多，中国古典叙事诗和新诗中的叙事诗都不发达。美国诗人爱伦·坡认为长诗非诗，我认为当代人写史诗不很实际，长一点的叙事诗是比较实际的考验，台湾《中国时报》评奖叙事诗，规定二百行以上，但成绩一直不好。我写人物少，写主观的诗多，许多感受是从本身出发的。但写主观感受，要有历史感和文化背景，否则可说是有笔无墨，有历史感和文化背景，才是有笔有墨，不光是平面的想象。至于在形式上，我近年来诗的形式大都不分段，从头写到尾，不像格律诗那样整齐地分段，给人一气呵成之感，这一方面是中国古风的传统，一方面是对西方不分段的无韵体诗的借鉴。"

在我要求余光中谈谈对台湾诗人的看法后，余光中说："这个问题属于臧否人物，不太好说。杨唤的诗可说是台湾诗现代化前夕产生的诗，他承大陆 30 年代诗之先，启台湾 50 年代诗之后，可惜他二十四岁就因车祸去世。郑愁予的诗秀气，尤其是早期，颇有中国古典诗词的韵味，又有中国现代语言的活泼，可惜主题较小，面窄，格局和语言的变化不大。痖弦很聪明，有才，对语言特别敏感，风格几经变化，写民谣体也写西方格律诗，擅写人物，这一类诗很独特。杨牧的散文有相当高的成就，有些诗也不错，但有的作品难懂，过分感性化，细节太多，难以把握他的主题。洛夫中年以后变得很多，他很有诗的感觉和诗的才华，近些年来很有些好诗，如去年你们湖南的《芙蓉》转载他曾在台湾发表的《血的再版》，就写得很不错……"

余光中话还未了，言犹未尽，电话铃声忽然急促地呼唤起来，原来是他的夫人范我存女士打来的电话，我们三个诗国的神游者不约而同地抬头看钟，嗬，已将近凌晨一点！余光中曾写过一篇风趣横生的散文《催魂铃》，历数家中电话不断之苦况，维樑也曾著文详加赏析，此刻铃声传来的是贤内助的关怀，余光中自然不致丢魂落魄，但他也缓缓欠身而起，连声说："对不起，对不起，今天就谈到这里吧，我回去还要收拾行装，还要连夜给卞之琳、柯灵几位老前辈写信，向他们告别……"

走出户外，只觉秋夜的星空灯火辉煌，海湾的潮声乐曲缠绵。送别诗人，"春明门外即天涯"，中文大学的山道上只有台湾相思树而没有灞桥青青的杨柳，"挥手自兹去"，启德机场只有现代引擎的隆隆而没有唐朝斑马的萧萧。诗人1966年在《当我死时》一诗中唱道："当我死时／葬我／在长江与黄河之间／枕我的头颅／白发盖着黑土／在中国／最美最母亲的国度。"1977年，他在散文《高速的联想》中也曾抒写心迹："更大的愿望，是在更古老更多回声的土地上驰骋。中国最浪漫的一条古驿道，应该在西北。最好是细雨霏霏的黎明，从渭城出发，收音机的天线上系着依依的柳枝。挡风窗上犹泡着轻尘，而渭城已渐远，波声渐渺。甘州曲，凉州词，阳关三叠的节拍里车向西北，琴音诗韵的河西孔道，右边是古长城的堆堞隐隐，左边是青海的雪峰簇簇，白耀天际。我以七十里的高速驰入张骞的梦高适岑参的世界，轮印下重重叠叠多少古英雄长征的蹄印。"

诗人辗转反侧梦寐思服的大陆母亲，也在忆念着出门时是青青子衿而今却鬓已星星也的游子。呵，诗人，什么时候，你能回来重温儿时和少年的幻梦？偿还中年和老年的思念？歌唱你魂牵梦萦的夏水华山？什么时候，我能在湘江边为远道而来的你洗尘，读你的诗篇《湘逝——杜甫殁前舟中独白》，并和你一起点燃杜甫与李商隐遗落在长沙的红烛，再次"海阔天空夜论诗"呢？

隔海的缪斯
——论余光中的诗艺

将近四十年前,一位就读于厦门大学外文系的鬓发青青的学子,在缪斯的殿堂里点燃了他第一炷心香,在厦门的《星光》、《江声》二报发表诗作。随后,他越过"一湾浅浅的海峡",将那座美丽岛作了他的第二故乡。海峡波涛淘去了匆匆岁月,他虽然两鬓过早地飞霜,但至今已出版了三十余本著作,其中包括十四册诗集。开放的风,近几年来也将他的名字吹进大陆广大读者的心中。他,就是台湾著名学者、诗人和散文家余光中。

余光中的诗,在台湾与海外已有公论。1952 年,他的处女诗集《舟子的悲歌》出版,梁实秋就立即著文评论,称赞"那是一部相当纯粹的抒情诗集"。德国诗人杜纳德在余光中诗集《莲的联想》德译本"导言"中,认为他的诗"上承中国古典和英国浪漫派诗风,与 30 年代中国现代抒情诗相连,并接受美国现代文学的启发,纳古典于现代,深广透达,融汇了多种文化而不离其宗"。香港学者黄维樑编著厚达四百余页的余光中作品评论集,题名为《火浴的凤凰》。他在导言中认为:"我国现代文学的众多作家中,余光中是最重要、最杰出者之一。"1985 年,余光中获台湾《中国时报》的"新诗推荐奖",著名学者、文学批评家颜元叔以《诗坛祭酒余光中》为题撰文,列举五项理由,指出余光中的诗作"是中国现代诗上的一项主要成果"。

真正的诗,是不分族界也不分国界的,何况余光中本是炎黄子孙,屈灵均的流浪的后代?何况我们只相隔一湾天然而一苇可航的海峡,一道人造而一举可平的鸿沟?为了我们民族共同的诗神,且让我站在杜甫行吟过余光中也歌唱过的湘水之边,对余光中的诗歌艺术作轮廓式的遥测。

独特性与普遍性

余光中的优秀作品,是独特的审美感受与普遍的美学概括的结合。

诗歌创作,是最个性化最富于个人才气的事业,它要表现诗人对于生活新鲜独特异于常人的艺术感觉和美学思考,要求诗人对于生活与自己的心灵,有新鲜独特的不同于别人的艺术感觉和美学表现。如果不突破习惯性、习常性的思维与感情的模式,让求异性艺术思维与感情体验得到非一般化的审美表现,那就没有诗,因为那种共同的模式与相同的体验,只能使诗的美神逃得无影无踪。但是,诗既应该是诗人独特的美学创造,同时也应该是能引起许多读者共鸣通感的美的刺激物,绝不可排斥对于人所共通的情绪和情感作出具有普遍意义的美学概括,只是热衷于表现那种貌似新潮、实则旧浪,貌似开放、实则封闭的与外界绝缘的情绪,诗的美神也同样不会翩然光临。创作与欣赏是一种双向同构关系,真正的诗,必然具备独特个性与普遍概括的双重品格,既充分显示诗人这一审美主体美感体验的独特性和美学表现的新异性,同时,无论是从中国传统诗学和西方当代接受美学的观点来衡量,它又要能调动读者——作品的审美主体共感与思考的积极性，和作者共同完成对作品的艺术创造。

50年代中期以后至60年代末期的台湾诗坛，晦涩、虚无与恶性西化成为积久难返的重症。许多诗人绝对化地以"自我表现"作为创作的最高准则，他们强调极端个性主义，认为诗是纯粹的与世界绝缘的个人心灵世界的表现，于是他们制造了许多分行而非诗的呓语、谜语和胡语。余光中开始也不免受到这种季候风的影响，但他很快就校正了自己的航向，对台湾极端现代主义的诗风痛下针砭。早在1962年他就指出"内在的虚无与外在的晦涩，使中国的诗面临空前的危机"，"反理性、反价值、反美感，以至于反社会、反文化，而自命创造'新的颤栗'和'孤立而纯粹的世界'，事实上许多（我并未说全部）现代诗作者只是在自虐，兼而虐待读者"（《古董店与委托行之间》）。直至1968年，他还在大声疾呼："现代诗目前所面临的问题，不是追求纯粹性，而是拓宽接触面，扩大生存的空间。现代诗如果不甘于做文学中的孤城，而坐视疆土日减，就应该和小说、戏剧竞争一下，现在已经到了走出象牙塔，去拥抱'你'和'他'的时候了。"作为一位看重诗的"主观性"同时也看重诗的"社会性与时代性"的诗人，余光中有相当数量的作品，做到了独到的艺术感受与普遍的美学概括的结合。

从主题学的角度看来，"乡愁"，可以说是中国诗歌的一个"母题"。自《诗经·豳风·东山》篇谱下了中国诗歌中乡愁交响曲的第一个乐音之后，乡愁诗成了中国诗歌的独立的主题系统。由于人所共知的时空阻隔与人间悲剧，"乡愁"更是当代台湾诗创作的一个重要主题，也构成了余光中诗作一个引人瞩目的序列，从早期的《五陵少年》与《当我死时》，到中期的《民歌》与《乡愁》，到近期的《唐马》与《漂给屈原》，到不久之前的《黄河》

与《心血来潮》，同一主题反复变奏，他的乡愁诗既不同于台湾其他诗人的同类主题之作，也绝不重复自己任何同类主题之篇，而是力争每一首都有自己对于生活与心灵新的体验与新的艺术表现，就像是日出，虽然是同一个太阳却每天光景常新；就像是花树，虽然是同一株乔木但每年却是新的绿叶红花。用余光中自己的话来说就是："一位作家的才气，在于对生命的敏感和对文字的敏感。"余光中的乡愁诗，显示了他对于生命和文字的敏于感受，显示了艺术生命的唯一性即不可重复性，同时，他的感受绝不仅仅是一种个人的封闭性的体验，停留在不与读者交流的绝缘的平面，而是通向人生、世界和时代，向美学的高层次提升，获得能引起许多人感应与感通的美的素质。他的传诵一时并为《人民日报》所转载的《乡愁》是如此，下面的《民歌》也是这样：

传说北方有一首民歌
只有黄河的肺活量能歌唱
从青海到黄海
　风　也听见
　沙　也听见

如果黄河冻成了冰河
还有长江最最母性的鼻音
从高原到平原
　鱼　也听见
　龙　也听见

如果长江冻成了冰河

还有我，还有我的红海在呼啸

从早潮到晚潮

  醒　也听见

  梦　也听见

有一天我的血也结冰

还有你的血他的血在合唱

从 A 型到 B 型

  哭　也听见

  笑　也听见

　　《民歌》与《乡愁》的写作时间相近，同是家国之思，同是对华山夏水的依恋，同是形式严谨的格律诗风，但感情体验却是一个活跃而丰富的世界，艺术表现也是一个宽广而常新的领域。它们的美感体验和艺术表现完全是余光中个人的，烙上了他的个性的深刻印记，但这种感情体验确实又是当代千千万万中国人的情怀的概括，也就是说，诗人的独特感受和表现提升为一种具有当代意义的普遍性情境，获得了高层次的社会价值与美学价值。

　　有位哲人说过："爱情的痛苦是最个人的痛苦。"余光中的爱情诗的特点之一，就是不以第三人称来写他人的爱情，而往往是以第一人称来写自己的爱情。这，本来应该是最个人化最隐私的情感了，可是，它们却引起了许多少男少女和非少男少女的共鸣。如他早期的被称为"新古典主义"诗集《莲的联想》之中的《碧潭》、《等你，在雨中》等篇，即是如此。余光中 1985 年 9 月离开任教十年之久的香港中文大学回台湾，任高雄中山大学文学院院长兼外文研究所所长，在 1986 年 9 月 2 日结婚三十周年纪念之时，他又有香港之游。他在商场买了一条项链送给夫人范我存女士，并于当天赋诗一首，后来发表在香港《明报月刊》，题为《珍珠项链》：

滚散在回忆的每一个角落
半辈子多珍贵的日子
以为再也拾不拢来的了
却被那珠宝店的女孩子
用一只蓝磁的盘子
带笑地托来我面前，问道
十八寸的这一条，合不合意？
就这么，三十年的岁月成串了
一年还不到一寸
好贵的时光啊
每一粒都含着银灰的晶莹
温润而圆满，就像有幸
跟你同享的每一个日子
每一粒，晴天的露珠
每一粒，阴天的雨珠
分手的日子，每一粒
牵挂在心头的念珠
串成有始有终的这一条项链
依依地靠在你心口
全凭这贯穿日月
十八寸长的一线因缘

如果说，《乡愁》、《民歌》那一类作品缅怀家园，诗人主观的小世界易于通向时代和社会的大世界，那么，为纪念结婚日而送给夫人一条项链，那就应该纯粹属于小我的私情了。结婚三十年在西方名为"珍珠婚"，而"珍珠项链"确实是他们夫妻之间私相授受的信物，但是，它在余光中诗中却升华为一种美的象征。诗人以独特的美的构思，在"性解放"成为当代的一种世纪风之时，赞美了那坚如磐石、忠贞相守的传统的东方式恋情。是的，珍珠项链也许不是恋人间或夫妻间表示情愫的普遍方式，但坚贞不渝、白头偕老的感情作为一种高层次的美学感情，作为一种东方传统精神和世间美好人性，却普遍地存在于人世之中。因此，当余光中作出实有而空灵的诗的表现时，它就超越了诗人的自我而获得了广泛的意义。

诗，是充分感性和个性化的，抽象空洞的理念和习用的思想公式与诗无缘。因此，"小我"——即诗人对于生活独特的艺术感受和艺术表现，应该是创作的出发点或者起点。但是，出发点却并不就是终结，起点也并不就是归宿，终结与归宿应该是"大我"——广阔的时代、社会与人生。余光中的成功诗作，提供的是个性化抒情与普遍性概括相结合的经验。

传统与现代

余光中的优秀作品，是传统精神与现代艺术意识的联姻。

从 50 年代末期到 60 年代，台湾诗坛曾经发生过多次论战，论战的焦点之一，就是如何对待传统以及传统与现代的关系。当时，对待传统有两种完全背反的态度，一种是否定纵向的继承，而只主张横向的西化，这一派以纪弦作盟主的正式成立于 1956 年的"现代派诗社"为代表，该诗社成立时发表"现代派信条释义"六条，其中两条是："我们认为新诗乃横的移植，而非纵的继承，这是一个总的看法，一个基本的出发点，无论是理论的建立或创作的实践。""我们是有扬弃并发扬光大地包容了自波特莱尔以降的一切新兴诗派之精神与要素的现代派的一群。"他们反对的是中国民族诗歌的传统，但却主张全盘继承西方形形色色的现代派的传统。另一派人数较少，他们对传统持凝固化的观点，以为传统是不变的不可以更新、丰富和发展的凝固体，他们一概拒绝外来的西方的事物与文化。在当年西化之风劲吹而保守僵化之调常唱的台湾诗坛，余光中既反对全盘西化也反对守旧僵化，在八面来风中和陈年老调里，他颇具定见与定力地弹奏自己的诗弦。

余光中认为，任何现代诗人的创作都要受到时间与空间的限制，从纵横交错的坐标上考察，在空间上要强调民族性，在时间上要强调时代性，在艺术上要正确处理传统与现代的关系。他把食古不化者称为死守遗产不思发展的"孝子"，把食洋不化者称为流亡海外不思回归的"浪子"，而把那些向西方取经终于回归民族与传统的人称为"回头的浪子"。1959 年他在《新诗与传统》一文中说："新诗是反传统的，但不准备，而事实上也未与传统脱节。新诗应该大量吸收西洋的影响，但其结果仍是中国人写的新诗。"1963 年，他写成《迎中国的文艺复兴》一文。他认为中国文艺的现代化运动应该"是民族文艺本身纵的发展，不是国际化了的横的输入，它要西洋文艺服役于中国文艺，不愿沦中国文艺为西洋文艺的殖民地。它必须先是中国的，然后才是世界的；必须先是现代中国的，然后才是现代世界上的"。（引文均见《掌上雨》）余光中是一位对于时代富于责任感和对于文学富于使命感的诗人。他说："蓝墨水的上游是汨罗江"，"要做屈原和李白的传人"，他说："我的血管中有一条黄河的支流"，"真正的诗人该知道什么是关心时代，什么是追随时尚。"他的诗歌创作，1955年由传统的格律诗时期而转向现代主义，1960年他写了向现代主义挥手告别的长诗《天狼星》，走向以《莲的联想》为转折点的新古典主义时期，以后他的道路与风格虽然仍多所变化，但可以说，自此之后他的诗作，自觉而成功地处理了传统与现代的关系。

我以为，传统，主要是指中国诗歌的内在精神与艺术精华，包括屈原所奠定而为历代杰出诗人所发扬的忧国忧民的精神，那种对人生的担待感和对文学的使命感，也包括多彩多姿的流派风格，丰富多样的表现艺术以及语言艺术的深厚积累；现代，则是指20世纪当代诗人所应具有的现代观念与意识，现代思维方式以及现代诗艺。余光中对中国古典文学有相当深厚的修养，他出身于外文系，数度讲学和游历欧美，娴于译事，对西方文学包括英美诗歌有登堂入室的了解。他于二者能够入而复出，出而复入，吸收其精华而为己所用，所以他的诗作特别是中后期的作品，既能回归到民族传统精神与艺术规范的轨道，又能开放性地广收博采，变化求新，既洋溢中国古典的清芬，又闪耀着新的时代甚至异域的异彩，民族性与现代性兼而有之，构成他既传承又开放的富于传统性与当代性的诗歌系统。我从他的旧作与新篇中，随手拈来如下片段：

十六柄桂桨敲碎青琉璃

几则罗曼史躲在阳伞下

我的，没带来，我的罗曼史

在河的下游

如果碧潭再玻璃些

就可以照我忧伤的侧影

如果舴艋舟再舴艋些

我的忧伤就灭顶

——《碧潭》

诗人写的是东方式的现代爱情，以"玻璃"喻水，以"舴艋舟"喻船，使读者想到欧阳修"无风水面琉璃滑"（《采桑子》）和西湖边"桃花红压玻璃水"的联语，以及李清照"只恐双溪舴艋舟，载不动，许多愁"（《武陵春》）的名句。但是，从余光中的诗中不仅可以看到我们民族文化的深层积淀，而且从外来名词"罗曼史"的化实为虚和"玻璃"、"舴艋舟"的词性活用，也可看到对西方现代诗歌的意象经营与词法变化的借鉴。又如：

——让我，也举镜向你致敬吧

亿万的镜头，今夜，都向你举起

六寸的短镜筒，一头

是悠悠无极的天象，一头

是匆匆有情的人间，究竟

这一头有几个人能够等你

下一个轮回翩然来归？

至少我已经不能够，我的白发

纵有三千丈怎跟你比长？

下次你路过，人间已无我

但我的国家，依然是五岳向上

一切江河依然是滚滚向东方

民族的意志永远向前

向着热腾腾的太阳，

跟你一样

——《欢呼哈雷》

诗人对哈雷彗星的咏唱，显示的是一种深沉博大的现代人的宇宙意识，但又仍然表现了中国诗人传统的入世精神。"我的白发纵有三千丈怎跟你比长"，是李白的《秋浦歌》中诗句的巧妙翻用，然而从跨行句的灵活驱遣，又可看到诗人对西方诗歌句法的吸收取法。

没有传统作渊源与背景的现代，是无源之水，无本之木，是对民族性的背弃和对深层的历史文化意识的放逐，那种作品必然缺乏民族的美学特色，缺乏深刻度与厚重感；相反，没有现代观念和现代艺术意识观照的传统，又往往无法焕发出新意与生机，无法获得现代的面貌与光彩，那种作品难免不是老曲重弹的流水调，或古色古香的假古董。只有传统与现代的融合，才会像一株常青树扎根于肥沃的土壤，又承受新的雨露阳光，根深本固而繁英满树。我且用余光中新近出版的诗集《紫荆赋》中的一首作品为证：

为什么要苦苦去挽救黄昏呢？

那只是落日的背影

也不必吸尽大泽与长河

那只是落日的倒影

与其穷追苍茫的暮景

埋没在紫霭的冷烬

何不回身挥杖

迎面奔向新绽的旭阳

去探千瓣之光的蕊心？

壮士的前途不在昨夜，在明晨

西奔是徒劳，奔回东方吧

既然是追不上了，就撞上

——《夸父》

逐日的传说最早见于《山海经》，自陶渊明《读山海经》诗之后，历代不少诗人都抒写过这一题材，但大都是陈规旧套。余光中的诗则完全出之以逆反心理，作创造性思维中的"逆向运动"，做的是"反向"而非"顺向"的文章。前人是写顺道而"追"，余光中则是写逆路而"撞"，以现代精神改造古典题材，使古老的神话形象具有现代的开放与竞争的意识，如果诗人只是墨守成规地就传统写传统，那就不会这样表现出当代人的主体精神与进取意识而令读者一新耳目了。

美籍华人名学者夏志清曾认为就诗与散文而言，台湾作家以余光中最为重要，他并指出余光中与其他全盘西化的现代派的区别："在于他深信，若要建树一个真能开花结果的现代传统文学，就必须承继中国文学的遗产，同时融会旁通以历代大文豪为代表的西方传统。单凭模仿西方 20 世纪中个别流派实在是不够的。"（《人的文学》，见《火浴的凤凰——余光中作品评论集》，黄维樑编著）这一意见值得参考。余光中，就是这样一位将深厚的传统内家功力与开放的当代外家功夫一炉而炼的高手。

创造性艺术思维

余光中的优秀作品，是创造性艺术思维的结晶。

1966 年，余光中《大诗人条件》一文列举评价大诗人的标准，依次为：多产、影响力、独创性、普遍性、持久性、博大性、深度和超越性。他强调对生活和文字的敏感，强调生生不已的创造，他在如前所述的同名文章中说："三千篇雷同的作品，在分量上还不及三篇风格各殊的佳构。重复是没有意义的。"他还指出："继续写下去是没有意义的，因为你可以继续写到 1986 年，而事实上仅仅是在复制自己。"他的结论是："一个大诗人，从模仿到成熟，从成熟到蜕变到风格几经推陈出新，像杜甫，像莎士比亚和叶芝那样，必须不断超越，超越古人，超此时人，超越自己。"余光中年近六十，在他近四十年的创作生涯中，风格几经蜕变，人称"艺术的多妻主义者"，如同不凋之树，每一道年轮都在创造和更新中旋转。阳光，这是古往今来许多作者都抒写过的了，缺乏创造才情的平庸笔墨是不能动人心目的，但余光中的《秋分》却有如下出色之句："鹰隼眼明霜露警醒的九月／出炉后从不生锈的阳光。"把太阳比为熔炉尚属平常，说秋日的阳光"从不生锈"就匪夷所思了，这就是创造性艺术思维所开放的花朵。从创造心理学的角度看来，真正的艺术是一种创造心理的产物，创造性的艺术思维，是思维运动的高级过程，是人的智力在较高层次上的表现，是作为审美主体的作者最重要的美学素质之一。下面，我拟从"创造性艺术思维"这一命题出发，对余光中的诗美天地作一番并非全面的探访。

求异性。求同性思维是求异性思维的基础或初级阶段，但是，创作中如果习惯性地沿用求同性的思维方式，用习惯性、习常性程序去构思作品和塑造形象，就容易形成一种凝固化的思维模式或思维定式，作品就难免不落于模仿或者重复。诗歌创作中求异性思维活动的特点就是创造，是对新颖性、独立性、创造性的想象的尊重与追求，而不是原封不动的继承、陈陈相因的蹈袭、不厌其烦的重复。

求异性，能使诗人冲破旧的、传统的"常态模式"，把思维从狭窄、封闭、固定的系统中解放出来，去探寻新的艺术天地，创造新的艺术世界。例如"伞"，这是海内外许多诗人都写过的了，但余光中的组诗《六把雨伞》却分别写了与雨有关的"遗忘伞"、"音乐伞"、"记忆伞"、"亲情伞"、"友情伞"与"伞盟"，表现了各不相同的"伞趣"与"伞境"。例如"月"，自从它从《陈风·月出》篇中升起并照亮了整部《诗经》之后，中国诗歌千百年来对她情有独钟，赞美月亮的冠军大概是李白而莫之他属了，他流传至今的作品，至少有四分之一写了月亮，其中不乏俊句佳篇，后人想与之争胜，一定要另辟蹊径，力求异而不同。照耀过李白的峨眉山月，也照耀过抗日战争时期流亡于四川的少年余光中，他不能忘情，他的诗中也有一个多彩多姿的月世界：

（一）月光还是少年的月光

九州一色还是李白的霜

　　　　　——《独白》

（二）月光光，月是冰过的砒霜

月如砒，月如霜

落在谁的伤口上？

　　　　　——《月光光》

（三）那就折一张阔些的荷叶

包一片月光回去

回去夹在唐诗里

扁扁地，像压过的相思

　　　　　——《满月下》

268

（四）酒入豪肠，七分酿成了月光

余下的三分啸成剑气

绣口一吐就半个盛唐

——《寻李白》

可以看出，无论是古典的月，现代的月，它照临在余光中的诗中，都构成了一个具象而特异的天地。不甘于平庸的有出息的诗人，总是以创造为天职，以重复为羞耻。

多向性。多向思维也称异向思维，这是一种发散型或辐射型的思维。美国心理学家吉尔福德在《人类智力的性质》中认为，思维聚合于某一点的能力称为幅合创造能力，思维多向发展的能力称为歧异创造能力。艺术思维的多向性，就是有多个思维指向，多个思维起点，多个思维想象，一方面它能促使诗人保持对生活的敏感，不断开拓新的题材领域，拓广精神和表现的世界，同时，它又能使作者在表现同样的题材和主题时，具有抗压性与自变性的心理因素。抗压，是对前人和自己已成事实的艺术作品的反压力；自变，则是不甘重复而自我更新自我变化的能力。余光中说："能否刷新题材，另拓视野，也往往成为诗人的一大考验。"（《与永恒拔河》后记）"我的作品也有意朝不同的方向探索，包括超文化超地域的层次。"（《隔水观音》后记）正因为余光中的整个诗创作具有多向性，不断地开拓与探索，同时在抒写同类题材和主题时，思维又能成辐射状多向展开，所以他的作品不仅丰富，而且多彩。相反，那种单向思维方式，是以单一作为思维的起点、核心与归宿的，这是一种内敛与封闭的思维方式，在这种方式的指挥之下，作品必然单调乏味，读者也会因固定刺激而引起感受的钝化和心理的厌倦。

余光中的诗涵盖面很广，举凡宇宙、世界、国家、民族、历史、人生、文化、山川、友谊、爱情等等，可谓无所不包，如同香港学者黄维樑所说：在这六十年里面，论作品之丰富、思想之深广、风格之多变、影响之深远，余光中无疑是成就最大者之一。同时，余光中又能从不同视角以不同手法去抒写同一题材与主题，作多向和多境界的表现。例如写屈原，余光中先后就有《竞渡》、《水仙操》、《漂给屈原》等多篇；写杜甫，则1979年有沉郁顿挫的长诗《湘逝》，十五年后又有感慨苍凉的短章《不忍开灯的缘故》；又如李白，余光中在1980年4月的四天之内，就分别写了《戏李白》、《寻李白》、《梦李白》。对《寻李白》一诗我曾在《名作欣赏》上撰文赏析，这里只引述篇幅较短的《戏李白》：

你曾是黄河之水天上来

　　阴山动

　　龙门开

而今黄河反从你的句中来

　　惊涛与豪笑

　　万里滔滔入海

那轰动匡庐的大瀑布

　　无中生有

　　不止不休

　　可是你倾侧的小酒壶？

黄河西来，大江东去

此外五千年都已沉寂

有一条黄河，你已够热闹的了

长江，就让给苏家那乡弟吧

天下二分
都归了蜀人
你踞龙门
他领赤壁

在这首诗的"附记"中，余光中说："我认为诗赞黄河，太白独步千古；词美长江，东坡凌驾前人，因此未遑安置屈原和杜甫，就径尊李白为河伯，僭举苏轼作江神。"熟悉中国新诗中写李白的作品的读者，读过余光中其他写李白的诗的读者，可以更深切地感受到，艺术思维的多向性是一种何等可贵的创作心理素质，它能使作者在多条道路中选择一条最佳道路进入胜境，使作品别有天地。

侧向性。侧向性是创造性思维的一个重要特征，它是从离主旨很远的其他领域取得信息启示的思维方法。侧向思维的能力，就是利用局外的本来互不相干的信息来进行联想组合的能力，因为它与人的眼睛的侧视有些类似，所以英国医生德博诺称之为"侧向思维"。这种思维的高度发展，有赖于广阔的学识视野丰富的联想，以及积极的创造心理所形成的大脑皮层的"优势兴奋灶"。在诗歌创作过程中，联想与想象处于高度活跃的状态，而侧向思维则有助于新异构思的获得和新颖意象的创造。

余光中的诗独创性很高，新颖的意象与意象结构层出不穷，主要原因之一就在于他摆脱了模式化的常规思维线路，努力克服思维定式的消极惰性影响，追逐灵活多变、标新立异的"诗想"。试举例说明：

"落日说 / 黑蟠蟠的松树林背后 / 那一截断霞是他的签名 / 从焰红到烬紫 / 有效期间是黄昏"，这是《山中传奇》的开篇。"签名"原是人的活动，与"落日"、"断霞"风马牛不相及，但一经侧向组合，便觉奇趣横生。"这二十四万里的归程／不必惊动大鹏了，也无须招鹤／只消把酒杯向半空一扔／便旋成一只霍霍的飞碟／诡绿的闪光愈转愈快／接你回传说里去"，这是《寻李白》的结尾，李白的酒杯和现代的飞碟相距何其遥远，但诗人将它们一念相牵，便感妙不可言。余光中多次写过木棉树，它们的毫不重复，也有赖于侧向思维。"一场醒目的清明雨过后／满街的木棉树／约好了似的，一下子开齐了花／像太阳无意间说了个笑话／就笑开城南到城北／那一串接一串镶黑的红萼"（《木棉花》），木棉树开花是由于太阳说了个笑话，真是无理而妙。"把路人引诱过来的／不是红苞，是红萼／你最生动的竞选演说／是一路烧过去／满树的火花"（《敬礼，木棉树》），"红苞"谐音"红包"是讽刺台湾的选举，"木棉花"与"竞选演说"之间，实在也很难找到它们的必然联系，但慧心的诗人却将它们缔结姻缘，使读者获得美的享受而做出多样的反馈。又如《控诉一支烟囱》的开篇：

用那样蛮不讲理的姿态
翘向南部明媚的青空
一口又一口，肆无忌惮
对着原是纯洁的风景
像一个流氓对着女童
喷吐你满肚子不堪的脏话
你破坏朝霞和晚云的名誉
把太阳挡在毛玻璃的外边

这首诗写于台湾南部工业城市高雄，"控诉"物质文明对生态平衡的破坏和对环境的污染。诗人赠烟囱以"流氓"的雅号，将浓烟比为"脏话"，而纯洁的风景则喻为"女童"，"破坏名誉"本来是对人而言，现在却移之于自然界的不知毁誉为何物的"朝霞和晚云"，它们显示的正是侧向思维中"横向联动"的新异性。试想，如果不是创造性艺术思维的作用，不是求新立异的侧向思维的催发，怎么会有这样脱俗的妙喻奇思？

西方有人在评论法国象征派诗人兰波时曾说："所谓诗人，就是要看谁是可以回到童年的一种人。"余光中年且六十，已接近暮年，但他的诗心却依然青春，从他的近作看来，他的创造力的喷泉依然水花四射。是的，余光中的作品并非全部都可以为我们所接受和欣赏，他自有他的缺陷与不足，此处不拟具论。但是，他点燃的毕竟是中国诗歌这一脉永远的心香，仅以目前的整体成就而论，可以说他已经是中国诗坛最杰出的诗人之一了。我相信，时间，这位公正严明的裁判者，最终会以他不锈的锋刃，将余光中的名字显目地镂刻在中国新诗的历史上。

望远镜中的隔海诗魂
——余光中诗观遥测

有一座美丽的宝岛，在海峡之东南，与大陆隔着东海的万顷波浪。三十多年前，一位五陵少年踏波东去，今天，已经成为著名的诗人、散文家和学者，蜚声海外的文坛。他，就是本文所论的余光中。

《诗经》有句说："他山之石，可以攻玉。"（《小雅·鹤鸣》）郑玄笺云："他山喻异国。"台湾，不是异国，它是我们中华母亲不可分割的海上蓬莱；台湾当代文学，是中国当代文学的一个组成部分，因此，探讨余光中关于诗的艺术观点及其演变，对我们当今的诗歌创作和诗歌理论，或许是有借鉴意义的吧。

一、浪子的回归

余光中，祖籍福建永春，1928 年生于南京。抗日战争时期，他随母亲流亡于苏皖一带沦陷区和大西南，就读于重庆江北悦来场的南京青年会中学。1947 年，他同时考取北京大学及金陵大学，后入金陵大学外文系。1949 年 1 月转入厦门大学外文系，开始在厦门的《星光》、《江声》二报发表新诗及评论，1949 年 7 月随父母去香港，失学一年。1950 年 5 月，他由香港去台湾，考入台湾大学外文系三年级，在报刊上发表新诗。1952 年毕业后在大学任教，1959 年留美获爱荷华大学艺术硕士学位，回台后，先后任大学的讲师和教授。1952 年，余光中年方二十四岁，从该年他的处女诗集《舟子的悲歌》问世到现在，他总共出版了十三本诗集，以及包括二百篇以上文章的七本散文与文艺批评文集，九本翻译作品集；此外，还有数量颇为可观的以诗论与画论为主的英文论著，是三十年来台湾文坛最有影响的一位人物。"论作品之丰富、思想之深广、技巧之超卓、风格之多变、影响之深远，余光中无疑是成就最大者之一。要选举大诗人的话，他是一个呼声极高的候选人"，"学则博引中外古今，意则翻空出奇，擅于运用比喻，精于铸造警句，或则幽默机智，或则沉郁深远，有瑰丽之姿，具雄长之气，句式长短，变化多端，文言口语，欧化语法，参酌互用，令人叹为观止"——香港学者、评论家黄维樑曾编著《火浴的凤凰——余光中作品评论集》一书，从他的"导言"中对余光中的作品所作的上述品鉴，可见港台文坛对余光中评价之一斑。

然而，在诗的艺术观方面，余光中是一个回头的浪子，他在拨正他的艺术航道之后，才在诗的海洋里采撷到更多的珠贝。

由于政治的、文化的和地理的等等原因，加之大约是诗歌敏于感受而常常开风气之先吧，在 50 年代与 60 年代，台湾许多诗人在朝向西方的高速公路上争先恐后地赛跑，台湾诗坛浮沉于现代主义的狂涛巨浪之中。从 50 年代到 60 年代，台湾有三个主张虽有所不同但都是以现代派为旗帜的诗社：一是 1953 年初创而于 1956 年正式宣告成立的以纪弦为掌门人的"现代派诗社"。1953 年，30 年代曾以路易士为笔名在戴望舒主编的《现代》上发表诗作的纪弦，在台湾创办《现代诗季刊》，1956 年宣告诗社成立之时，参加者为八十人，后达一百零二人，对台湾现代派诗歌运动影响至巨；一是 1954 年 3 月以覃子豪、钟鼎文、余光中、夏菁为主创立的"蓝星诗社"，该诗社于《公论报》创办《蓝星周刊》，并主编《蓝星诗选》；一是 1954 年 3 月由痖弦、洛夫、张默三人创办的"创世纪诗社"，这个诗社大力宣传西方现代主义诗作，为台湾现代派诗运推波助澜。余光中加盟并成为"蓝星诗社"的大将，正当二十六岁，自然也难免随其流而扬其波，结束了他传统的格律诗创作而转向现代派。从他的早期诗集《蓝色的羽毛》、《天国的夜市》、《钟乳石》、《万圣节》之中，我们就可以看到他当时的诗风的某些消息，正如他后来在诗集《白玉苦瓜》的自序中所说："少年时代，笔尖所沾，不是希颇克灵的余波，便是泰晤士的河水，所酿也无非一八四二的葡萄酒。"1956 年晚春之一夜，余光中偕友人夏菁拜访梁实秋，梁款以所藏 1842 年的葡萄酒，余光中当年曾写《饮一八四二年葡萄酒》一诗，开篇即说："何等芳醇而鲜红的葡萄的血液！如此暖暖地、缓缓地注入了我的胸腔，使我欢愉的胸中孕满了南欧的夏夜，孕满了地中海边金色的阳光，和普罗汪斯夜莺的歌唱。"

在西方的血液"来染湿东方少年的嘴唇"之后，如果没有后来的转变，余光中也许真会成为一叶永远停泊在西方海岸的孤帆。但是，有极为强烈的民族感和传统感的余光中，他热爱祖国，怀恋故乡，对中华民族五千年来深厚的传统文化一往情深，同时，他数度讲学于欧美之后，对西方社会与文化的弊病，也有深切的体会与认识，于是，他在诗作者们一窝蜂而尘土飞扬的现代派的西行路上，前瞻而后顾，最后终于毅然作出了诗的反正。1959 年以来，台湾诗坛掀起了几次关于诗的发展道路的激烈论争，余光中以现代主义的叛逆者的姿态参加了论战，分别出版于 1964 年的诗论集《掌上雨》与诗集《莲的联想》，就是浪子回头的理论和作品的证明。正因为如此，为一些现代派诗人尊为"盟主"的覃子豪，指责他"在向后转"，而现代派的另一重要诗人痖弦，当时则称他为"复辟派"。

在诗的论争中，余光中反戈一击，批评了现代派诗歌的三大弊病：内容上的虚无；表现上的晦涩；诗风上的"恶性西化"。

内容的虚无，是台湾现代派诗歌的一大痼疾。台湾许多现代派诗人反对理性，否定人生的价值，对生活感到空虚和怀疑，他们强调诗是一种无意识的活动或潜意识的表现。对于"现代主义的导师"法国诗人兰波，覃子豪在《法兰西诗选》的"绪言"中就说："兰波是一个精神病患者，他给现代文学立了新的表现方法。"而所谓"新的表现方法"，就是"近代人神经过敏的一种病态的感觉"。而纪弦也说："诗的本质是一个情绪，一个超音乐状态的、有想象的情绪，所谓'诗的情绪'也。"例如他的名作《七与六》："拿着手杖7/咬着烟斗6/数字7是具备了手杖的形态的/数字6是具备了烟斗的形态的/于是我来了/手杖7+烟斗6=13之我/一个诗人/一个天才/一个天才中的天才/一个最最不幸的数字/唔，一个悲剧/悲剧悲剧我来了/于是你们鼓掌/你们喝彩。"如此现代派代表人物的代表作，不纯粹是一种内容空虚的文字游戏吗？余光中在《再见吧，虚无》一文中批评洛夫否定一切人生价值的虚无主义思想，他在文章结尾强调："如果说，必须承认人是空虚而无意义才能写现代诗，只有破碎的意象才是现代诗的意象，则我乐于向这种'现代诗'说再见。"在《从古典诗到现代诗》一文里，余光中又说："生完了现代诗的麻疹，总之我已经免疫了，我再也不怕达达和超现实的细菌了……我看透了以存在主义（他们所认识的存在主义）为其'哲学基础'、以超现实主义为其表现手法的那种恶魔，那种面目模糊、语言含混、节奏破碎的'自我虐待狂'，这种否定一切的虚无太可怕了，也太危险了，我终于向它说再见了。"

余光中透彻地指出这种虚无的人生观是一种"心理癌症"，他剖析说："最戏剧化的一点便是，这种心理癌症的患者非但甘之若饴，乐之不疲，而且希望健康的人也与他们绝症共患，同病相怜，否则，别人就不够现代。"（《幼稚的"现代病"》）他的《莲的联想》一诗中的"莲"，是东方的，生命的象征，他歌唱"莲"：

> 虚无成为流行的癌症
> 　当黄昏来临
> 许多灵魂便告别肉体
>
> 我的却拒绝远行，我愿在此
> 　伴每一朵莲
> 守住小千世界，守住神秘

诗人赞美中国的有传统意义和美学价值的"莲"，对虚无这种流行十诗坛的癌症，作了诗的针砭。

表现上的晦涩，是台湾现代派诗歌的又一不治之症。黄维樑曾经尖锐地指出："台湾60年代的新诗现代化运动，制造了大量艰深晦涩的文字，使读者对新诗失去信心。这个运动破坏多于建设，其实应正名为新诗的文化大革命。"（见《怎样读新诗》一书）当日台湾的诗坛，由于现代派诗人们热衷于对超现实主义作诗的祷告，否定诗歌也应该是思想感情的传达与分享，主张现代诗具有不可解释性，所以他们的许多诗作无异是谜语的代名词。洛夫的名作《石室之死亡》固然使人不知所云者为何，方思的《黑色》

也无法使读者走出他的迷宫："在黑色的荫影中看自己的影子 / 荫影轻摆于黑色的水中 / 这样看自己的影子是足够的清楚 / 这是好的：我是千年炽火凝成的一颗水晶。"对于晦涩这一诗的魔障，余光中没有吝惜他攻击的火力。他指出，内容的虚无与形式的晦涩是台湾现代诗的两大危机，而造成一首诗晦涩的原因约分为六类，第六类是一种有意的晦涩，为晦涩而晦涩，这一种晦涩最不可原谅。（见《论明朗》）当然，余光中所说的"明朗"，照他自己的解释，"应该是'云破月来'，是'柳暗花明'之境而不是内容单调的一目了然"。（《六千个日子》）同时，余光中还以他对西方文学的真正了解，说明从艾略特的晚年起，英美诗坛就掀起了反晦涩运动，当代英美诗人如金斯堡、魏尔伯等，其诗风就不是晦涩的。他在谈到与艾略特并世的美国诗人弗洛斯特的时候说："弗洛斯特是极少数能够抵抗晦涩的浪潮的诗人之一。这一点，未来的文学史家当能追认。事实上，晦涩已经在当代英美诗坛退潮了。"（《谁是大诗人》）而台湾一些高呼"反传统"而盲目地追随西方过时的传统的诗人，"为服西方新上市的特效药"，他们"先学会了西方的流行性感冒"（《在中国的土地上》）。是的，当晦涩像十二级台风横扫台湾诗坛的时候，先前曾写过《天谴》、《史前鱼》这种旨趣难明的诗作的余光中，竟然写出上述这种针砭时弊的文章，无疑是擎起了一面逆风而行的旗帜。

1967 年，余光中《在中国的土地上》的结束语说："如果诗人也不追求价值，谁还去追求价值呢？如果诗人，语言的净化者，也不能把话说清楚，要等谁来把话说清楚呢？虚无，是一种罪恶，晦涩也是，在中国的土地上。"回归之后的余光中不但对虚无与晦涩痛加砭斥，而且对诗风上的"恶性西化"也深表不满，关于他这一方面的观点，我留在本文第三节中介绍，此处不赘。

二、自我与现实

如何看待"自我"？如何处理主观的"自我"与客观的社会现实生活之间的关系？这不仅是中国大陆的当代诗人今天所面临的问题，当日的台湾诗人也为此燃起过论战的烽火。

台湾相当大一部分现代派诗人，出于他们的极端主观唯心主义和虚无主义思想，将自我强调到绝对远离现实的地步，如白荻就认为，"艺术家的最主要的职责是忠实于自己的感动"。洛夫也说："现代诗……即是藉潜意识以表现最真实而又无限的心灵世界。"这种把自我主观意识作为诗的绝对内容而抹煞现实生活的客观性的论调，遭到了一些有识之士的反对，如"龙族诗社"的中坚分子、诗评家陈芳明，在《诗与现实》的代序中就曾经回顾："全盛时代的新诗有两个特征，一是横的移植，一是挖掘自我；前者是努力向西方学习，后者是以个人主义为取向……在诗人的辩护里，最常看见的一句话是'忠于自己'，忠于自己果真是好的吗？如果自己已经很不诚实，则如何地忠实自己，写出来的诗也还是不诚实的。"而余光中在这一问题上的一些观点，我以为对我们很有启示作用，特别是对于那些偏激的诗作者和诗论者们。

余光中左手写散文而右手写诗，作为一位颇具才华和成就的散文家与诗人，他必然十分看重诗的主观抒情的特点，十分看重诗人必须有鲜明的艺术个性和风格，绝不排斥自我对于一个具有独立艺术个性的诗人的重要作用，绝不否定自我对于主观性很强的诗创作的必要性。在《论二房东批评家》中，余光中近乎刻薄地批评了那些缺乏个性不能独立的批评家："所谓二房东，是左手取之，右手予之，但自身也难保的一种人。他们……都贫于思想，贫于文字，尤其贫于个性。"文学批评尚且如此，何况是诗？因此，他说"心灵是诗的殿堂"（《岂有哑巴缪斯》），"诗，其实是不断应战的内心记录"（《与永恒拔河》后记），"对于散文，我相信，对于诗，我迷信。我始终迷信诗是……更表现灵魂的一种冒险"（《六千个日子》）。因此，他赞扬那些能发挥个性，创造自己独立的风格的作者。但是，余光中作为一个面向历史与现实的诗人，他并不像许多现代派诗人那样一味沉迷在狭隘的自我之中，把自己关闭在与世隔绝的象牙之塔里，或者对广阔的客观世界作鸵鸟式的逃避，而是主张通过"我"的独特的感受、发现与"我"的独特艺术表现，来表现"我"所体验的人生，包括历史的生活和现实的生活。

在"龙族诗社"主编的"龙族评论专号"中，第一篇文章就是余光中的《现代诗怎么变》，对现代主义的弊病十分了然的他，对台湾的现代诗提出了四点意见，其中的第三点大意就是：从小我解放出来，走向广阔的大我。诗人不应该斤斤计较"自我"的挖掘，把自我估价过高，表现出来的作品常常是个人经验的呈露，最后变成了遁世的托辞；唯有把小我置于大我之中来衡量，才能看出作品的价值。我们今天的诗歌批评界，不是有人在正确地指出诗中必须有"我"的同时，脚步又滑过谬误的边界，或热衷于传扬所谓"溶解在内心的秘密"，或指责肯定"大我是过时的保守的偏见"吗？其实，"小我"与"大我"一词在我国先秦的典籍如《庄子》中就早已产生了，而台湾有见识的诗人和评论家，他们在诗的三叉路口也知道善自抉择。

冲出象牙之塔，走上十字街头，这大约是今天的诗人所应该走的一条道路。在从西方归来许多年之后的1968年，余光中针对诗的某些不景气的情况，曾经在《放下这面镜子》中提出如下箴言："现代诗目前所面临的问题，不是追求纯粹性，而是拓宽接触面，扩大生存的空间。现代诗如果不甘做文学中的孤城，而坐视疆土日减，就应该和小说、戏剧竞争一下。现在已到了走出象牙塔去拥抱'你'和'他'的时候了。"就余光中自己而言，在"自我"与"现实"的关系方面，他一方面强调诗人的艺术个性，事实上，他是一个"我"的个性在作品中体现得颇为强烈的诗人和散文家，同时，他又十分重视诗的传统感、现实感与民族感。在《白玉苦瓜》的自序中，诗人说："到了中年，忧患伤心，感慨始深，那枝笔才懂得伸回去，伸向那块大大陆，去沾汨罗的悲涛，易水的寒波，去歌楚臣，哀汉将，跟古代最敏感的心灵，陈子昂在幽州台上，抬一抬杠。怀古咏史，原是中国古典诗的一大主题。在这类诗中，整个民族的记忆，等于在对镜自鉴。这样子的历史感，是现代诗重认传统的途径之一。现代诗的三度空间，或许便是纵的历史感、横的地域感、加上纵横相交而成十字路口的现实感吧。"

余光中上述的这些见解，在许多现代派诗人的灵魂或深闭于蜗角之中，或去西方的荒原上流浪的台湾诗坛，有如一阕招魂曲，自然具有振聋发聩的作用。他回归之后的作品，仅就诗集《白玉苦瓜》来看，就有怀念祖国、思恋家乡的《乡愁》、《乡愁四韵》、《大江东去》、《飞将军》、《西出阳关》等篇章。在诗集《隔水观音》之中，诗人有一首在越南驱逐华人之时写于香港沙田的《竞渡》，请看诗的前二节：

二十四桨正翻飞，鳞甲在鼓浪
彩绘的龙头看令旗飘扬
急鼓的节奏从龙尾

隔了两千个端阳
从远古的悲剧里隐隐传来
龙子龙孙列队在堤上
鼓声和喝彩声中
夭矫矫竞泳着四十条彩龙
追逐一个壮烈的昨天

防波堤上的龙子龙孙
如果齐转过头去
也许就眺见惊波的外海
另一种竞渡正在进行
后面是鲨群，海盗船，巡逻快艇
前面是难民船，也载着龙孙
断樯上招展着破帆
在无人喝彩的海上
追逐一个暗淡的明天

余光中在对端午龙舟竞渡这一生活场景的自我抒情中，表现了深沉的历史感情与强烈的民族感情，而这一切，又是通过自己对生活和语言的敏锐感觉，以及他的独特的艺术方式表现出来的，绝不与别人雷同。这，就与那种与社会和自然隔绝的"自我"迥然不同了，如纪弦的《在地球上散步》："在地球上散步 / 独自踽踽地 / 我扬起了我的黑手杖 / 并把它点在坚而冷了的地壳上 / 让那边栖息着的人们可以听见一声微响 / 因而感知了我的存在。"照我看来，这正是某些高唱"自我表现"论者的一个诗的注脚：典型的纯粹个人的无病呻吟！

余光中在《第十七个诞辰》中说："正宗的现代诗，念念不忘每个人在现代社会中的孤绝感，不但疏远了自然，抑且隔离了社会，剩下来的一条路是向内去发掘一个无欢的自我……'举杯向天笑，天迴日西照'是李白的喜悦，李白式的人合自然。杜甫的伟大，在'吾庐独破受冻死亦足'，能在悲哀中与社会合一。我们的现代诗一自外于自然，再自外于社会，既不与天人交通，无需共鸣，当然要晦涩起来，而且题材日呈枯竭之象了。"台湾海峡虽然道阻且长，但余光中的这一艺术观点，在水一方的我们不是并不感到疏远吗？

三、中国与西方

台湾由于孤悬海外，欧风美雨在 50 年代之初就在海岛大规模登陆，在诗歌创作上，如何处理中国的民族传统与西方的外来影响的关系，就成了一个敏感而现实的问题。

1952 年，纪弦等人成立"现代派诗社"，鼓吹"新现代主义"或"后期现代主义"，他们振臂一呼，应者云集，"几乎三分诗坛有其二"。直到 1961 年，纪弦在《从自由诗的现代化到现代诗的古典化》一文中，还以"司令部"、"大本营"的姿态自诩说："新诗的再革命这一响亮的口号，是由我们首先喊出来的。新诗的再革命这一伟大的运动，是由我们首先发起了的。"那么，什么是"现代派"的新诗大革命的主要内容呢？这就是"现代派诗社"成立时所发表的"现代派信条释义"六条，主要的一条是："我们是有扬弃并发扬光大地包容了自波特莱尔以降的一切新兴诗派之精神与要素的现代派的一群"；另一条可视为纲领的是："我们认为新诗乃横的移植，而非纵的继承，这是一个总的看法，一个基本的出发点，无论是理论的建立或创作的实践。"在上述那篇文章中，纪弦仍然一再表述："现代诗是彻底反传统的，其野心在于一旷古所未有的全新的文学之创造。"由此可见，盲目地反传统，全盘地西化，是纪弦等人的现代派诗歌运动的要旨与核心。而在台湾掀起的"现代诗论战"中，对于"现代派"的观点作了系统而有力的抨击的，则首推学贯中西的余光中，如同陈芳明《诗与现实》一书中所说："如果要知道二十年来，批判'现代主义'、'超现实主义'最严厉、最勤劳的诗人是谁？就请他看余光中《掌上雨》之后的一系列诗论。"

　　作为一个热爱祖国和她的深厚文化传统的诗人，余光中十分看重诗的民族感和民族风格。他认为："唯有真正属于民族的，才能真正成为国际的。"（《冷战的年代》后记）善于设喻的余光中，还用比喻对这一观点作过形象的表述："艺术的联合国，正如政治的联合国一样，是先要取得一个国籍，始能加入的。"（《所谓国际声誉》）当台湾许多现代派诗人对民族传统弃之如敝屣，而纷纷扮演效颦的东施，大肆拼凑洋腔洋调和洋典故，制造他们"第一流的用中文写的英诗"的时候，余光中却对之痛加攻伐。在题为《在中国的土壤上》一文中，他也批评了"排外"的思想，但更着重抨击了"崇洋"的"国际派"，他说："这个民族，本来是以自己的鼻子为宇宙感的中心的。一百年前，那鼻子像是给鸦片的火灾燃焦了……所以只要是遥远的气味，尤其是西风里嗅来的，闻到什么就喜欢什么，没有选择，而自己脚下踩着的土壤和这土壤上的一切，倒愈闻愈像有股霉腐味了。"为此，他不禁大声疾呼："这个民族的自信心到哪里去了？是否已经随屈原俱沉在汨罗江底了呢？几千年来，中国的大陆上，好像从来没有产生过任何天才。头脑外流，并不可怕，比起灵魂的外流！"真是一针见血，痛哉斯言！

余光中自许他的"蓝墨水的上游是汨罗江",他有志成为"屈原、陶潜、李白、杜甫的嫡系传人",而"我的血管是黄河的支流,中国是我我是中国"(《敲打乐》),因此,他反对否定民族传统的"横的移植",他严厉批评"恶性西化的倾向"。在《现代诗怎么变》一文中,他呼吁要"重视回归自己的'泥土',挟洋以自重的时代已经过去,诗人应该关注自己落脚的土地上,让现代诗渐渐返璞归真,重建民族的风格"。与此同时,他又极力反对"恶性西化",他认为"恶性西化是指诗人全面向国际的现代主义投降,全盘接受西方的诗派"。在其他文章中,也多次表示他不欣赏诸如达达主义、超现实主义等等方法和流派,他曾经直言不讳地指出:"我们这一角所谓文坛,在某种意义上,仍然是西方现代文学的一小块殖民地。"(《在中国的土壤上》)在台湾诗坛,许多人对西方文学的了解仅止于道听途说而已,而传统是什么他们也茫然无知,于是,其结果就如青年学者、诗人黄国彬所说:"现代诗人的第一通病,是不肯认真搞好中文。很多现代诗人,连基本的汉语仍未搞通,便拿起笔来粗制滥造。什么'我的心中很冰块'的古怪的东西满纸皆是。"(《从薔草到贝叶》)而余光中在总结"蓝星诗社"十七年的诗歌创作的文章中,也曾经指出诗的"恶性西化"的"放逐理性、切断联想、扼杀文法的结果,使诗境成为梦境,诗的语言成为呓语甚至魇呼"。而像"我实实不能相信四枚眼核不能成为好看的麦田和父母的美名"一类所谓诗句,则其病"不在皮肤,而在骨髓"(《第十七个诞辰》)。这,可以视为他对中国人写西化诗的入骨三分的针砭。

余光中对"崇洋"的"国际派",从来没有裁减过他批评的火力,但是,他对"排外"的"国粹派",也不时投以不以为然的白眼。这位具有深厚中国文学根基的诗人,对于西方文学也有登堂入室的水平，他用英文写的评论和序言之类，近二十万言，而由他翻译和对作者逐人评介的《英美现代诗选》，更可具见他西方文学的造诣。因此，这位民族感极强而又开放的中国诗人，他既有"我心匪石，不可卷也"的民族的尊严和自豪，绝不会对西方的文学殿堂盲目膜拜。同时，他又有广收博采的度量和眼光，能够吸收西方文学的长处，包括现代派文学中主要是形式、技巧方面的一些有益的东西，目的在于文学的民族化。因此，他不满意食古不化的保守思想，他认为"退化论者包括所有的保守头脑，这是一种文学的保皇党心情。在这样的心情下，文学上一切创造的企图，无论成功与否，都被视为叛逆"（《从"二房东"说起》）。同时，与"恶性西化"相对，余光中曾提出过"善性西化"的口号，他认为"善性西化是指诗人建立自信心，知性地选择吸收外来的主义"，这是颇有见地的。余光中的许多作品，在构思、意象组合、表现手法、词法与句法以及节奏的变化方面，就明显地受到西方诗歌甚至音乐的影响，因而显得丰富多姿。我以为，以中为主，中西合璧，应该是我国当代诗歌艺术发展的一条广阔的道路，在这条道路上，那些与时代和人民以及广阔的世界紧密联系而才华出众的诗人，有希望建立起他们诗的凯旋门。

四、传统与现代

在台湾诗坛和诗评界，对于传统持有两种截然相反的态度，一是反对纵的继承，主张全盘西化，这些专意向西天取经的一去而不回本土的玄奘，以纪弦的"现代派诗社"为代表；另有一少部分人一概拒绝新的和西方的事物，以为传统是凝固不变不可以更新的东西，这些人可以说是当代诗坛的堂·吉诃德。余光中与上述两种人都不同，在如何对待传统以及传统与现代的关系上，他有许多值得我们参酌的见解。

余光中由于具有深厚的中国古典文学的修养，认识中国传统文化的深厚博大，因而他不可能像某些浅薄之徒那样对古典诗歌传统采取轻浮的态度，对于否定民族传统的衮衮诸公，他从来不吝惜他的讥弹。早在1961年所写的《幼稚的"现代病"》中，他就指出现代派诗人"最严重的错误，便是（自以为）对于传统的彻底否定。一个作家要是不了解传统，或者，更加危险，不了解传统而要反传统，那他必然会受到传统的惩罚"。在《第十七个诞辰》中，他说："百分之百的反传统，是不可思议的，因为那意味着连本国的文字都可以抛弃，简直等于自杀。""有一些人云亦云的反传统作者，连传统中最基本的中文都没有把握，不知'通'为何物，就幻想自己要超越文法和逻辑，结果只有害自己。"这种"半票诗人"或"半桶水诗人"，他们或者仅仅认识英文的ABC，而对中国的诗歌传统几乎一无所知，他们抛弃传统唯恐不及，效颦西方唯恐不似，余光中对他们设喻以讽之："文化原是生活加上心灵加上时间的一种东西，不是像借一条领带那样地容易拥有。"（《在中国的土地上》）十六年后隔一湾浅浅的海峡读来，仍觉痛快淋漓，这就难怪当年台湾的一些极端的现代主义者恼羞成怒，纷纷攻击他"复辟"、"复古"、"骑墙"和"妥协"了。

余光中尊重和主张继承传统，但他同时还有一个重要的见解，即认为"传统"和"现代"是可以交融的，他主张"传统的现代化"。这一点，我以为对我们的新诗发展有十分重要的参考意义。我们过去对继承和发展传统有很多有益的讨论，但对"传统"与"现代"（不是现代派或现代主义，而是指现代性之"现代"，民族化之"现代"）的关系却注意得很不够。余光中认为，当代诗人的作品在空间上要强调民族性，在时间上要强调时代性，要做到这一点，在艺术上就要正确处理传统与现代的关系。1962 年 8 月，他写成《古董店与委托行之间》一文，他认为："西化不是我们的最终目的，我们的最终目的是中国化的现代诗。这种诗是中国的，但不是古董，我们志在役古，不在复古；同时它是现代的，但不应该是洋货，我们志在现代化，不在西化。"不是"复古"而是"役古"，用我们的话来说，就是古为今用，予传统以改造和创新，发挥当代人独立和革新的精神。在写作被现代派诗人攻击为"新古典主义"的诗集《莲的联想》的同时，余光中说："狭窄的现代诗人但见传统与现代之异，不见两者之同；但见两者之分，不见两者之合。对于传统，一位真正的现代诗人应该知道如何入而复出，出而复入，以至自由出入。"后来，余光中在 1971 年进一步说明："我们不能想象一个完全不反传统或者反传统竟到回不了传统的大诗人。同样，我们也不能想象一个不能吸收新成分或者一反就会反垮的伟大传统。中国文化的伟大，就在它能兼容并包，不断作新的综合。老实说，一个传统如果要保持蜕变的活力，就需要接受不断的挑战。用'似反实正格'来说，传统要变，还要靠浪子，如果全是一些孝子，恐怕只有为传统送终的份。"（《第十七个诞辰》）真正的继承传统，从来就不是原封不动地承袭照搬，而是要有所承传同时更要有所革新和创造，优秀的诗人，要能够在传统与现代之间架设起新颖的民族化的诗的桥梁。在《莲的联想》的"后记"中，余光中以外国诗为例，说桑德堡是"没有古典背景的现代"，艾略特则反之，诺易斯是"未受现代洗礼的古典"，庞德则反之。他的结论是："有深厚'古典'背景的'现代'，和受过'现代'洗礼的'古典'一样，往往加倍地繁富而且具有弹性。"

在诗歌创作上，自《莲的联想》之后，余光中更注意将传统与现代熔于一炉。《莲的联想》的德译者安德烈亚斯·杜纳德，在德译本导言中说余光中的这本诗集"上承中国古典和英国浪漫派诗风，与20年代中国现代抒情诗相连，并接受美国文学的启发，调和东西文化，纳古典于现代，深广透达，融汇了多种文化而不离其宗"。又如他后来的被谱曲演唱而风传一时的《乡愁》、《乡愁四韵》、《民歌》等作品就是如此。在这些作品中，激荡的是天下的海外游子思乡的情怀，是永恒的民族感情的波涛，是时代的风云鼓动的浪花。在艺术上，我们可以欣赏到古典诗歌炼字炼句的技巧和含蓄悠远的风韵，聆听到民歌反复咏唱的节奏和音调，但它又绝非古色古香的古董，不是民歌的守成不变的翻版，它吸收了西方诗歌讲究意象、弹性与密度的艺术，表达当代海内外中国人的普遍心绪而呈现出新的面貌。总之，在传统的芬芳中表现现代人的感情，在东方之美中融入西方诗艺之美，它们就是这样的民族化与现代化相融合的新诗。

由于地域的阻隔和社会意识的不同以及审美习惯的差异，余光中的诗观及其作品，当然不可能都为大陆的读者所同意和接受。但是，余光中毕竟是对于华山夏水何日忘之的炎黄子孙，那儿时生于斯少年长于斯的故土，常常使他魂一夕而九逝，对于中国古典文学他能含英咀华，对于西方文学他能入而复出。可以说，做中国的诗人，写中国式的新诗，是他的艺术生命的座右铭。他虽是台湾诗人，但是，他的许多观点，实在比我们某些或先锋或新潮的论者与作者远为高明，这真是发人深省的事。正因为如此，我就用长距离的望远镜，在天之一涯，遥测了那隔海的诗魂。

乡土诗人余光中

引言：余光中·乡土文学定义

余光中用金色笔写散文，用黑色笔写文学评论，用蓝色笔翻译，用红色笔编辑文学作品。诗呢？他用紫色笔来写。五十多年写了一千首诗，他成为当代最多产的诗人之一。1979年春，我编好了《火浴的凤凰：余光中作品评论集》，在此书导言中我指出：

到现在为止，余光中写了四百多首诗。其中有长达六百行的《天狼星》，也有短仅三数行的，如《戏为六绝句》里面的几首。他的题材，有的来自现实，有的得自想象，极为广阔多面。他从自己开始，写情人、妻子、母亲、女儿、朋友、诗人、画家、音乐家、舞蹈家、学者、名流、哲人、政客等等。生老病死、战争爱情、春夏秋冬、风花雪月，从盘古到自由神像，从长安到纽约，从长江黄河到仙能渡山，从台北到沙田，从奥林匹斯山的诸神到超级公路的现代兽群，从屈原荷马到艾略特和叶珊，从嫘祖到妈祖，从黑云石到白玉苦瓜……总之，从天地之大到蟋蟀之小，包罗万象万物。

1998年出版的钱学武《自足的宇宙：余光中诗题材研究》一

书，把余氏诗作内容分为人、物、景、事、地五大题材范畴，每一范畴再分类，每类再分目，有些目再细分，其内容的繁富多元，一目了然。1998年至今七年，余光中写诗不辍，题材就更广阔了。一千首诗，是小千、中千世界。在当代众多诗人中，博大型的余光中，作品涵盖宏远，构成大千世界了。以不同题材情思辞采形成的诗歌类型、风格为他冠名，则余光中是爱情诗人、亲情诗人、友情诗人、咏史诗人、怀古诗人、星象诗人、地理诗人、文化诗人、咏物诗人、讽刺诗人、政治诗人、社会诗人、民谣诗人、山水诗人、田园诗人、环保诗人……也是乡愁诗人，也是乡土诗人。

不少文学用语，都难获公认的精准定义，乡土文学是其一。20和30年代，两岸的文学界先后用过"乡土文学"一词，强调写作者所属乡土的经验，强调相当的"土气"。70年代台湾有乡土文学论争，乡土文学一词的涵义，也成为争拗的一个焦点。有人认为乡土文学就是"现实主义文学"，有人认为它是"民族文学"，有人强调它的"台湾意识"，真是一个"富于歧义性"的词语。

本文既以"乡土诗人余光中"为题，自然需要先为乡土文学作一番解说，为它下一个工作性定义（working definition）。

1. 狭义的乡土文学

地域：乡土指乡村、乡野、郊野，总之不是城市。这个乡土是作者的故乡，或者是他长居之地。

（20世纪很多"乡土"都有不同程度的城市化，因此城乡之别并非绝对。居住了多长时间谓之"长居"，也有讨论的余地。）

题材：这个乡土的人、事、物，包括自然山水。

情思（主题）：（A）肯定、赞美、爱恋或怀念乡土的自然山水，以及可爱、可敬的人及其故事，这些人、事、物愈少科技工商文明色彩愈好。（B）乡土如因内部或外来的腐败邪恶力量而受伤害，则作者控诉、诅咒或抗击这等力量，表示悲愤恨恶之情、守护乡土之情。

2. 广义的乡土文学

地域：“乡土”指出生或长居之地，可以是乡野，也可以是城市。

题材：这个地域的人、事、物。

情思（主题）：（A）肯定、赞美、爱恋或怀念这个地域的人、事、物，包括其科技工商文明。（B）这地域如因内部或外来的腐败邪恶力量而受伤害，则作者控诉、诅咒或抗击这等力量，表示悲伤恨恶之情，守护“乡土”之情。[顺便一提，70年代乡土文学论争中，论者所说的“乡土文学”有不少是指“2.情思（B）”这样的作品，且通常指的是小说。]

50年代至70年代：从《鹅銮鼻》到《车过枋寮》

余光中这位台湾乡土诗人，对这片乡土事物的书写，始于1953年的《鹅銮鼻》。“我站在巍巍的灯塔尖顶，／俯视着一片蓝色的苍茫。”诗人这样开始，接下去力写天风海浪，“冥冥”、“浩浩”、“大海”、“巨鹰”等气象雄浑的字眼很多。鹅銮鼻灯塔上的强光“旋向四方，水面轰地照亮；／一声欢呼，所有的海客与舟子，／所有的鱼龙，都欣然向台湾仰望”。“欣然向台湾仰望”这结束语，充满了身为台湾一分子的自豪感。陈幸蕙说得好，这是首“台湾颂”；也因此，它是一首乡土诗。不过，此诗有强烈的自我意识。全诗二十四行，“我”字出现了七次，有两次出现在“我的脚下”词组中。作者想象自己为张翅待飞的巨鹰，“小我”

的情怀豪壮，盖过了"大我"的乡土。所以《鹅銮鼻》不算是当行本色的乡土诗。

1958年有《西螺大桥》。此诗有附注谓余光中"3月7日与夏菁同车北返，将渡西螺大桥，停车摄影多帧"。后写成本诗。西螺大桥横跨台湾最大的河流浊水溪，于1951年建成通车，长近二公里，在当时是东亚地区第一长桥。余光中形容它是"钢的灵魂"，"力的图案，美的网"，是"意志之塔"，又说西螺平原吹着"壮阔的风"，赞美之情，溢于言表。不过，正如陈幸蕙说的，此诗是"一章以强悍的意志、向命运挑战的决心写成的人生宣言。西螺大桥，只是诗人借题发挥的对象"。《西螺大桥》虽然涉及台湾本土的"物"，其乡土性比起《鹅銮鼻》就更淡了。《鹅》、《西》一写灯塔一写钢筋长桥，两者都是科技文明的产物，这也削弱了狭义的乡土性。

《鹅》、《西》二诗涉及台湾景物，成于1962年的《观音山》和《碧潭》亦然。后二者都是情诗，观音山和碧潭只是背景、"道具"而已。不过，诗人以台湾实有地名入诗，使爱情不在虚无缥缈间，或游离在异域里，可说明诗人对所居住的台湾，大抵已经认同了，有一份感情了。这已经是余光中熟悉的一个岛、一片土地。

1972年的《车过枋寮》正式宣示了余光中对台湾的乡土之情。诗分三节，首节首行是"雨落在屏东的甘蔗田里"，次节首行是"雨落在屏东的西瓜田里"，末节首行是"雨落在屏东的香蕉田里"，全诗写的就是屏东、甘蔗、西瓜、香蕉，"甜甜"的、"肥肥"的；"屏东是最甜的县"、"屏东是方糖砌成的城"。这些，连同诗中的"山麓"、"平原"、"海岸"、"阡陌"，合起来成为一片令人怡悦的乡土。《车过枋寮》具有《诗经》以及鲍勃·迪伦（Bob

Dylan）民歌般的质朴、回环往复的风格（此诗成于余光中《摇摇民谣》的时期），这是乡土性的另一呈现。两年后，即1974年，余光中写了《雾社》和《碧湖》，向抗日的山胞致敬：日本人的"樱花谢了"，"武士刀也锈了"，"永不褪色是烈士的血"；"忆当年／乍一座活火山在此飞进"，"余波撼，远摇富士的山脚"。《车》、《雾》、《碧》三首诗，写的是余光中的"台湾经验"，属于"本土文学"（陈芳明语）。有人认为《车》对台湾乡土的了解不够深入。如果这句话的意思是《车》的乡情较淡，这样的批评是可以接受的。人生、爱情的哀愁有浓淡之分，乡情当然也有。《车》较淡，《雾》和《碧》则正如诗人自己说的"于今烈士碑前、英雄坊下，忠魂义魄，犹令人低回不能自已"，是深沉的乡土悲歌。

80年代以来：环保诗和乡土诗

1950年余光中到了台湾，至1974年，除了其间三度居留美国共五年外，一直住在台北。1974年起在香港教书，至1985年迁回台湾，在南部的高雄任教于中山大学至今。高雄居已整整二十年，这是他一生中居住最长久的地方，是他的城市，也是他的乡土。他抵达西子湾的校园，答记者问时，即清楚表示在高雄他将不是过客。鹅銮鼻在垦丁，写《雾社》和《碧湖》时他人在垦丁，垦丁在高雄之南，《车过枋寮》的枋寮也在高雄之南。余光中不是高雄的过客而是归人——回归50年代所咏写的台湾南部。余光中是福建永春人。最近二十年居住在高雄，高雄南下即为恒春半岛。原籍永春的诗人，如今与恒春为邻。恒春之邻的高雄，成为他的故乡，至少是第二故乡了。

余光中1985年定居高雄后，所写的诗已结集出版的有四本：

《梦与地理》，1990 年；《安石榴》，1996 年；《五行无阻》，1998
年；《高楼对海》，2000 年。余光中在《高楼对海》的后记里统计
过：这四本诗集涉及中山大学所在地西子湾的数量颇多，"西子湾
的山精海灵给我的天启，至少引出了二十四五首诗"。从最广义的
角度来看，这些都是乡土诗。他写西子湾，还写台湾别的山水乡
土，如垦丁、玉山、兰屿、雪山等等。写雪山有两首，兰屿六首，
玉山七首，垦丁多至十九首。

迁居高雄后四个月，余光中于 1986 年 1 月为"木棉花文艺
季"写了主题歌《让春天从高雄出发》，余光中 80 年代的台湾乡
土诗，恰恰好就"从高雄出发"：

让春天从高雄登陆
让海峡用每一阵潮水
让潮水用每一阵浪花
向长长的堤岸呼喊
太阳回来了，从南回归线
春天回来了，从南中国海
让春天从高雄登陆
这轰动南部的消息
让木棉花的火把
用越野赛跑的速度
一路向北方传达
让春天从高雄出发

这首诗意志"高"昂、"雄"心万丈，春天的高雄，在一片
"壮丽的光中"（余氏诗《五行无阻》末行语）。高雄在台湾南部，

春天从高雄出发，这是诗的地理意义。高雄是台湾的第二大城，台北第一。余光中说春天从高雄出发，这是诗的象征意义：高雄人自豪，敢为天下之先。1987 年高雄举办第二届"木棉花文艺季"系列活动，余光中为此写了《许愿》，呼唤爱心，强调保护环境。萧萧评论此诗说：它"虽是应景应酬之作，却注入了深情"。我同意其说。我相信《让春天从高雄出发》也是应景而有情之作。刘勰虽然贬"为文而造情"的作品，不过，因景因"文"而造出来的情，如果恰巧是实情甚至是深情，结果是情文并茂，当然值得我们喝彩。

《让春天从高雄出发》得到喝彩，为不同政见的人士引用。和它一样传诵，甚至流传更广的，是《控诉一支烟囱》，在《让》之后四十日写作的。

用那样蛮不讲理的姿态

翘向南部明媚的青空

一口又一口，肆无忌惮

对着原是纯洁的风景

像一个流氓对着女童

喷吐你满肚子不堪的脏话

你破坏朝霞和晚云的名誉

把太阳挡在毛玻璃的外边

有时，还装出戒烟的样子

却躲在，哼，夜色的暗处

向我恶梦的窗口，偷偷地吞吐

你听吧，麻雀都被迫搬了家

风在哮喘，树在咳嗽

而你这毒瘾深重的大烟客呵

仍那样目中无人，不肯罢手

还随意掸着烟屑，把整个城市

当作你私有的一只烟灰碟

假装看不见一百三十万张

——不，两百六十万张肺叶

被你熏成了黑恹恹的蝴蝶

在碟里蠕蠕地爬动，半开半闭

看不见，那许多曚曚的眼瞳

正绝望地仰向

连风筝都透不过气来的灰空

《控》引发的积极反应，论者多有谈及。《让》是歌颂，《控》是控诉，一正一负，都基于对高雄这块土地的关爱。余光中对环境的污染，在《控》诗前后，声讨了很多年；亦诗亦文，以此为主题，他发表过多篇作品。在《控》之后，如《贝壳沙》、《警告红尾伯劳》、《灰面鹫》等，都是环保诗或者说生态诗。前者指责游人在沙滩乱抛垃圾，后二者讽斥饕餮者捕杀禽鸟，这几首诗都常为人引述。

远在《控》之前，写于1963年3月的《森林之死》，似乎也可列入环保诗、乡土诗。《森》的副题是"2月26日大雪山所见"，诗人见到的是"杀杀杀！""整个下午，大屠杀进行着／灭族的大屠杀在雪线上进行"。云杉、红桧、冷杉、香杉，"绿色帝国的贵族们，颓然倒下"，"白血飞溅"。木材将成为华厦、椳墙、铁轨的枕木。"征服"森林的人胜利了，"钢铁胜利"了。保护环境的措施之一，是不要滥伐森林。1962年美国的卡尔森（R. Carson）出版了《寂静的春天》(*Silent Spring*)，引起注意，环保运动跟着形成了。不知道余光中写《森》之前有没有读过此书，也不清楚他写作《森》时有没有环保意识（在台湾环保的力作《我们只有一个地球》，韩韩和马以工合写的，到1983年才出版）；无论如何，就诗本身而论，绿色的森林被屠杀，以钢铁为代表的现代文明胜利了，这实在包含了诗人悲悼、不忍之情：人类为什么要这样征服、屠杀大自然？这和环保意识是相通的。《森》长达七十四行，是对大自然遇害的长长悲啸。

科技文明入侵乡村、乡野，带来污染，破坏生态。乡土文学常有反文明的意识或下意识。余光中像你我他一样生活于现代，拜科技之赐，享受科技文明，但他颇有返璞的思维。例如，1982年他人在香港，想起当时的台北，现代文明侵占，红尘滚滚，特别是"满耳的噪音，满腔的废气"，他写了《旧木屐》（收于《紫荆赋》），"拖着一双旧木屐，走出去／就让两边的围墙和篱笆／伸出扶桑和九重葛／一路接我回家去"，就颇有乡土气息。又如1994年的《火金姑》则有这样回归乡土的想象：

多想某一个夏夜能够

一口气吹熄这港城

所有的交通灯，霓虹灯，街灯

那千盏万盏刺眼的纷繁

只为了换回火金姑

点着她神秘的小灯笼

从童话的源头，唐诗的韵尾

从树根，从草丛的深处

寻寻觅觅，飘飘忽忽

一路飞来，接我回家去

罗大佑应该有兴趣把《火金姑》谱成音乐，因为他的歌就有这样的歌词："台北不是我的家，我的家乡没有霓虹灯。"

80 年代以来：山水诗和乡土诗

余光中的诗文，"古典"、"浪漫"、"现代"诸种元素都有。浪漫诗人喜爱大自然，有环保意识的人，多半都喜欢自然山水。余光中对自然之爱，表现在他的登山涉水、模山范水的作品中。1974 年至 1985 年居于香港期间，余光中登临过飞鹅岭、八仙岭诸山，游遍了船湾、吐露港、维多利亚港诸水域。1985 年迁居高雄，"高楼对海"，面对着西子湾。他用彩笔为西子湾浓妆淡抹，自然加上艺术而更美。高雄向南两个小时车程，就是垦丁公园，他写作《垦丁十九首》（为什么是十九首？可使人联想到《古诗十九首》？）是垦丁山水文学处女地最辛勤开垦、最有实绩的园丁。

《垦丁十九首》依其序列先后，写山、风、日出、海、沙、瀑布、树、菊花、鸟、蝶和石头；第十五首《牧神午寐》较为特别，写林中的寂静。陆机《文赋》有几句话正好用来形容这组诗："其为物也多姿，其为体也屡迁，其会意也尚巧，其遣言也贵妍。"这组诗景物多姿不必说，其描述角度和手法则力求变化，语言巧妙不拘一格。连其"体"也屡迁：陈幸蕙认为这十九首中，《牧神午寐》、《蟛蜞菊》、《银叶板根》、《青蛙石》都可称为童话诗，或多或少表现了"可喜的幽默、顽皮的趣味、轻松的美感、以及无目的的快乐"，信焉。《蟛蜞菊》开首这几行，用的就是童诗的笔调：

忽然一声喊，野孩子们纷纷

从石隙石缝里一下子涌来

黄发细颈的野孩子们

一转眼就爬满了沙滩

兴奋地又笑又唱又喊

　　写"风筝树"就不同了，它意志坚挺顽强："永不下降的一面半旗"，"和欺人的风势一较摔跤"，"就这么一身铮铮的傲骨／翘在咆哮呼喝的风口"。(《风筝树》)《山海瀑》一首写瀑布，同样英勇坚毅："万壑千山都拦你不住"，"谁都挡不了一条活水／向绝路寻找自己的生路"。《问海》则写浪花，意新言妍，充满哲思；写《念奴娇·赤壁怀古》的苏轼，写《多弗海滩》(*Dover Beach*)的阿诺德(Matthew Arnold)，一定欣喜于诗的江海，前浪后浪千百年滔滔不绝，欣喜于这首《问海》：

是骤生也是夭亡的典礼

刹那的惊叹，转瞬的繁华

风吹的一株水晶树

浪放的一千蓬烟花

为何偏向顽石上长呢？

为何偏向绝壁上开？

壮丽的高潮为什么

偏等死前的一霎才到来？

问你啊，无情的海

面对垦丁的美景奇景，余光中的妙想翩翩、哲思缕缕；问海之余，他劝大白斑蝶（《大白斑蝶》）：

趁春天还年轻，飞吧
飞回哲学家正甜的午梦
一路要提防，切莫闯进
昆虫学家采标本的袋网
让一根无情的针
穿肠成唯美的栩栩如生

陆机认为诗要写得好，诗人得先深刻地观察事物，增进典籍文化知识（"伫中区以玄览，颐情志于典坟"）。这首《大白斑蝶》，因为"哲学家"、"梦"、"栩栩"等字句而丰富了人文意蕴。余光中写垦丁这组诗，乃为了"歌颂这半岛（恒春半岛）的壮丽与天地的慈恩"。这"壮丽"有个焦点，就是大尖山。《大尖山》为组诗之首，诗云："垦丁是一切风景的结论／而你是垦丁的焦点"；"阳刚之美的一座石塔／所有仰望的眼光合力／将你拱举到大阵"。

在迁居高雄之前七个月，余光中在香港写了一篇题为《山缘》的散文。他说一生中有三次山缘，一在四川，二在美国的丹佛，三在香港的沙田。1985年他缘订三山之后在台湾续其山缘。《大尖山》一诗之后，他有《爬山的次日——献给大尖山》，还有《武陵道上见雪山》，还有《雪山二题》、《玉山七颂》。雪山和玉山，高近四千公尺，是台湾山中的"至尊"。高山仰止，余光中极言其"魁伟"、"雄奇"。中国大陆有昆仑、天山等崇高名山，《武陵道上见雪山》这样收结：

在一切烟雾与噪音

一切松针与鹰隼之上

与皓皓的昆仑，皎皎的天山

终古对望

表现了一种气势、一种关系。《玉山七颂》（1992 年）中的《青睐》，是"山颂"的副产品，山的背景——"纯然之蓝"的天——成为主角，最有机趣：

天蓝得如此无奈地酷烈

远处的雪峰都为之低首了

而愈近高夐的穹顶

那蓝色愈是慑人

谁敢目不转睛地逼视

而不受永恒的暗伤呢？

至少我不敢，这纯然之蓝

是蓝给玉山的诸峰看的

原就无心启示给凡眼

何况是久已习于红尘

于是一排树剪过影来

为我遮一遮天之青睐

如此"酷烈"、"慑人"的蓝，却原来是"蓝给玉山的诸峰看的"，于是配角的山"平反"又成为主角了。这天蓝实在慑人、伤人，使人不敢逼视，让人受不了这"青睐"："于是一排树剪过影来／为我遮一遮天之青睐"。大自然美的恩宠，有时是凡人消受不了的。

山缘海缘中，海缘更深。诗人与西子湾日夕相对，对夕阳时更有无限好、无限心情。诗人逐日，因为要留住彩霞满天的晚景，留住《西子湾的黄昏》（1991 年）：

几只货柜船出港去追赶落日
在快要追上的一刻
——甲板都几乎起火了
却让那大火球水遁而去
着魔的船只一分神，一艘
接一艘都出了水平界外
只剩下半截晚霞斜曳着黄昏
直到昏多于黄，泄漏出星光
敻辽的冷辉壁照着天穹
似乎在探索落日的下落
而无论星光怎样地猜疑
或是涛声怎样地惋惜
落日是喊不回魂的了
这原是一切故事的结局，海说
朝西的窗子似乎都同意
只有不甘放弃的白堤
仍擎着一盏小灯塔，终夜
向远方伸出长臂

诗人化身为夸父，夸父化身为货柜船，去追赶落日，而"大

304

火球水遁而去"。星光出现了，不甘心，"探索落日的下落"；涛声惋惜地喊，落日不回魂。这是结局？还有不甘心的："白堤／仍擎着一盏小灯塔"。什么是想象力？《文赋》说是"笼天地于形内，挫（收拾役使之意）万物于笔端"的能力、魔力，也就是莎士比亚在《仲夏夜之梦》中说的："不被认知的事物，想象力使之成形；诗人之笔塑其形貌，使虚无飘渺之物有居所有姓名。"余光中正是如此，追赶、遁去、探索、喊叫、不甘放弃等等动作，构成一系列行动（亚里士多德《诗学》说的 action），余光中编导了一出天天在西子湾——以货柜船、白堤、灯塔为"乡土"标志的高雄港湾——演出的凄美戏剧。

80 年代以来：水果诗和乡土诗

西子湾的日落凄美，台湾南部盛产的水果则甘美。《安石榴》收辑了 1987—1989 三年写的十首水果诗，是他"在齿舌留香之余"对佳果及乡土的颂赞。十首诗之首是《埔里甘蔗》，诗中埔里、南投、西螺这些乡土名字先后出现；《莲雾》和《南瓜记》则有屏东，《荔枝》有旗山，证明这些水果都是土产特产，产自"南投芬芳的乡土"（《埔里甘蔗》），"带着屏东田园的祝福"（《莲雾》）。余光中怀着感恩的心，自己或与亲友，吃着或将吃甘蔗、槟榔、安石榴、苹果、莲雾、南瓜、荔枝、水蜜桃、葡萄柚、芒果，把相关的情景写成一首首超短的诗剧或诗小说，而以《埔里甘蔗》的牧歌作为这些水果诗的序曲。下面是它中间的数行：

看我，拿着甘蔗的样子
像吹弄着一枝仙笛

一枝可口的牧歌

每一节都是妙句

用春雨的祝福酿成

和南投芬芳的乡土

他把甘蔗想象为仙笛，仙笛奏出牧歌，甘蔗有一节一节的蔗身，
每一节是歌曲的句子。古人说文如饭、诗如酒。酒是酿出来的。
这里说牧歌如诗，也因此如酒，也因此说"用春雨的祝福酿成"。
欣赏完精妙绵密的诗艺，再来听下面《荔枝》动人的故事：

不必妃子在骊山上苦等

一匹汗马踢踏着红尘

夺来南方带露的新鲜

也不必诗人贬官到岭外

把万里的劫难换成一盘口福

七月的水果摊口福成堆

旗山的路畔花伞成排

伞下的农妇吆喝着过客

赤鳞鳞的虬珠诱我停车

今夏的丰收任我满载

未曾入口已经够醒目

裸露的雪肤一入口，你想

该化作怎样消暑的津甜

且慢，且慢，急色的老饕

先交给冰箱去秘密珍藏

等冷艳沁澈了清甘

脱胎换骨成更妙的仙品

使唇舌兴奋而牙齿清醒

一宿之后再取出，你看

七八粒冻红托在白瓷盘里

东坡的三百颗无此冰凉

梵谷和塞尚无此眼福

齐璜的画意怎忍下手？

《荔枝》写诗人欲吃荔枝前的美好想象。余光中以其一贯具体生动的手法来写，诗中人、物、事都有，是咏物诗而具有情节，体现了艾略特"戏剧性"的理论：即使是一首短小的抒情诗，也应写得好像一出小小的戏剧那样人事物都具备。诗人抒情：为"七月的水果摊口福成堆"、"今夏的丰收任我满载"而喜；为快将吃到"醒目"、"消暑"的"仙品"而乐。他议论：现在我们真有口福，不必像杨贵妃"在骊山上苦等"，不必像苏轼"贬官到岭外"才尝得到佳果。他叙事：诗人驾车时，路旁有农妇叫卖荔枝，诗人欲大快朵颐，想到把荔枝冰冻后才吃的清甘美妙。他描写——咏物诗当然要对所咏之物好好刻画一番："带露的新鲜"、"赤鳞鳞的虬珠"、"裸露的雪肤"、"冷艳"、"清甘"、"仙品"、"七八粒冻红托在白瓷盘里"等等，或用赋法，或用比法，虽然没有石破天惊的"陌生化"（defamiliarized）意象，却也视觉、触觉、味觉词汇具备，感性相当丰富。丰富了此诗内涵的，还有杨贵妃（"妃子"）、苏东坡、梵谷、塞尚、齐璜这些历史文化名人及其相关典故。

结语：学者乡土诗

正如孟樊在论述台湾写实主义诗题时指出的，这类诗作者常有乡土题材；而这类诗作的"语言多半具有……平白化的特色"，可谓是"一览无遗的诗"，诗味很淡。平白、平淡即少曲折、精巧，孟樊意谓这类写实诗缺乏高明的诗歌艺术。余光中的乡土诗和平白的写实诗、乡土诗不同。和他自己技巧密集、典故繁富的《慰一位落选人》《唐马》《祷女娲》等相比，余光中的乡土诗是较为"平白"的，但比起当代其他一般的写实诗、乡土诗，却奇美有味得多。有一首题为《返台观感》的环保诗、乡土诗，慨叹乡土被污染，三节中第二节是这样的：

一九八五年初夏
我返国归乡
仔细研察台湾
被肆无忌惮破坏
变色的乡土
变色的大自然
在我心底哭泣

三节都是这样的平白。余光中1986年的《控诉一支烟囱》，上面引述过的，和《返》比较，就马上显出两者技艺的落差。余光中是诗歌女神缪斯（Muse）的异族兄弟，奇想妙思丰盈。本文论述的《控》等诗就是这样。刚才引的《荔枝》则以书卷气胜：在高雄的旗山欲吃荔枝，先想到骊山的贵妃，然后是眉山的苏轼；以文（艺）会友，连梵谷、塞尚、齐璜也来了。有人曾对乡土诗的要素加以分析，认为其一要素是"展示朴素的风格"。余光中的乡土诗并不华丽，但在相对的朴素中有其文雅、文化，在乡土气中有学者味、文人味。小说中有"学者小说"，散文中有"学者散文"；乡土诗中有"学者乡土诗"，就是《荔枝》、《火金姑》、《武陵道上见雪山》等诗，上文析论过的。

乡土情怀、乡土文学古今中外都有。"人情同于怀土兮，岂穷达而异心？"王粲《登楼赋》这句话，只要把"怀"字兼作"怀念"和"关怀"解，就可用来说明一切乡土文学的根源。对乡土事物的关怀和书写，角度和方式，向来多元多样。都是以其家乡（所谓 native region）为背景，马克·吐温（Mark Twain）和约翰·斯坦贝克（John Steinbeck）的小说，颇异其趣；南美洲的马尔克斯（Gabriel Márquez）又和他们北美的同行不同，他写的是既写实又魔幻的乡土小说。所以，如果余光中的乡土诗和吴晟、李昌宪的乡土诗有异，这只是自然的现象。吴晟生长于农村，读的是农专畜牧科，既读书且耕种。余光中五十多年生活于学府，读书而不耕种，他不会写出吴晟"母亲的双手，是一层厚似一层的／茧，密密缝织而成"（《手》）和"吾乡的人们，透早和透暝／无闲理会满身的污泥"（《过程·种》）那样的诗句；然而，吴晟写的"自己的家乡，自己不爱护／谁来爱护"（《劳动服务》），"大地的温暖，泥土的慈爱／我们仍然要信赖"（《草坪》），一定会得到余光中的共鸣。

台湾的很多乡土文学，都写"穷"——乡土被内部或外来腐败邪恶力量所伤害，也就是前文定义部分所说的"2.情思（B）"；作者写作时，可能也"穷"——包括王粲所说的"穷"，"文穷而后工"的"穷"。余光中的乡土诗，写的多是乡土之"达"：山水风物的壮丽、甘美、可爱。而他事业堪称顺利，名闻遐迩，是

"达"人。岂穷达而异心？他对乡土之爱、对台湾之颂（当然也有针砭、讽刺），是如日月之明朗，如山之高水之长的。

余光中精通中文英文，其学术兴趣兼顾中文和英文文学。兴趣多方，他还学习西班牙文，还在中英互译之外，翻译土耳其诗（转译自英译本），还听音乐、看绘画，且撰写乐评与画论。他在文学上，不可能不诗、散文、评论诸种书写体式都经营。他在诗方面，不可能不题材广阔、体制多元。余光中自称为"艺术的多妻主义者"。他也是生活地域的"多妻主义者"：撇开大陆是母亲不说，他自言台湾是其妻子，香港是其情人，欧洲是其外遇。这样一算，他已是"三妻主义者"了；如果把甚为戏谑式的"美国是弃妇"之喻加起来，那是"四妻"了。对天地万物，他多情、兼爱甚至泛爱（当然有其最爱）。余光中写过多篇美国、欧洲的游记，描其山川，写其人文。居住香港十年，结了山缘海缘之后，称美其山其水。90 年代以来，余光中常访大陆，乡愁的诗不再，而游访巴蜀、齐鲁、金陵、"蓝墨水的上游是汨罗江"的诗文，汨汨而出。余光中写诗怀念母亲、悼念父亲，抒发嫁女之喜、抱孙之乐。他写过《珍珠项链》、《三生石》等传诵诗篇，鹣鲽之情极深。他在台湾这片乡土，前后居住四十年，对台湾这个妻子，其颜如玉（有玉山），其容如西施（有西子湾），怎能不情诗一首接着一首，颂其娇美雍容、诚之以庸俗污染、述说二者的逾恒恩爱呢？（他也写了很多台湾乡土散文，这是本文的题外话了。）

余光中是现代诗人，是抒情诗人，是山水诗人，是环保诗人，是乡土诗人，是山水、环保、乡土浑然一体的诗人，是垦丁诗人，是高雄诗人，是台湾乡土诗人，正如他是香港诗人是华夏诗人一样。

黄维樑在余光中诗园

中诗西诗，诗是余家事
——余光中诗话初探

一、引言：余光中的文学评论和"诗话"

余光中于 1928 年出生于南京，祖籍福建永春。1950 年到台湾，创作不辍，诗名文名渐显，至 60 年代奠定其文坛地位。他手握五色之笔：用紫色笔来写诗，用金色笔来写散文，用黑色笔来写评论，用红色笔来编辑文学作品，用蓝色笔来翻译。数十年来他诗心文心永春，作品量多质优，影响深远；其诗风文采，构成 20 世纪中华文学史璀璨的篇页。余氏诗文双璧，诗是他的最爱，用力至巨，是他尊贵的事业，为他赢得诗坛祭酒的美名；其散文则璨丽多姿，号称余体，读者大概比诗的读者更多。他自言以诗为文，以文为论，其文学评论除了议论之外，兼有美文的辞采。在约略与他同代的批评家中，余光中不像夏志清那样披荆斩棘，全面评价某个时期的某文体，写成数百页的大著。余光中也不像颜元叔那样，用近乎宣道者的热忱，引介一种西方的文学理论。余光中也不像黄永武那样，条分缕析地，写专书探究一种文体的思想与技巧。然而，余光中是个杰出的批评家。我们不因为苏东坡的词名太著，而忽略其诗与文的成就。同样道理，我们不应因为余光中的诗名过盛，而忽略其文学批评的成就。

《文心雕龙·神思》说作家要"积学以储宝",文学批评家更要如此。"积学以储宝"是余氏创作中西合璧的基础,也说明了其评论视野广阔的原因。上面说他有五色之笔,以黑色笔来写评论。说是黑色笔,因其褒贬力求像《文心雕龙·知音》说的"照辞如镜"、"平理若衡",力求公正无私,有如黑面包公判案。余氏具有中西文学的深厚修养,撰写诗、散文、小说、戏剧各种体裁的评论时乃得纵横比较、古今透视,指出所评作品的特点,尝试安顿其应得的文学地位。在《分水岭上》、《从徐霞客到梵谷》、《井然有序》、《蓝墨水的下游》、《举杯向天笑》五书和其他文章里,他的表现和杰出的批评家没有什么分别。

近代的中国,科学技术不如西人,国人向西方学习唯恐不及;文学艺术也似乎在人之后,以西方马首是瞻。不少从事文学批评的中华学者,对西方的理论鲸吸牛吞,却不知挑选过滤,反刍咀嚼,结果写出来的文章,外来术语充斥、半生不熟、诘屈聱牙,而不堪卒读。文学批评的功能之一,本在帮助读者了解作品,加强欣赏的能力。可是这类不堪卒读的批评论文,本身已不易为读者了解,遑论发挥其功能了。如果把作品比为宝藏,把批评文章比为寻宝地图,试问一张符号混乱、笔画错杂的寻宝地图,对发现宝藏有何帮助呢?余光中出身于台湾大学外文系,对古典和现代英诗的修养甚佳;对若干盛行的批评理论,也颇有认识。难得的是他的批评文章,不论长篇短制,都没有这类术语和理论上恶性西化的毛病。他应用西方理论时,深谙择善而从、适可而止之道。他的批评文章,隽语警句特多,辞采灿然:好像论中国古典诗的时空结构时,说其匠心独运处,有如"连环妙计";论金兆的小说时,称它为"红旗下的耳语";论诗和散文的异同,则谓二者有如成于"缪斯的左右手"。由于形象性强,比喻生动有趣,读余光中的批评论文，乃没有枯燥沉闷、诘屈聱牙之苦，而有引人入胜、流畅悦目之乐。

余光中以诗为他"与永恒拔河"的凭借，希望诗是他不朽的盛事。论诗之文，比起论其他文体之文，更受到他本人重视。在余氏的多本文集中，有五本是文学评论专集，其中论诗的文章甚多。2003 年出版的《余光中谈诗歌》，是他出版的"论诗的专书"，此书收他自选的长短文章二十六篇，都是诗的专论。要了解余氏的诗观，以及他对古今中外诗歌的实际批评，这本《余光中谈诗歌》和上述五书的相关文章，加上其他文集的诗论诗评专篇，自然是最重要的文献。上述以外的余氏其他作品，往往也含有余氏的诗论诗评；这些较为零散的文字，对了解余氏的诗学也很有参考价值。中国在一千年前开始有诗话，自宋代欧阳修的《六一诗话》至清代的《随园诗话》、《瓯北诗话》和 20 世纪的《饮冰室诗话》、《人间词话》、《林以亮诗话》等。一般而言，诗话的特色是谈诗艺、谈诗人、谈诗事，篇幅可长可短，笔调不拘一格，不必像现代诗学论文那种专业性的专论。余光中在其抒情、叙事、记游、说艺的散文中，其谈诗艺、谈诗人、谈诗事的片段，或一笔带过，或三言两语，或字数上千，如摘录编辑成册，大可名为"余光中诗话"。余光中文学成就卓越，学术界对其文其人多个方面的论述甚多，"余学"一词已成立。至于"余光中诗话"研究，本文应属草创。行远必自迩，笔者以其 2005 年也就是最新近出版的散文集《青铜一梦》为对象，抽取其谈诗的话语，加以分析论述，是为"余光中诗话初探"。

二、《青铜一梦》中的诗话

《青铜一梦》收余氏 1998 年末至 2004 年初所写散文二十五篇，有《圣乔治真要屠龙吗？》和《山东甘旅》等长篇记游之作，也有《戏孔三题》的幽默短篇；此外还有观星、观地图、观影剧、记个人及家人生活、叙交游故旧等篇章。题目中有"诗"字的只有《略扫诗兴》一文。题中无诗，但文中经常有诗；全书二百七十页，涉及诗艺、诗人、诗事的大概有一百页，首篇《九九重九，究竟多久？》是为傅孟丽《茱萸的孩子——余光中传》所写的序言，序中自然有诗。余氏写道：

> 我读济慈的传记，发现他的身高竟然跟我相同，就感到非常亲切；读艾略特传，发现他的第一次婚姻很不美满，我深感同情，甚至对他的诗也更多领悟。

济慈和艾略特为近世英美的著名诗人。末篇《青春不朽——忆〈幼狮文艺〉的三位狮妈》，其中一位是痖弦，余氏述其诗名，引其名诗，文末提到希腊神话中的诗神阿波罗。《青铜一梦》这部散文集不自觉地首尾一体，以诗始终。

《青铜一梦》谈及的诗人词人，除上述之外，还有屈原、李白、杜甫、刘长卿、白居易、杜牧、韦庄、李璟、陆游、李清照、徐志摩、冯至、卞之琳、普希金、彭斯、华兹华斯、拜伦、雪莱、勃朗宁、爱伦·坡、惠特曼、狄金森、弗洛斯特、格雷夫斯、希梅内思等，古今中外都有。述及诗人时，常征引其名诗名句。诗人有诗事。李清照有"兴尽晚回舟，误入藕花深处"之语，济南人把这位才女封为藕神，余光中记其事；玛丽为亡夫雪莱编印诗的遗作，余氏述其情。诗人的私事也是谈资：余氏提及艾略特第一次婚姻失败，雪莱被牛津大学开除。颇使读者讶异的是"再好的大学千虑也可能一失。例如大诗人雪莱就被牛津大学开除"之语，见于《凤凰鸣矣，于彼高岗——中文大学四十周年献辞》，这是余氏2003年接受香港中文大学荣誉文学博士学位时，在典礼上的讲话，而善颂善祷的讲话中竟涉及大学之"失"。近乎八卦的一则诗人私事，则为1999年秒某日，余氏偶然听到广播电台台湾名嘴陈文茜的一段话，陈在谈论电视剧《人间四月天》时忽然道："余光中的诗也不错，可是情诗不多，也没有什么风流韵事，传记读来有点乏味。"余氏充当记者，把这诗话笔录下来；接着只说当时连他本人在内的"两位听众大吃一惊，一同笑了起来"。他对陈文茜的评论不置可否，为这段文字添了悬疑性和趣味。

三、余光中诗话："徐志摩"读错济慈的诗

上述涉及雪莱、济慈、艾略特、李清照和余氏本人的几则诗话，或一笔带过，或三言两语，以下试引其篇幅较长的几则。就从电视剧《人间四月天》的诗开始。《略扫诗兴》一文说1999年此剧在台湾热播时，"似乎台湾之大，只有"余光中一人不怎么看。为此他不得不"面对现实"，此剧回放时，他"就认真看了"。他认为从头开始所看那几集，"此剧拍得相当认真，比我始料高明。柔情、美景、淡雅的对话、从容的节奏，气氛高于情节，端的诗意深长"；剧中的"徐志摩风流儒雅，是有点玉树临风之概"。褒扬之余，贬抑来了：

金童〔徐志摩〕玉女〔林徽因〕在剑桥重逢的一幕，嫌粗

糙了一点。当时玉女坐在琴前，正弹着贝多芬的《月光奏鸣曲》，金童则从架上取书，步来琴畔，竟然诵起济慈的《夜莺曲》来。诵的是第六段前四行：

Darkling I listen; and for many a time

I have been half in love with easeful Death,

Called him soft names in many a mused rhyme,

To take into the air my quiet breath;

勉强译成中文，大意是：

在暗中我倾听；有好几次

几乎要爱上安逸的死神，

冥想用诗句低唤他的名字，

将我平静的呼吸化入夜氛；

不幸到了第三行末，金童念错了，把原应读成三音节的 mused rhyme 竟然读成 muzdream……。余氏接着具体指出错在读错音、读少了音节，有小错有大错。中英诗学修养深厚的余教授叹道："以徐志摩的才情，面对令他惊艳的才女，正存心炫学一番，怎么可能犯这么一个大错呢？"

余光中极爱济慈的诗，《夜莺曲》大概是济慈最著名的一首。认为诗歌女神缪斯非哑巴的余氏，对诗的音乐性甚为敏感，名诗读错了，怎逃得过他的灵耳？这则诗话在阐释诗意、诗法之外，还让读者得到一段译诗。他虽自谦"勉强"译出来，其实余译信达诗意，音节数目和韵脚都比照原作，不愧是高手所为。2009 年余氏发表了《夜莺曲》等八首济慈名诗的中译，我们发现后译和前译差别不大：首两行前后译相同，末两行后译稍有改动。后译为：

冥想用诗韵昵唤他名字，

将我平静的呼吸融入夜氛；

四、余光中诗话：喜爱披头士，不亲现代诗

《青铜一梦》中《当我到六十四岁》一文提到两首诗，一为《露西在天上戴钻石》，一为《挪威森林》。二者其实是披头士（the Beatles）两首流行曲的歌词。《露西》第四句有"一个女孩子光彩多变的眼色"之语；余氏指出露西英文为 Lucy，而"Lucy 源出拉丁文 lux，意为光彩，……此诗第四行说女孩眼闪七色，恐亦含此意"。他又说这首歌"迷情"、"梦幻"，其原名 *Lucy in the Sky with Diamonds* 三个实字的字头 LSD 即迷幻药。歌词作者有意拼合乎，只是巧合乎，引人猜疑。至于《挪威森林》一首，有词曰："我有过一个女孩 / 或者应该说 / 她曾经有过我。"余氏谓此曲"扑朔迷离"，"诗句隐晦难懂"，原来作曲者列侬（John Lennon）当时要写的是自己的一段婚外情。余氏又谓把歌名 *Norwegian Wood* 译为《挪威森林》是错误的，应作《挪威木料》方合。余光中在这里训诂字义、解说背景，显现传统诗学教授的本色。

更值得我们注意的是，他称述上面两首歌的歌词时，用了"诗"和"诗句"的字眼。是流行曲而已，其歌词可称为诗？余氏白纸黑字称之为诗。《当我到六十四岁》一文的题目，就是披头士之歌 *When I Am Sixty-four* 的名字。余氏把此曲的歌词全译出来，冠于文首，并称赞此歌，说它"紧贴吾心"。凡此种种肯定，固然基于余氏的慧眼和宽胸，笔者认为也因为余氏对披头士的喜爱。余氏自言"后知后觉"，到 1969 年他四十一岁"才迷上披头士"。

那一年，他在美国山城丹佛（Denver）当客座教授，"苦涩的岑寂之中，最能够消愁解忧的……是民歌与摇滚，尤其是披头士的歌"。

当时诗龄二十年、在台湾现代诗坛地位举足轻重、常为现代诗辩护的余光中，认为"最能够消愁解忧的寄托，不是文学，是音乐"，且"对现代文学尤其是现代诗愈感不亲"。对缪斯，他要叛逆、要变节？ 1969 年后至今逾半个世纪，事实是他没有背叛缪斯，而是仍然忠于她、拥抱她。当年余光中的寄托、沉醉于披头士等民谣与摇滚，一大原因是对现代诗——至少是相当一部分的现代诗——失望。在《夏济安的背影》一文中有这样的诗话："济安对新诗的不满与期许，……说得十分中肯，……〔他〕强调新诗最弱的地方在于音调，结果是既不宜诵读，更不易背诵，比起古典诗来，感染力差得多了。"在余氏看来，现代诗弱于音调，还败于晦涩难懂。笔者观察余光中，认为六十年来他对现代诗的情怀，可用爱恨交织来形容：他爱写现代诗，迄今已写逾千首，认为古典诗虽然美善，现代诗才有现代气息，才能让诗人推陈出新；然而，他对很多现代诗的弊端也看得清楚，常有恨意，恨"现代诗"不成诗。2010 年 10 月初在高雄中山大学的一个研讨会上，余氏借题发挥，说了重话："什么大报设的现代诗奖，我不再做评判了。现代诗沉沦了，我不再读现代诗，宁可读古老的《诗经》、《楚辞》！"这番重话是名副其实的诗"话"，笔者这里才做了文字记录。

五、余光中诗话：易安是藕神，痖弦似火山

余光中在 60 年代常为现代诗辩护，数十年来写了不少现代诗评论，乐道徐志摩、卞之琳和很多台湾、香港现代诗之美善。在

《青铜一梦》一书中，为现代诗人说好话的却甚少，多的是中国古代诗人词人，引述的也多是古代诗词。余氏在南京、济南、重庆、永春（在福建）以至美国、欧洲各地游览、参访，触景生情，生的有很多是诗情，且引生出诗句，如杜甫、白居易、韦庄、陆游等那些。

出生于南京的余光中，睽违故乡半世纪后于 2000 年秋天还乡。还乡的心情如何？李清照成为他的代言人："春归秣陵树，人老建康城。"归人已老，余光中满有回乡的沧桑感。李清照曾居于南京，却是济南人。2001 年春天余光中有山东之旅，登泰山、涉黄河、游济南，他对"济南的才女李清照"的感觉特别亲近。济南之游后他写了《丁香》一诗，有"叶掩芳心，花垂寂寞"之句，用以怀念李清照，余氏所称的"中国最美丽的寂寞芳心"。《山东甘旅》长文中这则诗话（李清照以词名；广义而言，诗话可包括词话），好像是与这"寂寞芳心"对话。山东之旅六年后，余氏写了《藕神祠》一诗，翌年出版的余氏最新诗集更命名为《藕神》。《藕神祠》一诗的副题是《济南人在大明湖畔为李清照立藕神祠》。

返回《山东甘旅》一文。里面有另一则关于李清照的诗话，长约千言。济南市中心有泉城广场，广场东边为文化长廊，廊道上供着十二尊山东圣贤的青铜塑像，依年代先后，第十尊是李清照。中国历代诗话词话的常见内容是摘句，余氏这里摘了易安居士不少名句，如"帘卷西风，人比黄花瘦"；"兴尽晚回舟，误入藕花深处；争渡，争渡，惊起一滩鸥鹭"；"轻解罗裳，独上兰舟"等。这则诗话不止于摘句，它还有写景、叙事、抒情、议论：这尊铜像"塑得极好"，人显得"绰约而高雅"，"左手贴在腰后，右手却当胸用拇指和食指拈着一朵纤纤细花"。这尊李清照，是同游的余光中女儿认出来的，在众多"硬汉"中有此玉人，令人惊喜。

余氏述其流连像前的感怀："心底宛转低回的都是她美丽而哀愁的音韵。如此的锦心如此的绣笔，如此的身世如此的晚境。"巧的是，余氏高雄住所旁边的路，名为明诚路，由此他更想起李清照和她丈夫赵明诚"剪烛共读的幸福早年"。诗话不是正经八百、"无我"的诗学论文，意到笔到，作者在此透露了个人的住处。余光中还有下面的议论：

> 李清照之美是复合的，应该在她的婵娟上再加天赋与深情，融成一种整体的气质与风韵。北国女儿而有此江南的灵秀敏感，正如大明湖镜光里依依的垂柳迎风曳翠，撩人心魂也不输白堤、苏堤。

这番议论颇精辟，且含有"垂柳迎风曳翠"的比喻，正是余氏以诗为文、以文为论的笔法。这关于李清照的千把字，可独立成为一篇小品文。此篇还有余意，一为惋惜文化长廊有李清照，而无同为济南人的辛弃疾；二为对像赞的清照词"传播中外"一语的商榷。余氏点到即止，若加以发挥铺陈，引用当代西方的文学理论，那是一篇与女性主义（feminism）、政治正确性（political correctness）、中西文学读者反应论（theory of reader's response）有关的文学论文了。

李清照这一则摘了不少句子，余光中在《青春不朽》一文写现代诗人痖弦的三百多字中，更有五小段是摘句，包括"激流怎能为倒影造像？"、"我等或将不致太辉煌亦未可知"、"天蓝着汉代的蓝／基督温柔古昔的温柔"这三处。这一则极具传统诗话摘句的特色。摘句之外，余氏的评论中有"痖弦做诗人的活火山岁月"，有痖弦长期任报纸副刊主编的作风"也许不像高信疆那么锅热火旺"等比喻式语句，这也是传统诗话惯用的手法。余氏一向辞采精妙，与痖弦有关这一段，更用了呼应和改用笔法，这样作结："晚年的痖弦当有无尽的沧桑可赋，火山可以再喷发吗？或将更辉煌亦未可知吧？"余光中素来重视（或应作重听）诗的声韵，这则诗话在摘了五句之后说："这些诗句常在我听觉的痒处搔着，令我怀念。"好一种通感（synaesthesia）式的读者反应，有余氏特色的。

六、余光中诗话："英诗班上最美丽的教材"

从《青铜一梦》中，我们还可摘录出一则则数百盈千字的诗话，如关于黄河的诗，关于英国诗人雪莱妻子对亡夫遗作诗篇的编印，关于拜伦、艾略特、余光中的讽刺诗，关于奥登的诗《美术馆》及其相关的名画。这几则诗话，或引其诗，或摘其句，切时切地切人，或感慨系之，或风趣说理，也都是博雅的小品。有一则题材较为特别的，是《钞票与文化》一文中涉及诗人彭斯（Robert Burns）和西梅内思（Juan Ramon Jimenez）的部分。余光中对事事物物的好奇心饱满，又曾自称为"艺术的多妻主义者"；在此文中他变为"见钱开眼"的"另类美学家"，"在铜臭的钞票堆里嗅出芬芳的文化"。他写道：

苏格兰五镑的钞票，正面是诗人彭斯的半身像，眼神凝定，……握着一管羽毛笔，……〔反面则是〕一只"硕鼠"……匍匐于麦秆；背后的玫瑰枝头花开正艳。原来这些都是彭斯名作的题材。诗人出身农民，某次犁田毁了鼠窝，野鼠仓皇而逃。诗人写了《哀鼠》（To a Mouse）一首，深表歉意……。至于枝头玫瑰，则是纪念彭斯的另一名作《吾爱像红而又红的玫瑰》：其中"海干石化"之喻，中国读者当似曾相识。

这位诗学教授在作中西诗歌的比较论述后，加上点睛的一句："这张钞票情深韵长，是我英诗班上最美丽的教材。"

余光中曾三访西班牙，留下了三张西币，有一张是诗人希梅内思："这一张以玫瑰红为基调，诗人的大头，浓眉盛须，巨眸隆准，极富拉丁男子刚兀之美。"旁边有红白玫瑰花，反面也有一丛玫瑰——

最令我兴奋的，是右上角诗人的手迹：¡ Allá va el olor de la rosa! / ¡ Cóje la en tu sinrazón! 书法酣畅奔放，且多连写，不易解读。

余氏略通西班牙文，却解读不了这手写的一句，乃辗转向两位西班牙文教授乞援，得知诗意当为"玫瑰正飘香，且忘情赞赏"。"钞票而印上这么忘情的诗句，真不愧西班牙的浪漫。"文章题为《钞票与文化》，至此题旨深刻呈现。笔者想，这张"希梅"的钞票，也应该是又稀有又美丽的教材吧。余光中有诗不朽的萦心之念，诗人诗句赫然现于钞票，至少可"不朽"数十年；这位中华诗人对苏格兰的彭斯和西班牙的希梅内思不胜企羡？可惜海峡两岸印的钞票，从来没有屈原或李白或杜甫其人其诗。

七、结语：为"余光中诗话"立项

中国传统诗话对诗艺、诗人、诗事无所不谈，上面这些余光中诗话亦如此。诗是余氏的最爱，他曾戏称自己写诗、教诗、译诗、评诗、编诗，五马分诗；从青年诗人到华年诗翁，就如杜甫说的"诗是吾家事"，诗是余家事。余氏生活中处处有诗，因诗成话，而有本文草创的"余光中诗话"名目。以上余光中这些诗话，是他论诗评诗专篇的延伸、补充和变奏，和他的专篇一样辞理俱胜，行文没有恶性西化之弊，且比其专篇更有个性、更有趣味、更与诗歌之外的其他文艺相涉。中国古代的诗人如孔子说的"游于艺"，游目骋怀，见佳诗佳句便采而撷之，诗话中乃多摘句的片段。在评论诗人、诗篇、诗句时，则往往点到即止，用的常是"工"、"绝"、"妙"、"本色"等话语，从《六一诗话》到《随园诗话》都如此。余氏这些诗话，也是生活中"游于艺"时所观所赏所联想的记录。他笔下常有感性知性兼具的烘托点染，其一则则书写无异于一篇篇诗学小品，本身即具有修辞谋篇的观赏价值。余光中在当代中华文坛的地位，比诸袁枚、赵翼之在清代乾隆时期，有过之而无不及；其论诗谈诗的篇什，在文学史上有重要的意义，其理趣情趣当亦过之，更不要说其中西视野的辽阔了。余氏兼通中西诗学，长期在大学里教授英国诗歌；他虽然中西兼爱，但思维所及、谈锋笔锋所及，西方诗歌的分量大概重于中国诗歌。

把余氏数十年来论诗评诗专篇之外的谈诗文字，加以摘录编辑，当是一大册可观的《余光中诗话》。本文只从《青铜一梦》书中采摘论列，何况尚不全面，因此只能说是初探略论。"余光中诗话"如能在中国诗话的大科目中立项，则我们发现以诗为余家事的余光中，其诗艺、诗人、诗事的话语，延续了中国诗话这个传统；他更以其广阔的视野、以其写景抒情叙事说理面面兼擅的健笔彩笔，为这个传统加添了内容和姿色。由于他的诗话兼及中诗西诗，要研究余光中诗话和相类似的中国现代诗话的学者，就也得兼顾中诗西诗了。

济慈：余光中的"家人"
——读《济慈名著译述》随笔

4月中旬台北诚品书店有个春天的约会，以《秋之颂》（*To Autumn*）等诗名垂英国文学史的济慈（John Keats），其诸多名作杰作中译的诗集出版了；在家人、出版人、高足、朋友、粉丝簇拥中，诗翁余光中主持其新书《济慈名著译述》的发布会。会上译者与英国文学学者对谈济慈的诗，以及翻译的问题，朗诵济慈的诗及余氏的中译，众人一起领略这位英国浪漫诗人的感性之美与知性之真。《济慈名著译述》兼有诗和书信的翻译，译事在2010—2012年进行时，余氏已年逾八十。济慈是余氏一生深慕挚爱的诗人，十八岁青年诗人所写，八十岁耄耋诗翁仍不辞辛劳迻译。

余氏二十五岁已有诗颂二十五岁去世的济慈（1795年10月31日出生，1821年2月23日去世，说活了二十五或二十六岁都可以），其1953年所写《吊济慈——济慈逝世百卅二年纪念》的首二节为：

> 像彗星一样短命的诗人，
> 却留下比恒星长寿的诗章，
> 透过了时间那缥缈的云影，
> 在高寒的天顶隐隐闪亮。

谁说你名字是写在水上？
美的创作是永恒的欢畅，
普照着人类像是太阳，
照亮了西方和东方。

济慈常在余光中的诗文中出现。1996 年余氏六十八岁，在英国参观济慈的故居，感怀不已，最徘徊不能去的是在这里济慈吐血而死之事。此行所写的《吊济慈故居》开首说：

岂能让名字漂在水上
当真把警句咳在血中
"把蜡烛拿来啊，"你叫道
"这颜色，是我动脉的血色
一个药科的学生怎会
不知道呢？我，要死了"
写诗与吐血原本是一回事

这真是呕心沥血，苦吟处与我国的李贺（也只活了二十六岁）相若。19 世纪英国三位浪漫诗人拜伦、雪莱、济慈中，前二者都是贵族，济慈则属于平民，而且他的境遇最为困苦。济慈患肺疾，母亲和弟弟均因肺疾先他而殁。与所爱的芬妮·布朗（Fanny Brawne）订了婚，却未能娶她；把生命奉献给缪斯（Muse）女神，但默默无闻。诗坛泰斗华兹华斯揶揄过他；名满天下的拜伦在朋友力荐下读其诗，却认为其诗难以理解。济慈的诗名酷似梵谷的画名：生时寂寂，死后赫赫。百多年来，济慈的《希腊古瓮颂》（*Ode on a Grecian Urn*）、《夜莺曲》（*Ode to a Nightingale*）与上面提及的《秋之颂》，还有十四行诗《初窥蔡译荷马》（*On First Looking into Chapman's Homer*）、《当我担忧》（*When I Have Fears that I May Cease to Be*）等，是英国文学必选之篇。

刚才说的颂诗和十四行诗，以至篇幅较长的《无情的艳女》（*La Belle Dame sans Merci*）、《圣安妮节前夕》（*The Eve of St Agnes*）、《蕾米亚》（*Lamia*）、《亥贲亮之败亡》（*The Fall of Hyperion*）余光中都译了。这本《济慈名著译述》共有长短诗三十一首，还有济慈的书信五封。余氏对诗和书信，又翻译又解说。另加余氏所撰的附录三个：《吊济慈故居》（诗）、《想象之真》（论述）、《如何诵读英诗》（论述），此外更有《济慈年表》和《济慈作品原文》。余氏译、解、论、编，认真从事，近四百页的一书在手，厚重中精彩弥满，更令读者想见译解论编时八十岁诗翁精力弥满，像十八岁诗青（且容我仿"知青"而杜撰"诗青"一词）。

余光中是诗人、散文家、评论家、编辑（编过文学杂志、文学大系）、翻译家，我曾说他手握紫、金、黑、红、蓝五色璀璨之笔。他在《何以解忧》一文中说他不以酒、色、财、气解忧，而另有方法：以"纵情朗诵"诗歌、以"牙牙学语"新学一种外文、以翻译、以观星象"神游天外"、以旅行。翻译是他解忧的一个秘方。批评家"神游杰作之间而记其胜"；余氏说：翻译是"神游杰作之间而传其胜。神游，固然可以忘忧。"余氏译《梵谷传》，因担传主之忧而忘己之忧；他译王尔德的《不可儿戏》等四部喜剧，则"更能取乐了"。《梵谷传》和王尔德的喜剧之外，余氏那蓝色信实之笔，还译出了数量可观的诗歌、小说等作品。

有论者把济慈说成遁世自恋的唯美信徒，余氏认为其说过分简化。他指出："济慈对法国大革命的反应虽不如拜伦、雪莱之强，但对工业社会现实生活之咄咄逼人，却是耿耿于怀的。"现实与艺术之美形成难以两全的对照，是济慈诗的一个主题。济慈的萦心之念，余氏说，是艺术、现实、死亡三者。余氏进一步指出："济慈是诗人之中的美学家"，他刻意要探讨的，"是形与实（image vs. reality）、美与真（beauty vs. truth）、艺术与科学（art vs. science）、忧与喜（melancholy vs. joy）之间相克相生的关系"。余光中本身是大诗人，对济慈的颂体诗有这样的颂赞："他的五大颂甚至六大颂，不但语言高妙，声韵圆融，美感饱满，而且富于美学的卓见，真不愧是英诗的传世瑰宝。"余氏译其诗，"神游杰作之间而传其胜"，自然可乐。这可乐自然包括他之译《当我担忧》，此诗原文及余译如下。

When I have fears that I may cease to be

Before my pen has glean'd my teeming brain,

Before high-piled books, in charac'ry,

Hold like rich garners the full-ripen'd grain;

When I behold, upon the night's starr'd face,

Huge cloudy symbols of a high romance,

And think that I may never live to trace

Their shadows, with the magic hand of chance;

And when I feel, fair creature of an hour!

That I shall never look upon thee more,

Never have relish in the faery power

Of unreflecting love！—then on the shore

Of the wide world I stand alone, and think,

Till Love and Fame to nothingness do sink.

当我担忧自己会太早逝去，

笔还未拾尽丰盛的心田，

厚叠的诗卷，按字母顺序，

还未像谷仓将熟麦储满；

当我在夜之星相上见到

云态昭示着高调的传奇，

念及我此生恐永难追描

其幽影，靠手到神来的运气；

当我感慨，千载一遇的佳人，

今世只怕我无缘再睹，

再也无福能消受神恩，

一享不计得失的爱慕；

于是人海茫茫岸边我独立，

苦思到爱情，声名都沉底。

  《济慈名著译述》所选的十四行诗有二十首，对于每一首，余光中都既译且解且论。关于《当我担忧》，他说此乃"济慈极有名的短篇杰作，论流畅圆融，绝不逊于莎翁。结构严整，段落分明，一气呵成：全诗在文法上只是一完整长句，前面的四个四行体（quatrain）各为一副词子句，以 when 引入，主词要等到第十三行才从容出现，却由主动词 think 引进第四个副词子句 Till Love and Fame to nothingness do sink。前呼后拥，阵势好不井然。这种严谨，这种功力，这么年轻，是当代诗人能企及的么？"余氏的评论甚谛。引文的末句，更可视为对当今新诗作者的针砭。

  在本书的《译者序》中，余氏陈述其翻译格律诗的法度："原文若是格律诗，译文就必须尽量保持其格律，包括分段、分行、韵序。韵序往往不易，或根本不可能悉依原文，但至少应该有押韵，读来有韵文之感。"他作法自依，译文是做到了。写《当我担忧》时济慈二十三岁，已常念及死亡，爱与艺术也萦回于心。对这些，此诗表露无遗。诗中"千载一遇的佳人"（fair creature of an hour）一语，论者说指的"是一位无名的绝色佳人，四年前的夏天他曾在馥素馆花园（Vauxhall Gardens）惊艳一瞥"，余氏从其说。我们可补充：其景其情，类似曹植《洛神赋》之"睹一丽人"。

"惊艳一瞥"可用以翻译原文的 creature of an hour，余氏却翻作"千载一遇的佳人"，我认为是加重了语气；虽然，无害也。同样加重了语气的，是把诗中 shadows 译为"幽影"，把 think 译为"苦思"。谢天振这样解释"译介学"（medio-translatology）："是一种文学研究或者文化研究，它关心的不是语言层面上出发语与目的语之间如何转换的问题，它关心的是原文在这种外语和本族语转换过程中信息的失落、变形、增添、扩伸等问题，它关心的是翻译（主要是文学翻译）作为人类一种跨文化交流的实践活动所具有的独特价值和意义。""幽影"的"幽"、"苦思"的"苦"，就是上述的"增添"、"扩伸"。余译可说是"有我"之译，不过"我"的"增添"、"扩伸"，反能烘托、补强主题，因为主题正是"担忧"。至于原文的名词 symbols 余译为动词"昭示"，其问题不在易名词为动词，而在 symbols 是象征、隐含之意，其义隐，正是《文心雕龙·隐秀》说的"隐"；而"昭示"则显露了。

我细读余氏的译诗及其评注，对济慈的诗艺和余氏的译诣，一再品赏。犹记得年轻时初读余氏诗文，有若济慈"初窥蔡译荷马"的惊喜。近年评审新诗创作奖稿件，则常常呼吁青年作者以济慈和余光中的诗法、诗艺为借镜。我对《济慈名著译述》一书爱不释手（香港作家林行止喜用 unputdownable 一词译此四字成语，而 unputdownable 一词据说在 1947 年首见，词龄尚短浅）。书中《蚱蜢与蟋蟀》（*On the Grasshopper and Cricket*）等诗，是济慈与诗友限时十五分钟完成的比赛之作。济慈有时苦吟，有时一刻成诗，捷才可佩，这使我想起中国诗钟的"游于艺"雅事，也联系到余光中《乡愁》同样的一刻成诗事件。

正"神游杰作之间而记其胜"之际，眼球被一篇副刊的头条文章吸引。《济慈名著译述》的《译者序》在《联合报》发表，题目《云态标示高渺的传奇》显得既熟悉又陌生，一查阅，乃知这题目是《当我担忧》余译中的一行，而这一行有两个字改了。原来的一行是"云态昭示着高调的传奇"。换言之，"昭示"改成"标示"，"高调"改成"高渺"。"昭示"改成"标示"，不那么昭明，与"昭示"相比，其意与原文的 symbols 较为接近。high 原译作"高调"，现在改成"高渺"，一定是余光中认为后译较佳。济慈的 high 字，害得译坛高手为难。余光中译诗，自然免不了推敲、踟蹰。我认为余氏的改动较原译为佳："昭示"改成"标示"不用再说；这一行写的既是云，则"高渺"之高明于"高调"，正在一"渺"字。渺，邈远貌，李白诗有"相期邈云汉"之句。

云态讲到这里，现在说水文。济慈在世时，其诗未获好评；临终之际，他自撰的碑文是：Here lies one whose name was writ in water. 此语一般译者都译成："这里躺着一人，名字写在水上。"上面引过的余光中《吊济慈》一诗有句云："谁说你名字是写在水上？"1961 年余氏诗篇《狂诗人》有"写我的名字在水上"之语，也本于此意。1996 年余氏所写《吊济慈故居》的开首说"岂能让名字漂在水上"，根据的是同一意思。数十年教授英诗的余光中，2012 年初写作本书的《译者序》时，则谓碑文应译为"墓中人的名字只合用水来书写"乃合（樑案：也可写做"这里躺着一人，名字用水书写"），余氏并加以说明："此语的 in 一字，应指写作的方式，例如 written in English，或者 written in blood。"我认为，无论"名字写在水上"还是"名字用水来写"，都有不能久存之意。我上网查 PhraseFinder，它表示"Here lies one whose name was writ in water"一语源出 1611 年 Beaumont and Fletcher 的戏剧 *Philaster*。剧中有语曰："All your better deeds shall be in water writ, but this in Marble"（"你所有较佳的作为，都写在水上；唯独这事写在大理石上"；如承袭余氏新译碑文的义法，则为"你所有较佳的作为都用水来写，唯独这事用大理石"）。PhraseFinder 指出，碑文的意思是 Fame, and indeed life, is fleeting（名誉以至生命都稍纵即逝）。无论哪个译法，我想其义应当如此。余氏在《译者序》中对碑文的翻译，显然与他从前的不同，这使我想起他曾经用心用力修改《梵谷传》、《老人与海》的旧译，以求尽善。

说到名誉以至生命都不能久存，这诚然是中外共叹、古今同悲的情理。余光中七十岁时写的《苍茫时刻》即抒此愁怀：

> 温柔的黄昏啊唯美的黄昏
> 当所有的眼睛都向西凝神
> 看落日在海葬之前
> 用满天壮丽的霞光
> 像男高音为歌剧收场
> 向我们这世界说再见
> 即使防波堤伸得再长
> 也挽留不了满海的余光
> 更无法叫住孤独的货船
> 莫在这苍茫的时刻出港

"用满天壮丽的霞光／像男高音为歌剧收场／向我们这世界说再见"视听通感，情景悲壮，震撼人心。比较《当我担忧》、《苍茫时刻》两首诗和济慈余光中两位诗人生平而言，当然，二十三岁的济慈和七十岁的余光中，境遇大异：前者体弱，极为担忧文学的壮志未酬，春心含悲；后者著作等身、秋收丰硕、誉满文林。然而，异国异代，都有人生的悲情。读《苍茫时刻》，我们也可从"形式主义"出发。上面引述余氏之说，指出《当我担忧》"全诗在文法上只是一完整长句"，《苍茫时刻》亦然：这长句的主词（subject）是"黄昏"，主动词（main verb）是"挽留"，受词是"余光"；长句的其他部分是词组（phrase）或子句（clause）。诗歌的复杂长句，英诗从弥尔顿到济慈到艾略特，我们司空见惯；中国的旧诗新诗则罕见，旧诗尤少。余光中浸淫英诗数十年，修炼有功，诗雄气长。《苍茫时刻》之外，其诗其文的长句还有多例；转益多师，济慈极可能是其"取长"的一师。

余氏在翻译过程中，原作者亦师亦友，与他亲密接触。他译《梵谷传》时，"梵谷附灵在我的身上，成了我的'第二自己'（alter ego）"；梵谷忧余光中亦忧，梵谷喜余光中亦喜。译《不可儿戏》时，"王尔德写得眉飞色舞，我也译得眉开眼笑，有时更笑出声来，达于书房之外。家人问我笑什么，我如此这般地口译一遍，于是全家都笑了起来"。译梵谷谈梵谷，译王尔德谈王尔德；梵谷成为余氏知己，甚至成为"家人"，王尔德成为余氏知己，甚至成为"家人"。余氏一家六口，妻子和四个女儿，口口声声都可涉及文学艺术。

诵诗之声如黄莺、如夜莺在唱鸣，济慈生命之苦艺术化为春天的美声。4月中旬《济慈名著译述》的发布会上，余氏亲切温馨地谈说从前梵谷、王尔德怎样成为"家人"，近两年济慈也怎样成为"家人"，并呼吁与会者都选认、迎接诗人或艺术家成为"家人"。诗翁之意是希望把文学艺术带到家里，提升人们的艺文修养。座中陈幸蕙回应道：由于她多年来撰书赏析余氏诗文、谈论余氏诗文，余光中已成为陈幸蕙的"家人"。我与陈氏有相同经验、相同感觉，差点也要在会上交心表态。翻译家与原作和原作者密切接触，与之"对话"，融入其世界，以至原作者转化成为"家人"，则翻译之可望达至钱锺书说的"化"境，庶几矣。

余光中论中文西化

　　不同语言的地域、国家，如要沟通交流，就离不开翻译。翻译的重要，不言而喻。在近代中西交流史上，中国严重"入超"。"西风东渐"不足以形容实况，而是西风猛吹，东方古老的文明，像是汉家陵阙掩映在残照中，几乎没有招架之力。最近百多年来，往往如此。就以现代中文来说，由于受到西方语言的直接影响，以及西文中译文体的间接熏染，它已相当西化了。西化主要指英语化，因为至今英语仍然是西方语言中影响最大的语言。中文的西化，兼及词汇和句法，范围广远。语言学者王力在30年代已探讨这个问题，描述了种种中文西化的现象。最近二三十年中，有不少学者和作家，讨论中文西化之际，呼吁我们正视中文西化的功过，辨别其间的善恶。高克毅、思果、余光中、梁锡华、刘绍铭、胡菊人、董桥、金圣华、黄国彬等，都写过文章劝喻国人，要避免恶性西化。思果常常因为"劣译害人"而忧心忡忡；金圣华因为"生涩造作的译文体"到处肆虐而慨叹；董桥因为西化既深且恶，中文变为"借来的中文"而天天苦口劝世。王力研究现代中文，指出所受英语的影响，他做的是描述性语法（descriptive grammar）学者的事；思果等力陈劣译害人，他们做的是规范性语法（prescriptive grammar）学者的事。处世为人，以至作文谈艺，都有其规范。现代中文的西化，孰吉孰凶？何去何从？规范到底

335

在哪里？这是"兹事体大"的问题。由于个人做此研究的时间有限，这篇文章的篇幅无多，加上其他的诸种因素，我只能以上述提到的余光中的一篇文章《中文的常态与变态》为对象，加以论述，藉此提出中文西化的一些观点，以就正于高明。

余光中在 1969 年已为文指出翻译体中文的弊端，认为恶劣的翻译"正在腐蚀散文的创作"，使中文难于达意。翻译体中文的种种缺点，包括滥用副词词尾、词组冗长、滥用被动语气、修饰语头重脚轻、句子极长而中间不加标点、所有格代名词画蛇添足等等。余氏论中文西化的文章，至今至少有下列诸篇：

（1）1969 年写的《翻译和创作》；

（2）1972 年写的《用现代中文报导现代生活》；

（3）1973 年写的《变通的艺术——思果著〈翻译研究〉读后》；

（4）1976 年写的《哀中文的式微》；

（5）1979 年写的《论中文的西化》、《早期作家笔下的西化中文》、《从西而不化到西而化之》三篇文章，三者可合成一长文；

（6）1983 年写的《白而不化的白话文》；

（7）1987 年写的《中文的常态与变态》。

1996 年 4 月，余氏将应邀到中文大学参加"外文中译研究与探讨"会议，作主题演讲，其讲稿题为《论的的不休》。我还没看到讲稿，不过，我想此文探讨的应该也是中文西化的问题。由此可见二十多年来，余光中已有约十篇文章论中文西化——他的萦心之念。

《中文的常态与变态》（以下简称《常态》）开宗明义指出："一般人笔下的白话文，西化的病态日渐严重"，有时连高明之士也免不了；目前中文的问题是"繁琐与生硬"，"对于这种化简为繁、以拙代巧的趋势，有心人如果不及时提出警告，我们的中文势必越变越差，而地道中文原有的那种美德，那种简洁而又灵活的语文生态，也必将面目全非"。

《常态》讨论中文西化时，分为名词、连接词、介词、副词、形容词、动词共六个项目。余光中的中英文修养深厚，是杰出的散文家，对中文西化素来关注，甚有研究，这方面的议论往往独到而精辟。我在下面先介绍《常态》一文的要点，然后选取余氏若干说法，来加以讨论。

第一，名词。余氏指出，西化中文常用抽象名词，使文句冗赘，例如，"国语的推行，要靠大家的努力"这西化句，宜简洁化为"推行国语，要靠大家努力"。余氏又认为目前流行"万能动词（如'进行'、'作出'）＋抽象名词"的句式，如"本校的校友对社会作出了重大的贡献"、"心理学家在老鼠的身上进行试验"，导致动词软化、名词成灾，且句子累赘；改善之道，是把句子变为"本校的校友对社会贡献很大"、"心理学家用老鼠来做试验"之类。此外，余氏认为"知名度"、"可读性"、"某某主义"的西化用法大可不必。"具有很高的知名度"可删为"很有名"；"这本书的可读性很高"可改为"这本书很好看"；"富于爱国主义精神"可浓缩为"富于爱国精神"。至于名词的数量，余氏对"……之一"的滥用，深表不悦；认为"最……之一"用起来貌似精确，其实不然；觉得"人们"是丑陋的西化词，建议大家用"人人"、"大众"、"众人"、"世人"等就可以了。

第二，连接词。余光中说，中国人向来说"东南西北"、"金木水火土"，同类词并列，其间不用连接词；现在受英文影响，中文里常常出现"和"、"及"、"与"等连接词，以与英文句式的and字相应。不过，谁要说"开门七件事：柴、米、油、盐、酱、醋以及茶",一定会惹笑。

第三，介词。余氏指出，"关于"、"有关"等介词，用得极滥。"关于他的申请，你看过了没有？""有关文革的种种，令人不能置信"两句中的介词，完全是多余的。

第四，副词。余氏认为"老师苦口婆心地劝了他半天"中的副词语尾"地"可以删去，代以逗点。"孙中山先生成功地推翻了满清"中，"地"字以至"成功"一词都应删去，因为副词"成功地"在此毫无意义；既然推而翻之，就是成功了，何待重复。

第五，形容词。余氏说："的"字成了形容词除不掉的尾巴，如"好的，好的，我就来。是的，没问题"。至于名词前后的形容词或修饰语，余氏认为在中文里，如果句子长，应该用后饰法。例如，前饰性的"我见到一个长得像你兄弟说话也有点像他的陌生男人"，如果改用后饰法，就没有冗长的感觉："我见到一个陌生男人，长得像你兄弟，说话也有点像他。"

第六，动词。余氏指出，"目前西化的趋势，是在原来可以用主动语气的场合改用被动语气"。例如，"他当选为议长"却要说成"他被选为议长"，"他有偷东西的嫌疑"则成为"他被怀疑偷东西"。很多人"千篇一律只会用'被'字，似乎因为它发音近于英文的 by"，却不知道"可用的字还有许多，不必套用一个公式"。

在《常态》的结尾，余氏说："常有乐观的人士说，语言是活的，有如河流，不能阻其前进，所谓西化乃必然趋势。语言诚然是活的，但应该活得健康，不应带病延年。……西化的趋势当然也无可避免，但……应该截长补短，而非以短害长。"

"截长补短"也许可改为"截长成短"，因为西化中文的主要弊端，在于西化句子往往比非西化句子长。上面引述的西化句子，大都如此。简洁是美德。表达同一个意思，如果十一个字已经可以，就不应该用十四个字。我认为"心理学家用老鼠来做试验"比"心理学家在老鼠的身上进行试验"好，因为前者少用了三个字。我认为"老师苦口婆心，劝了他半天"比"老师苦口婆心地劝了他半天"好，也因为前者比后者短；截后者之一长，分为前者之二短，有利于阅读理解。专家做研究得到结论，若干杂志的编辑且定为准则：用短的句子，有利于一般的读者。普通来说，简洁就易懂。一般的写作，主要的目标是沟通、传达讯息，易懂与否乃成为最重要的考虑。恶性西化的长句，之所以可恶，在于它使读者不容易读懂。余光中在别的文章里声讨过冗长夹缠的西化句子；我也在他处举过一例：

以色列和埃及的谈判本年初因双方未能就一份要求以色列完全撤出一九六九年占领阿拉伯地区和对巴勒斯坦人自决问题的原则声明达成协议而中断。

这个复杂绵长、使人"英雄气短"的句子，是我当年从报纸上一字一字抄下来的。王力在其《中国现代语法》一书中释欧化语法，旨在描述，不加褒贬；然而，有时他也难免表示一下意见："有时候，若要运用现代的思想，使文章合于逻辑，确有写长句子的必要；但是，勉强把句子拉长仍该视为一种毛病，所以句子的欧化应该是不得不然的，而不应该是勉强模仿的。"其实，夹缠累赘、长而无当的英文句子，西方的学者、作家如奥威尔（George Orwell）、罗素（Bertrand Russell）、巴顺（Jacques Berzum）、斯托克（William Strunk）、西蒙（John Simon）等，也都先后口诛笔伐过；英文写作的 ABC（accuracy, brevity, clarity）中，简洁原来就是基本的元素。

以简洁为原则，那么我们对于一些西化句式就应该接受甚至欢迎了。王力指出，"尽可能"是欧化词组，我们现在说"你尽可能地早去"，如非欧化，就可说成"你能去多么早，就去多么早"。欧化句式显然简洁得多。余光中在论徐志摩的诗《偶然》时说，诗中"你有你的，我有我的，方向"一句，"欧化得十分显明，却也颇为成功。……说来简洁……"也因此，我认为《常态》不大接纳的"他被怀疑偷东西"一句，并无不妥，因为它比余氏认为较好的"他有偷东西的嫌疑"字数少。同理，林语堂和余光中都不喜爱的"人们"一词也可以接受。"人们"与"人人"、"大家"、"大众"等词都是两个字，何况中国旧小说里本就有"爷们"、"娘们"等复数词。"爷"有权加"们"，"娘"有权加"们"，"人"怎能没有人权呢？（顺笔一提，余氏在论名词的复数时指出，"一位观众"这样不通而流行的说法，使人感到无可奈何。我们说"一位读者"，却少说"一位观者"。后者并不现成。我在这里要为"观者"请命：此词最迟在唐代已出现，杜甫的诗《观公孙大娘弟子舞剑器行》中就有"观者如山色沮丧"之句。）

简洁是判别中文西化善恶的重要标准，但不必是唯一的标准。如果同一个意思，用西化句式表达时，字数稍为增加了，但句法灵活，为原来中文句式所无，且不构成理解的困难，那么，这样为中文语法增添姿彩的西化句式，是应受欢迎的。如此说来，"最……之一"的句式可以接受。"他是当代最伟大的思想家之一"和"他是当代极伟大的思想家"，二者意思差不多，我们应兼容二者。余光中反对写作者千篇一律只会用某个字，或某个句式。他说，我们不应只会用"被"字，从"受难"到"遇害"，从"挨打"到"遭殃"，从"经人指点"到"为世所重"，可用的字还有许多，不必套一个公式。余氏所说很对。我们时而用"极"，时而用"最……之一",这样才不致句式单调、千句一律。我认为"最……之一"还有别的好处:在某种场合讲话时,我们先说某某是"最伟大的"什么家,句子似了未了,引起听众的兴趣、好奇、赞同、反对,然后来个反高潮式的"之一",很有悬宕的效果。

以上所论,着眼点主要是一般写作。刚才说到不单调、有悬宕,那已到较高的修辞层次了。余光中在《常态》结尾说:"本文强调中文的生态,原为一般写作说法,无意规范文学的创作。前卫作家大可放心去追逐缪斯,不用碍手碍脚,作语法之奴。"事实上,在余光中的散文创作中,就有很多西化的长句,如:

(1)因为雨是最最原始的敲打乐从记忆彼端敲起。瓦是最最低沉的乐器灰蒙蒙的温柔覆盖着听雨的人,瓦是音乐的雨伞撑起。(《听听那冷雨》)

(2)对着珠江口这一盘盘的青山,一湾湾的碧海,对着这一片南天的福地,我当风默许:无论我曾在何处,会在何处,这片心永远萦回在此地,在此刻踏着的这块土上,爱新觉罗不要了,伊丽莎白保不了的这一块土上,正如它永远向东,萦回着一座岛屿,向北,萦回着一片无穷的大地。(《飞鹅山顶》)

第一句的西化,在于它具有从属子句(subordinate clause)。本来可以多用逗点分开,显然为了渲染连绵的气氛而少用了。第二句很长,可能是中国散文创作中最长的句子——至少是最长句子之一。古文少长句。王力说明古代语法时,引过韩愈《争臣论》的句子:

官以谏为名,诚宜有以奉其职,使四方后代知朝廷有直言骨鲠之臣,天子有不僭赏、从谏如流之美,庶岩穴之士闻而慕之,束带结发，愿进于阙下，而伸其辞说，致吾君于尧舜，熙鸿号于无穷也。

韩句相当复杂，字数也多，而余句更复杂，字数更多。余句的骨干是"我……默许……"，在此之前是词组，之后是子句和词组，读来好像是一个英文长句的翻译。这个中文句子可以翻译如下：

Facing the green hills and blue seas at the mouth of the Pearl River, facing this blessed land of the South, I thus promise silently in the wind: no matter where I have been and where I shall be, my heart shall forever hover on this place, a land where I now set my feet on, a land which Aixinjueluo did not want and Elizabeth is unable to keep—as it forever hovers eastward on an island and northward on a piece of endless earth.

这个十分复杂的句子，语法缜密，层次井然，长而不乱，西而化之，有中国的内容，英文的句式，诚然中西交汇，彰显了余氏当时所踏着的土地——香港——的特色。在修辞手法上，此句之长暗示了作者情思的深远绵长，可说是形式与内容配合。现代中文吸收西方种种词汇，从赛因斯（science）、模特儿（model）到近年的"互联网络"（internet），没有西化就没有现代中文。我们也用了西化的句法，有时亦步亦趋，用了"直译"式文体，中文的生态因此受到破坏，中文好像是"借来"的语言一样。我们自当谨慎。如果能够采中西的精华，去冗赘，保简洁，联珠合璧，则现代化（或者说全球化 globalization）之后的中文，一定灵活多姿、生意盎然了。

说　明

　　本书由李元洛与黄维樑合著，文章写于不同时期，发表在海内外不同报刊，恕不一一注明。

　　由李元洛撰写的篇目有：《楚云湘雨说诗踪》、《花开时节又逢君》、《澄清湖一瞥》、《天涯观海》、《海外游子的恋歌》、《盛唐的芬芳 现代的佳构》、《对人生的诗的哲思》、《回旋曲与应战书》、《一片柔情百首诗》、《大珠小珠落玉盘》、《一纸诗的控诉状》、《植根东土 旁采西域》、《海阔天空夜论诗》、《隔海的缪斯》、《望远镜中的隔海诗魂》。

　　由黄维樑撰写的篇目有：《入此门者，莫存幸念》、《满天壮丽的霞光》、《安魂曲起自长江黄河》、《诗，不朽之盛事》、《星云呼应余光中〈行路难〉》、《安慰落选的大象》、《最出色最具风格的散文家》、《听听看看那冷雨》、《眺不到长安》、《向山水和圣人致敬》、《博雅之人，吐纳英华》、《乡土诗人余光中》、《中诗西诗，诗是余家事》、《济慈：余光中的"家人"》、《余光中论中文西化》。

博采雅集，文苑英华

《大观丛书》

第一辑

《活在古代不容易》（史杰鹏 著）

《快刀文章可下酒》（邝海炎 著）

《时光的盛宴：经典电影新发现》（谢宗玉 著）

《你不知道的日本》（万景路 著）

第二辑

《私家地理课》（赵柏田 著）

《壮丽余光中》（李元洛、黄维樑 著）

《一心惟尔》（傅月庵 著）

《这些人，那些书》（祝新宇 著）